마법을 쓰는
그림가의 저주

마법을 쓰는 자들
1

UnEnchanted: An Unfortunate Fairy Tale
by Chanda Hahn

Originally published in 2012 by CreateSpace Independent Publishing, USA.
Korean translation rights arranged with Chanda Hahn, USA
and Pyongdan Munhwasa, Korea through PLS Agency, Korea.
Korean edition published in 2015 by Pyongdan Munhwasa, Korea.

마법을 쓰는 그림가의 저주

마법을 쓰는 자들
1

찬다 한 지음
조한나 옮김

평 단

과연 미나는 사랑과 모험 모두

성공할 수 있을까?

목차

마법을 쓰는 그림가의 저주

제 1 장

운명의 시작

오늘 나는 브로디 카마이클의 생명을 구했다!

    미나는 파란색 스프링 노트에 제일 아끼는 볼펜으로 의기양양하게 이 문장을 적었다. 그녀는 어떤 내용을 적든지 충직할 정도로 늘 같은 펜을 썼다. 그러다 보면 자신의 운이 바뀌어 언젠가는 공책에 좋은 일을 적는 날이 올 거라는 희망을 품고 있었기 때문이다. 오늘 같은 날처럼 말이다. 미나는 지저분한 글씨체로 쓰인 이 문장을 빤히 바라보다 죄책감을 느꼈다. 그녀는 공책을 덮으려다 말고 잠시 생각에 잠겼다. 뭔가가 옳지 않았다. 뭐랄까…… 진실하지가 않았다. 미나는 우울한 기분으로 주저하면서 방금 적은 문장 옆에 괄호를 치고 새로운 문장을 덧붙였다.

(오늘은 내가 브로디 카마이클을 죽일 뻔했던 날이기도 했다.)

미나는 진실을 말하자 기분이 조금 나아졌다. 그녀는 '이루지 못한 일들과 대참사들'이라고 이름붙인 공책을 덮고 한숨을 쉬며 공책을 서랍장의 서랍 속에 쑤셔 넣어버렸다.

열다섯 살 미나에게는 세상 어떤 일도 제대로 되는 것이 없었다. 그녀는 늘 지각을 했고, 숙제로 한 과제는 마치 핏불(한번 물면 놓지 않는 것으로 유명한 투견)이 밤새 씹어댄 듯한 상태가 되곤 했다. 개를 키우는 것도 아닌데 말이다. 오랫동안 짝사랑해온 남자애는 미나가 존재하는지조차 알지 못했다. 또 미나는 긴장할 때면 항상 초코우유를 옷에 흘리곤 했다. 그녀는 자신이 세상의 모든 끔찍하고 불행한 운과 그저 그런 운을 끌어당기는 자석이어서 이런 일이 일어난다고 확신했다. 그래서 이 사실을 입증할 기록을 남긴 공책을 정리되지 않은 양말 서랍 속에 숨겨두고 있었다.

이런 모든 일은 미나를 냉소적으로 만들었다. 특히 어제 아침은 사고가 넘치는 끔찍한 날들처럼 불안하게 시작되었다.

★☆
★

미나는 꿈에서 하늘을 날고 있었다. 그녀는 땅에서보다 하늘에서 훨씬 더 우아했는데, 땅 위에서는 항상 발을 헛디뎌 넘어지기 일쑤였다. 하지만 평화롭던 꿈은 우르르 쾅 하는 천둥소리에 중단되고 말았다. 미나는 더 이상 날고 있지 않았다. 아래로 떨어지고 있었던 것이다.

"아야! 이게 뭐야……?" 미나는 자기 방의 색깔이 고르지 않은 오크재(材) 나무 바닥으로 떨어지며 소리를 질렀다. 침대에서 떨어진 것이다. 그녀는 이불과 침대시트에 뒤엉켜 있는 몸을 빼내려고 씨름하다가 머리 옆에서 파란색 토이스토리 잠옷 밑으로 빠져나온 두 발을 보았다.

"찰리, 여기서 뭐해?" 미나는 여전히 침대시트와 씨름하면서 웅얼거렸다.

어리지만 엄숙한 표정의 여덟 살 소년 찰리는 손가락으로 시계를 가리켰다. 시계는 오후 12시를 알리며 깜박이고 있었다. 찰리는 손에 시리얼 그릇과 나무 스푼을 들고 있었다. 또 정전이 된 게 분명했는데, 그 동네에서는 흔한 일이었다.

"지금 몇 시야?" 미나는 불안감이 커지는 것을 느끼며 물었다. 오늘도 지각이라는 것을 직감했다.

찰리는 손을 들어 약지와 엄지손가락을 꼭 붙여 수화로 숫자 7을 만들었다.

"찰리, 나 왜 안 깨웠어! 또 늦게 생겼네!"

찰리는 어깨를 으쓱하더니 이내 나무 스푼으로 그릇을 때렸다. 찰리 잘못이 아니라는 것을 미나도 알고 있었다. 미나는 한번 자기 시작하면 좀처럼 깨어나질 못했다. 미나의 엄마 사라도 미나를 깨우는 일이 잠자는 숲속의 공주를 깨우는 것보다 더 어려울 거라고 말할 정도였다. 다만 미나의 경우엔 그녀를 코골이에서 구해줄 왕자님이 없었다. 하지만 그녀를 따라다니는 끔찍한 불운을 보건대 왕자님이 나타날 가능성은 더더욱 없었다.

미나는 벌떡 일어나 방바닥에 쌓인 옷더미에서 깨끗해 보이는 청바지를 골라 다리를 쏙 밀어 넣었다. 그녀는 순간 엄마가 절대로 스키니진을 입지 못하게 한 것에 대해 감사했다. 만약 그렇지 않았으면 옷 입는 데 시간이 두 배는 더 걸렸을지도 모른다. 그런 다음 자신이 제일 좋아하는 신발인 캔버스 올스타의 뒤축을 꺾으며 발을 쑤셔 넣었다.

그러고 나서 파란색 후드집업 점퍼를 집어 들고 입어도 될 정도로 깨끗한지 대충 냄새를 맡아본 다음 긴 갈색 머리를 손가락으로 대충 빗어 헝클어진 머리를 정리했다. 미나의 머리는 그녀의 눈 색깔과 같은 지루한 색상이었다. 그녀는 억지로 매력적인 미소를 지으려 했지만, 결국 어색하게 찡그린 표정이 되고 말았다.

미나는 동생의 이마에 뽀뽀를 해주고는 오래된 좁은 부엌으로 달려가 식탁 의자에 놓여 있는 가방을 잡아챘다. 그녀가 몸을 돌리는 순간 의자 등받이에 걸린 가방이 끝까지 저항하다가 찢어지는 소리를 냈다. 결국 의자의 승리였다. 가방의 한쪽 어깨끈이 찢어져버렸고 책들이 바닥으로 쏟아졌다.

미나는 한숨을 쉬며 책을 하나하나 가방으로 던져 넣었고, 싱크대 서랍을 샅샅이 뒤지며 옷핀을 찾는 동안 최대한 가방이 열리지 않도록 붙잡고 있었다.

사라 그라임이 어리둥절한 표정으로 부엌으로 들어왔다. 그녀는 황갈색 바지와 파란색 폴로 티셔츠의 회사유니폼을 입고 있었다. 티셔츠에는 깃털 먼지떨이와 웃고 있는 대걸레 그림이 실선으로 수놓아져 있었다. 그녀는 '해피 메이드'라는 청소업체에서 일했는데, 가정집들을 청소하면서 찰리를 사립학교에 보낼 학비를 벌었다. 사라는 오랜 시간을 일하면서도 불평을 한 적이 한 번도 없었다. 그래서 미나는 엄마가 돼지우리 같은 방에 들어오지 못하게 했다.

"엄마, 학부모 동의서에 사인했어요?"

"무슨 동의서?" 사라는 라즈베리 팝 타르트(잼이 들어간 토스트용 페이스트리)를 토스트기에 넣다가 고개를 돌렸다.

"오늘 현장학습이요. 바부시카 빵공장에 가는 거 말이에요. 잊어버린 거예요? 지난주에 드렸었는데……."

"오, 얘야." 사라가 양손을 비틀면서 말했다. "현장학습에는 안 가는 게 좋을 것 같지 않니? 네가 얼마나 덤벙대는지 알잖니. 만약 네게 무슨 일이라도 생기면 어떡해?"

"엄마, 오늘 견학을 갔다 와서 내야 할 숙제도 있단 말이에요. 성적에 많이 들어가는 거라 꼭 가야 해요." 미나는 잡동사니가 든 서랍에서 마침내 옷핀 몇 개를 찾아 가방끈을 백팩에 다시 붙이려고 더듬댔다. 그녀는 가방을 새로 살 돈이 없다는 사실을 알고 있었기 때문에 대충 수선해서 쓸 수밖에 없었다.

"엄마, 난 괜찮을 거예요. 낸 옆에 접착체로 붙인 것처럼 꼭 붙어 다닐게요. 걱정하실 필요 없어요. 그냥 지루한 빵공장 견학인데요 뭘. 지루해서 죽을 일 말고 무슨 일이 생기겠어요?" 미나는 엄마의 얼굴을 보고는 자신이 이 논쟁에서 간신히 이겼다는 것을 알았다.

사라는 우편물 더미를 쌓아둔 냉장고 옆으로 가더니 우편물을 꼼꼼히 살펴서 접힌 노란색 학부모동의서를 찾아냈다. 그녀는 한숨을 내쉬며 미나에게 동의서를 건넸고 당부의 말을 했다. "조심하겠다고 약속해."

"그럴게요." 미나는 대답했지만 그럴 수 없다는 것을 잘 알고 있었다. 그녀가 가는 곳에는 언제나 불운이 따라다녔기 때문이다.

여전히 파자마 바지를 입은 채 샛노란 오버슈즈(비 올 때 방수용으로 신발 위에 신는 고무 덧신)까지 신은 찰리가 발을 끌면서 부엌으로 들어왔다. 찰리는 약간 찌그러진 의자에 앉더니 시리얼 상자 하나를 자기 앞으로 끌어당겼다. 그리고 그릇에 무직위로 시리일을 혼합하는 그의 아침 일과를 시작했다. 오늘 찰리는 프랑켄 베리와 치리오, 그레이프 너츠를 골랐다. 평소

최소 다섯 가지의 시리얼을 조합하는 것에 비하면 그건 아무것도 아니었다. 미나는 매일 아침 찰리가 시리얼을 섞는 모습을 볼 때마다 속이 메슥거렸다. 그녀가 팝 타르트를 아침으로 즐겨 먹는 이유가 바로 그 때문이다.

미나는 토스트기에서 팝 타르트가 튀어나오자 맨손으로 붙잡았는데, 곧 후회하며 그것이 식을 때까지 양 손으로 번갈아 던졌다. 미나는 충분히 식은 팝 타르트를 입에 쑤셔 넣고는 임시변통으로 수선한 백팩을 메고 층계참에 있는 자전거를 가지러 현관으로 달려갔다.

미나네 가족은 왕부부가 운영하는 황금궁전이라는 중국 식당 위층에 세 들어 살고 있다. 미나는 전날 밤 창문 닫는 것을 잊어버려 옷에 땅콩기름 냄새가 배는 것을 빼고는 이 식당 위층에 사는 것을 좋아했다. 이런 일을 보상하려고 왕부인은 미나에게 실컷 먹을 수 있을 만큼 많은 군만두를 공짜로 주었다.

미나는 자전거를 들고 벽면에 자국을 내면서 계단을 내려왔다. 미나는 그 자전거와 애증의 관계에 있었다. 작년 열다섯 번째 생일 하루 전날, 눈을 가린 채 밖으로 이끌려 나왔을 때 그녀는 자동차를 선물 받는 줄로만 알았다. 그런데 1950년산 슈윈(미국의 100년 전통을 자랑하는 자전거 브랜드)자전거를 받은 것이다. 자전거는 오래되어 매우 닳은 상태여서 새 브레이크와 새 타이어가 필요했고 새로 기름칠을 해야 했다. 하지만 그녀는 개의치 않았다.

일단 실망감을 극복하고 나자 미나는 자신의 집 재정상황에서 차를 모는 것이 얼마나 비현실적인 것인지를 깨달았고, 결국 자전거를 좋아하게 되었다. 그녀는 자전거 덕분에 약간이나마 더 자유롭게 다닐 수 있었다. 게다가 자전거 타는 실력이 그녀의 운전 실력을 말해주는 것이라면, 만약 그녀가 자동차를 몰았다간 이 세상은 찌그러진 우체통이 넘쳐나게 될 것이다.

미나는 황 부인에게 손을 흔들며 자전거를 홱 돌려 보도에 내려놓다가 와글거리는 토이푸들 몇 마리를 산책시키는 할머니와 부딪힐 뻔했다. 미나는 "죄송해요!"라고 외쳤고, 그 순간 입 속에 물고 있던 팝 타르트 덩어리가 그대로 바닥으로 떨어졌다. 조금 전만 해도 꺼안아주고 싶을 정도로 귀여웠던 푸들 강아지들이 달콤한 빵에 미친 듯이 달려드는 개들로 돌변하는 모습을 보니 속이 메슥거렸다. 할머니는 애지중지하는 강아지들이 미쳐 날뛰는 것을 통제하려고 애쓰면서 충격을 받은 표정으로 미나를 쳐다봤다. 미나는 미안하다는 제스처로 어깨를 으쓱해 보였다.

10분 뒤 미나는 학교에 도착했다. 자전거로 두 개의 뒷골목을 지나고 세 개의 이웃집 뒷마당을 가로질러 달린 결과였다. 운동장에는 아무도 없었는데 이는 미나가 지각을 했다는 명백한 인상을 주었다. 미나는 자전거를 자전거 보관대로 가져갔지만 제대로 된 외발스탠드가 없어 결국 미나의 자전거는 멀쩡한 새 자전거들에 기대어 애처롭게 늘어져 있었다.

미나는 스쿨버스 정류장을 향해 뛰었다. 버스가 아직 자리에 있는 것이 눈앞에 보였다. 하지만 안심한 순간, 버스가 출발하여 도로로 향했다.

"안돼요!" 미나는 버스 뒤로 달려가면서 소리를 지르며 기사 아저씨가 알아보기를 간절히 바랐다.

버스에서 창문 하나가 열리더니 낯익은 금발머리가 손에 은색 물건을 들고 고개를 쏙 내밀었다. "미나, 너는 정말 시계를 하나 사야 해." 소녀가 소리쳤다.

"낸! 아저씨한테 멈추라고 그래!" 미나가 소리쳤다. 옆구리가 아프기 시작했다.

"또 휴대폰도! 넌 정말 암흑시대에서 좀 나와야 해. 그럼 내가 전화해줄 수도 있잖아." 소녀는 미나가 필사적으로 달리고 있고 체력마저 떨어지고 있다는 사실에는 완전히 둔감한 채 말을 계속했다.

"낸!! 그만해! 버스 좀 세워!" 미나가 헐떡이며 고함을 쳤다.

"아. 맞다!" 금발머리가 차 안으로 쏙 들어갔다. 잠시 후, 버스가 천천히 속력을 줄이더니 도로변에 멈추었다.

미나는 마침내 숨을 헐떡이며 옆구리 통증 때문에 비틀거리면서 버스 계단에 올랐다. 버스기사 아저씨는 미나를 성난 얼굴로 쳐다봤다. 그는 시간 엄수에 철저한 사람이지만, 이 때문에 도착시간이 늦어지게 되었기 때문이다. 미나는 그를 무시한 채 선생님이 앉아계신 앞줄로 가서 학부모 동의서를 내밀었다.

"정말 이렇게 늦으면 안 되지." 웨스터 선생님이 말했다. 벗겨지기 시작한 그의 머리가 후덥지근한 버스 안의 열기 때문에 번들거리고 있었다.

"죄송해요." 미나가 조그만 목소리로 말했다. "동네에 정전이 돼서요."

웨스트 선생님은 학부모 동의서를 살펴보고 나서 미나에게 자리에 가서 앉으라고 고갯짓을 했다. 버스 뒤편으로 가는 길은 마치 슬로우 모션으로 일어나는 악몽과도 같았다. 미나는 20여 명의 아이들이 보내는 불편한 시선을 온몸으로 받아야만 했다. 미나는 고개를 숙인 채 낸 옆자리로 들어가 앉은 다음 낸의 옆구리를 찔러 복수했다. "나를 숙도록 달리게 한 대가야."

낸은 완벽한 하얀 치아를 보이며 싱긋 웃었다. 오늘 낸은 'I ♡ Jacob Black(트와일라잇 시리즈에 등장하는 인디언 늑대소년의 이름)'이라고 적힌 티셔츠에 스키니 진, 검은 플랫 슈즈를 신고 있었다. 낸은 모든 면에서 미나와는 정반대여서 오히려 이점 때문에 둘은 잘 어울렸다. 낸은 미나가 사교성이 없고 아이들 사이에서 유행하는 것을 전혀 모르는 점을 재미있게 생각했다.

"음. 네가 휴대폰만 갖고 있었어도 늦는다고 문자를 보낼 수 있잖아." 낸이 최신 아이폰을 꺼내면서 놀렸다. 낸의 손가락이 휴대폰 액정 위에서 날아다녔다.

"뭐해? 짹짹거리는 거야?"

낸이 흘겨보면서 웃음을 터뜨렸다. "정말이지 미나. 이건 트윗(트위터에 올리는 짧은 글을 지칭하는 말로 원래 새가 짹짹 우는 소리를 뜻한다)을 한다고 하는 거야."

"알았어. 너 지금 트윗하는 거니?"

"당근이지." 낸이 히죽거렸다.

순간 미나의 심장이 쿵 내려앉았다. "뭘 트윗하는데?" 미나는 그 답을 알 것 같았다. 아까 낸이 버스 창문을 열고 몸을 내밀었을 때 낸의 손에 뭔가가 들려있던 것이 생각났다.

"아, 별거 아니야. 그냥 네가 버스 뒤로 미치광이처럼 달려오는 사진을 내 팔로워들한테 트윗하는 중이었어."

미나에게 '팔로워(추종자나 신봉자의 뜻이 있다)'란 말은 마치 어떤 사이비 종교집단이 모인 것처럼 들렸다.

"낸, 너 지금 팔로워가 몇 명이나 있는데?" 미나는 숫자가 예전보다 더 늘어나지 않았길 빌었다.

"음. 어제 학교식당에서 점심이라고 나온 쓰레기 같은 음식을 불평하는 트윗을 올린 이후로 지금은 300명이 넘었어." 낸은 '업데이트' 버튼을 눌렀고, 즉시 버스 안의 많은 휴대폰에서 알림 소리가 울렸다. 스니커즈 운동화를 신은 발들과 아이들의 머리들이 일제히 미나를 향했고, "루저"와 "멍청이"라고 수군거리는 소리가 들렸다.

"낸! 어떻게 이럴 수 있어?" 미나는 낸을 타고 넘어 승객들한테 노출되는 통로자리를 피해 창가 좌석에 앉았다. 미나는 가방을 머리 위로 들어 그 뒤로 숨었다.

"미나, 넌 자신을 놀릴 줄도 알아야 해. 나는 네가 사람들 눈에 띄게 만들려는 거야. 네가 누군지 아는 애들이 거의 없잖아."

"이런 관심을 받길 원하는 사람이 대체 어디에 있니?"

낸은 믿을 수 없다는 표정으로 한쪽 눈썹을 치켜 올렸다. "말도 안 돼. 약간의 관심을 바라지 않는 사람은 하나도 없어. 음, 너는 아니라고 치자. 하지만 정말이야, 미나. 그게 좋은 것이든 나쁜 것이든 진실이든 거짓이든 그런 건 중요한 게 아니야. 사람들은 누구나 인기를 잊고 싶어 해. 어떤 소문이든 참여하고 싶어 한다고."

낸은 학교에서 가장 상냥하고 또 가장 활발한 소녀였다. 아이들 모두가 낸을 좋아했다. 낸이 인기가 많거나 똑똑해서가 아니었다. 낸은 유쾌하고 솔직했다.

"나는 아니야." 미나는 무심하게 어깨를 으쓱했다.

"그래, 그럼 너는 어떤 남자애가 현재 싱글이 됐다는 사실에도 관심이 없겠구나?" 낸은 자신의 가장 친한 친구가 이곳으로 이사를 온 이후로 줄곧 브로디 카마이클을 몰래 짝사랑해 온 것을 알고 있었다.

"브로디랑 사반나가 헤어졌어?" 미나는 믿을 수 없다는 듯이 가방을 바닥에 쿵 하고 내려놓고 자세를 고쳐 앉았다.

"아하! 거봐. 너도 관심이 있잖아."

"아니, 난 관심 없어." 그녀가 말했다.

"아니, 관심 있을 걸." 낸이 놀리며 말했다.

낸 말이 맞았다. 미나는 정말 알고 싶었다.

"그래, 그렇다고 쳐……. 그런데 정말 깨졌어?" 희망의 꽃이 부풀어 올랐다가 낸의 다음 말에 푹 시들어 버렸다.

"아니. 하지만 그것 봐! 걔들이 헤어졌다면 너도 알고 싶지 않겠니?"

"너 정말 미워, 낸 테일러!" 미나가 쏘아붙였다. "넌 꿈을 파괴하는 사람이야. 알아? 꿈 파. 괴. 자."

"야, 그라이미(때 묻은, 더러운'이라는 뜻의 단어로, 미나의 성 '그라임(Grime)'을 변형해서 부른 것). 좀 조용히 해." 뒷좌석에서 남자애 음성이 튀어나왔다.

미나는 얼굴이 붉어졌다. 그녀는 놀림감의 대상이 되기 쉬운 자신의 성이 싫었다. '그라임'은 슬라임(끈적끈적한 점액)이나 브라인(소금물), 그라이미(때 묻은, 더러운) 등으로 쉽게 변형될 수 있었다. 미나는 나중에 결혼을 해서 합법적으로 성을 바꾸는 날이 오기를 간절히 바랐다. 그러나 그러기 위해서는 먼저 사람들 앞에서 쭈뼛거리지 않고 남자애 앞에서도 말을 할 수 있어야 했다.

미나는 좌석에 편히 앉아서 낸이 '글리(합창 클럽을 배경으로 고등학생들의 성장스토리를 담은 뮤지컬 형식의 미국 TV드라마)'의

최근 방송분에 대해 떠드는 것을 들었고, 심지어 아이폰에 다운 받은 최신 히트곡을 몇 소절 부르는 것도 들어주었다. 미나는 심지어 MP3플레이어조차 없었다. 미나가 가진 것들 중에 그나마 이런 것들과 제일 비슷한 것은 오래된 CD플레이어였다. 낸은 '글리'와 TV에서 하는 모든 인기 리얼리티 쇼에 중독되어 있었고, 미나가 보기에 낸의 유별난 점이 바로 이것이었다. 미나는 제일 친한 친구가 심취한 대상을 이해할 수 없었다. 그녀는 '내 삶이 이미 리얼리티 쇼인데 왜 다른 사람 것까지 봐야 해?'라는 생각을 갖고 있었다.

버스가 바부시카 빵공장에 도착했다. 지치고 지루해하는 십대들이 줄지어 내리고 나서 삼삼오오 모여 안내를 기다렸다. 지금이 미나가 군중을 둘러보면서 키가 훤칠한 금발의 브로디 카마이클을 찾을 수 있는 기회였다. 물론 브로디는 사반나 화이트 옆에 서 있었다. 사반나는 긴 밝은 금발머리에 도자기 같은 피부, 커다란 푸른 눈을 가진, 모든 면에서 동화 속 공주처럼 생긴 아이였다. 사반나는 브로디가 자기 것이라는 듯 그의 팔을 꽉 붙들었고, 브로디는 살짝 놀란 듯했다. 고등학교 여학생만이 할 만한 방식의 일종의 영역 표시였다.

브로디는 모든 여자애들이 꿈꾸는 완벽한 이상형이었다. 그는 상류계급과 운동선수를 완벽한 비율로 혼합한 칵테일과도 같았다. 카마이클가의 조상은 메이플라워 호를 타고 처음으로 아메리카 대륙에 왔던 사람들이었다. 그들은 경주마를 길렀고, 의류회사를 운영했으며, 지역에서 가장 부유한 가문이었다. 하지만 브로디는 절대 그런 사실을 의식하지 않았다. 그는 절대로 언성을 높이지 않았고, 누구도 괴롭히지 않았다. 또한 자신의 사회적 지위와 여자애들에 대한 자신의 영향력을 전혀 모르는 듯했다.

회색 벽돌공장에서 통통한 남자가 서둘러 나와 미나는 공상을 멈추었다.

"어서 와요 학생들. 우리는 여러분을 세계 제일의 바부시카 빵공장에 초대하게 되어 정말 기뻐요. 나를 B. J. 아저씨라고 불러주세요." 남자는 미소를 띠고 입 주위에 묻은 도넛의 흰 설탕가루 같은 것을 닦으면서 말했다. "여러분의 투어가이드 클레어를 소개할게요. 그녀가 여러분을 공장 이곳저곳으로 안내해줄 거예요. 여러분이 궁금해하는 질문에도 모두 대답해줄 것이고요."

클레어라는 이름의 굉장히 매력적인 금발의 투어가이드가 공장에서 걸어 나왔다. 그녀는 몸에 꼭 맞는 흰색 가운에 노란색 안전모와 보호안경을 쓰고 있었지만, 그것이 그녀의 늘씬한 다리와 모델 같은 아름다움을 전혀 해치지 못했다. 남자애들은 노골적으로 휘파람을 불었고, 서로를 툭툭 쳤다. 심지어 브로디조차도 그녀 앞에서 키가 더 커보이게 서 있었다. 클레어는 빨간 입술 사이로 완벽한 하얀 이를 드러내며 따뜻한 미소를 지었다. 그녀는 엉덩이를 흔들며 우아하게 걸었고, 빨간 하이힐은 시멘트 보도 위에서 그녀만이 들을 수 있는 리듬에 맞추어 또각또각 소리를 냈다.

남자애들은 이 투어가이드의 뒤에 바싹 붙어서 강아지처럼 쫓아갔고, 사반나를 비롯한 인기 있는 여자애들은 뒤로 떨어져 클레어를 악의에 찬 눈빛으로 노려보았다. 그들은 무언의 도전장을 던지고 있었다. 여자애들은 복수를 준비하려고 머리를 뒤로 넘기고, 콧등에 파우더를 바르고, 입술에 립글로스를 발랐다. 미나는 그 불쌍한 투어가이드에게 한순간 동정심을 느꼈다. 케네디 고등학교에서 질투 어린 소녀들의 복수의 대상이 되는 것이 어떤 것인지를 보아왔기 때문이다.

미나는 낸도 이 상황을 알아차렸는지 보려고 고개를 돌렸지만, 낸은 문자 보내는 일에 빠져 있었다. 미나는 한숨을 푹 쉰 다음 낸의 옷소매를 끌고 학생들 무리를 따라 공장 안으로 들어갔다. 낸은 가는 내내 문자를 보내느라 여념이 없었다.

클레어는 학생들을 형광등이 환하게 켜진 복도로 데리고 갔다. 바부시카 빵공장의 역사가 담긴 사진들이 벽면을 따라 걸려 있었다. 클레어는 몇 걸음마다 멈추어 서서 공장의 역사를 설명해주었다. 미나는 찢어진 백팩 안에서 공책과 꼭지를 깨문 자국이 있는 연필을 꺼내 열심히 설명을 받아 적었다. "이분은 우리 회사의 창립자 래리 브림웰 씨입니다. 그는 1911년에 방 두 개짜리 자신의 집에서 빵집을 시작했어요. 그 후 1913년에 이민자들이 모여 사는 이 동네의 임대 건물로 옮겨

왔지요."

흐릿한 흑백 사진 속에 하얀 앞치마를 두르고 모자를 쓴 남자가 작은 부엌 테이블에서 초콜릿 볼을 굴리고 있는 모습이 보였다. 테이블 아래에는 갈색머리 꼬마가 나무로 된 장난감 자동차를 갖고 노는 모습이 희미하게 보였다.

다음 사진은 더러운 격자창에 '세놓음'이라는 표지가 붙은 작은 건물 앞에서 미소를 짓고 있는 브림웰 씨의 모습이었다. 브림웰 씨 옆에는 엄숙한 얼굴의 금발 여성이 작은 클러치 백을 손에 들고 서 있었다. 어린 아들의 손을 잡고 있는 이 여자는 그의 아내임이 분명했다. 미나는 행복한 가족의 모습으로 보여야 할 사진을 빤히 쳐다보았다. 그 사진은 뭔가 이상해 보였고 심지어 억지로 만들어낸 모습 같았다. 미나는 브림웰 부인이 실세로 어떤 생각을 하고 있었는지 궁금했다.

"빵집을 완전한 공장으로 만드는 일에서 가능성을 본 사람은 브림웰 부인이었어요. 그녀는 아버지의 유언을 거스르면서 자신이 받은 유산을 전부 공장에 투자했어요. 얼마 지나지 않아 그들은 현재의 이 공장을 사들였고, 그 이후에 래리는 성홍열로 세상을 떠났어요. 그의 아내와 아들만이 남아서 단둘이서 가업을 이어갔지요." 아주 짧은 순간 클레어의 목소리가 떨렸다. 그녀는 말을 멈추고 목을 가다듬었다. 그러고는 다시 환한 미소로 학생들을 매혹시켰다. "인내하면서 열심히 일한 결과, 빵공장을 오늘날과 같은 베이킹 제국으로 만들 수 있었죠."

"지금은 누가 운영하나요?" 프리실라 로즈, 줄여서 '프리'라고 불리는 소녀가 손을 들고 허락도 받기 전에 질문을 했다.

"브림웰 씨에요." 클레어가 대답했다.

"세상에. 브림웰 씨는 백 살도 넘었겠는데요." 프리가 놀라서 말했다.

"나도 참 바보같이." 클레어가 키득거렸다. "용서해줘요. 내가 말하려고 한 사람은 그의 손자, B. J. 브림웰 씨였어요. 여러분이 공장 앞에서 만났던 분이요. 그가 백 살이 되어 보이지는 않죠?"

이해하겠다는 듯 아이들은 머리를 끄덕였고 심지어 몇몇 남자애들은 이 썰렁한 농담에 웃기까지 했다.

더 많은 설명이 이어졌고 투어는 계속 진행되었다. 웨스트 선생님은 이 견학에 대한 보고서를 제출해야 한다고 했고, 미나는 이 과제에서 A학점을 받아야만 했다. 초콜릿을 만드는 과정에서 다양한 설탕이 각각 어떤 효과를 내는지에 대한 강의가 진행되던 중에 웨스트 선생님은 견학하는 학생들 무리에서 떨어져 나갔다. 하지만 보호자가 자리를 뜬 것을 알아차린 것은 미나뿐이었다.

클레어는 남자애들, 특히 브로디가 보이는 특별한 관심을 즐기는 듯했고, 그들을 막으려는 행동은 전혀 하지 않았다. 학생들은 저장실, 건조실, 혼합실 등을 이어서 견학했다. 모든 방이 똑같이 생기 없고 우울해 보였고, 특히 축 늘어진 흰 가운을 입고 샤워캡을 쓴 채 무기력하고 단조롭게 움직이는 직원들은 더욱 그러했다. 모든 직원은 하나같이 똑같은 표정을 하고 있었다. 얼빠진 표정이었다.

많은 아이가 지루해하는 모습이 보였다. 적지 않은 아이가 가이드를 불쾌하게 하지 않으려고 하품을 꾹 참고 있었다. 미나도 눈꺼풀이 무거워지기 시작했다. 마치 며칠을 못잔 것처럼 잠이 쏟아졌다.

서서히 투어의 분위기가 바뀌었다. 끊임없이 흘러나오던 설명이 눈에 띄게 느려졌고 클레어의 목소리가 더 이상 방 뒤쪽까지 들리지 않을 정도로 작아졌지만 미나는 그 사실을 거의 알아차리지 못했다. 사실상 클레어는 지난 5분 동안 속삭임 이상의 소리를 내지 않았다. 나머지 반 아이들은 이제 부수적인 존재였다. 이세 투어는 단 한명의 VIP, 브로디만을 위한 것처럼 보였다.

클레어는 몸을 앞으로 기울이더니 마치 브로디가 잘못된 방향을 향한 것처럼 그의 어깨에 손을 살며시 대면서 바로잡았다. 그녀는 속삭이듯 말을 했고, 브로디만이 듣고 있는 듯했다. 이 둘 사이에 일어나는 작은 행동들이나 접촉은 모두 이상하고 비정상적으로 보였다. 클레어는 브로디가 한 말을 들으려고 걸음을 멈추었고 수줍어하며 고개를 옆으로 돌려 키득거렸다. 미나는 투어그룹에서 뒤쪽에 있어서 두 사람이 하는 이야기를 듣지 못하는 것이 안타까웠다. 하지만 누군가는 분명히 엿들었던 모양이다. 사반나가 산통을 깨려고 접근했다.

사반나는 금발머리를 뒤로 넘기면서 클레어와 브로디 사이로 끼어들었다. 그녀는 도전적인 태도로 턱을 치켜들면서 말했다. "잠깐만요. 뒤에서도 당신이 하는 말을 제대로 들을 수 있게 내 남자친구한테 지나친 관심을 보이는 것은 그만뒀으면 좋겠는데요."

클레어의 표정이 어두워졌다. 브로디는 사반나의 팔을 붙들고 그녀를 공격했다.

"대체 뭐하는 거야, 사반나. 나를 망신 줄 작정이야?"

"너야말로. 바보 같은 빵곳간 따위에 네가 언제부터 그렇게 관심이 있었어?"

"아, 제발. 정말 여기서 이러고 싶어?"

"내가 뭘 하고 있는데?" 그녀가 쌀쌀맞게 물었다.

브로디의 목소리가 점점 커졌다. 아이들은 일제히 떠드는 것을 멈추고 이번 학기의 가장 큰 싸움이 될 이 상황에 귀를 기울였다. 그들은 이 역사적인 사건을 두 눈으로 직접 목격하게 될 것이었다.

"우리 둘은 이제 끝났어. 나는 네가 지긋지긋해. 네 질투와 어린애 같은 행동들. 너는 철이 좀 들어야 해!" 브로디는 몹시 흥분했고 신경이 날카로워 보였다. 그의 이마에 땀방울이 맺혔다.

사반나의 두 눈이 눈물로 반짝였고, 체리 색 립글로스를 바른 입술이 떨리기 시작했다.

"진심은 아니지? 어제는 내게 그랬었잖아……."

"음, 어제는 어제고, 오늘은 오늘이야. 모르겠니? 너는 너무 어린애 같아."

브로디의 입에서 이런 말들이 튀어나왔지만, 그 말들은 이상했고 강제로 나오는 말 같았다. 사반나는 몸을 돌려 화장실을 향해 복도를 뛰어갔다. 프리는 충직하게 사반나의 뒤를 따라 뛰어갔다.

클레어는 학생들을 향해 몸을 돌렸고 환하게 미소 지었다. "자, 이제 당황스러운 상황이 끝났으니 우리는 길을 떠나볼까요?"

그녀의 미소가 눈부실 정도로 밝아서 보기에 괴로울 정도였다.

이 매혹적인 투어가이드가 브로디와 남자애들에게 미치는 영향을 아무도 알아채지 못했다. 여자애들은 이별의 장면을 목격하고는 충격이 너무 커서 더 이상 투어에 집중하지 않았다. 그 대신 학교에서 제일 멋진 남자애가 이제 자기 것이 될 수도 있다는 사실에 흥분해서 수군거렸다. 어느 누구도 브로디 카마이클을 미워할 수는 없었다.

낸은 미나를 팔꿈치로 찔렀고 턱을 들어 여자애들이 모여 있는 쪽을 가리켰다. "내가 그랬지. 누구나 소문을 좋아한다고. 나는 벌써 여기에 있지도 않은 애들 3명한테서 브로디와 사반나가 깨졌다는 문자를 받았어." 낸은 문자 하나를 보더니 얼굴을 찡그렸고, 곧이어 휴대폰 액정 위로 손가락을 바삐 움직였다. "아니야. 그게 아니야. 내가 여기 있었다고. 내가 직접 봤는걸." 낸은 15킬로미터 떨어진 학교에서 현재 돌고 있는 잘못된 소문을 정정하면서 혼자 중얼거리기 시작했다.

클레어는 마침내 학생들을 3층까지 데리고 왔다. 그녀는 아이들이 생산 과정을 내려다볼 수 있는 공중 통로 위를 걸을 수 있게 했다. 이제 많은 아이가 지루해서 웃고 떠들며 서로를 밀치고 장난을 치기 시작했다. 그게 무엇이었든지 아이들을 매혹시켰던 사랑의 주문이 사라져버린 듯했다. 단 한 명, 최면상태의 브로디는 예외였다. 그의 움직임은 더 느려졌고 클레어의 작은 몸짓들 하나하나에 빠져 있었다.

미나는 클레어의 손이 새침하게 브로디의 이두박근을 쓰다듬는 것을 보았다. 머릿속에서 뭔가 정말 잘못되었다는 경고음이 울렸다. 양손에서 찌릿한 느낌이 들었고 전류가 흐르는 것처럼 몸 전체로 퍼졌다가 척추를 타고 올라갔다. 미나는 화들짝 놀라서 정전기의 원인을 찾아 주위를 두리번거렸다. 하지만 그녀 옆에는 아무도 없었다.

뭔가 잘못되었다는 강렬한 느낌이 또 한 번 미나를 덮쳤고, 그녀는 나아가서 멈춰야 한다는 생각이 들었다. 그녀는 사반나처럼 시끄러운 상황을 만들고 싶지는 않았지만 클레어가 브로디를 어떤 주문으로 홀렸든지 간에 그것을 깨뜨려야만 했다. 미나는 용기를 내서 무엇을 어떻게 해야 할지 정확히 모른

채 앞으로 나아갔다. 찌릿한 느낌이 감당할 수 없을 정도로 강렬해지고 있었다.

누군가 뒤에서 미나를 밀었고, 미나는 손에 들고 있던 공책과 꼭지를 깨문 자국이 있는 연필을 놓쳐버렸다. 연필이 미나의 손에서 날아가 비디오 게임에 대해 깊은 논쟁을 벌이던 스티브와 프랭크의 발아래로 떨어졌다. 연필은 스티브의 발 앞으로 굴러갔고, 미나는 스티브가 연필을 밟고 미끄러지는 것을 보았다. 스티브는 양 팔을 마구 흔들다가 중심을 잡지 못하고 프랭크를 향해 곤두박질쳤고, 결국 도미노 현상이 일어났다.

예상치 못한 습격을 당한 프랭크는 친구를 붙잡으려고 했지만, 결국 뒤로 넘어지면서 미나와 클레어, 브로디와 쾅 하고 충돌했다. 미나는 균형을 잡았지만, 클레어는 구두굽이 바닥에 걸리면서 브로디를 향해 곤두박질치면서 브로디를 난간을 향해 밀어버렸다. 낡아빠진 공중 통로는 충격을 이기지 못하고 덜컹거렸고, 사람들은 모두 오른쪽으로 휘청했다.

갑작스럽게 밀쳐진 브로디가 최면 상태에서 깨어났다. 통로가 한 번 더 흔들렸고, 브로디는 덜컹거림에 놀라 갑자기 혼란스러워하는 듯했다. 그는 뒷걸음질 치며 휘청거렸다. 브로디는 두 팔로 난간을 잡으려고 마구 팔을 휘둘렀지만 놓쳐버렸다. 브로디가 안전가드 너머 뒤로 떨어지는 순간 그의 푸른 눈은 공포로 가득 차 있었다.

제2장

브로디 카마이클을 구하다

공포에 질린 아이들이 벽이 떠나갈듯 비명을 질러댔다. 미나가 브로디를 붙잡으려고 달려들었을 때 그녀는 아드레날린이 솟구쳐 제정신이 아니었다. 미나는 브로디의 몸은 놓쳤지만 그의 검은색 얀스포츠 백팩의 어깨 끈을 붙잡았다. 미나는 힘이 센 편도 아니었지만 생각할 겨를도 없이 달려들었다. 그녀는 난간에 쿵 하고 부딪혔고 아파서 소리를 지르면서도 이를 악물고 견뎠다. 더 이상 움직임이 없던 짧은 순간 미나는 자신이 브로디를 구했고 둘 다 살았다고 생각했다. 하지만 곧 그녀의 두 발이 천천히 바닥에서 떨어지기 시작했다. 미나는 비명을 질렀고 몸이 위로 올라갔다. 미나의 두 발이 쓸모없이 공중에서 달랑거렸다. 미나는 브로디와 함께 난간 너머로 떨어지려 하고 있었다.

갑자기 누군가 두 손으로 그녀의 허리를 감쌌고, 그녀를 꼭 붙잡았다. 미나와 브로디 두 사람이 아래로 떨어지려던 기세가 덜컥하고 멈추었고, 그 순간 무언가 찢어지는 소리가 크게 났다. 미나는 브로디의 가방 끈을 죽을 듯이 붙잡고 있었고, 양팔에서 느껴지는 고통은 급격히 심해졌다.

브로디는 반대편 어깨끈에만 한 팔을 걸치고 있었고, 그것마저도 팔꿈치까지 내려가 있었다. 그는 떨어지지 않으려고 다른 쪽 손을 뻗어 가방끈을 단단히 잡았다. 그는 겁에 질린 표정으로 위쪽을 쳐다보았다. 공중 통로는 여전히 위태롭게 흔들리고 있었다.

"걱정 마! 내가 잡았어, 브로디." 근육이 타들어 가는 듯한 양팔은 자기 몸무게의 두 배나 되는 사람을 잡고 있느라 떨리고 있으면서도 미나는 브로디를 안심시키려고 애썼다.

"그리고 너는 내가 잡았어." 진력을 다해 힘을 쓰느라 억눌린 낸의 목소리가 들렸다.

미나가 떨어지는 것을 붙잡은 사람은 바로 낸이었다. 다른 학생들도 이 구출작업에 참여하기 시작했다. 스티브와 프랭크는 브로디의 백팩에 손을 뻗어 브로디의 몸무게가 주는 부담을 줄여주려고 했다. 그들은 브로디를 위로 당겼고, 브로디가 아래쪽 안전대를 붙잡을 수 있도록 도왔다.

몇몇 학생들은 자신의 안전은 뒤로한 채 배를 깔고 바닥에 누웠고 난간 사이로 팔을 뻗어 브로디를 붙잡았다. 그리고 브로디가 천천히 몸을 끌어당겨 공중통로에 발을 안착하는 것을 도왔다.

미나는 브로디가 난간을 넘어와서 난간과 떨어져 서서 안전해질 때까지는 숨을 쉴 수 없을 듯싶었다. 일단 브로디가 위험한 상황에서 벗어나자 미나는 작은 다이아몬드 모양들로 된 쇠 격자 바닥에 무릎을 꿇고 주저앉았다. 강한 안도감에 무릎을 찌르는 고통 따위는 무시할 수 있었다. 브로디의 가방은 미나 옆에 던져졌다. 브로디는 몸을 숙여 미나에게 말을 걸려고 했지만, 흥분한 스티브와 프랭크가 브로디를 끌어당겼다. 미나는 브로디의 찢어진 백팩을 보았고, 헛것을 보는 것은 아닌지 눈을 두 번이나 깜박여야만 했다. 그녀가 들었던 찢어지는 소리는 브로디의 백팩이 찢어지는 소리였다. 그리고 그 찢어진 부분은 오늘 아침 미나의 백팩에서 찢어진 부분과 똑같은 위치에 똑같은 크기로 구멍이 나 있었다.

브로디는 무사했다. 하지만 미나는 자신이 안전하지 않은 느낌이 들었다. 갑자기 숨이 막혀 왔다. 마치 어떤 보이지 않는 힘이 그녀를 감시하고 평가하고 있는 듯했고, 그 느낌은 점점 참을 수 없을 정도로 강렬해졌다. 게다가 자신을 바라보는 모든 아이의 시선에 갇혀버린 느낌이었다.

심지어 클레어도 놀라고 겁에 질려 있는 듯했다. 그녀의 금발머리는 헝클어졌고, 안전모는 사라졌다. 그녀는 절뚝거리면서 똑바로 서려고 애썼다. 그녀는 학생들을 통제하려고 애썼지만, 아이들은 서로 축하하고 껴안고 울음을 터뜨리고 있었다. 어떤 아이들은 미나의 등을 찰싹 때렸다.

"정말 대단했어!"

"어떻게 그렇게 빨리 몸을 던질 수가 있어!"

"네가 브로디의 생명을 구했어."

"잘했어, 그라임스!"

"이제 밖으로 나가야 할 시간이네요." 클레어가 말했다.

그녀는 창피함에 눈을 깔았다. 학생들 모두가 클레어를 따라서 가장 가까운 비상구로 갔다. 그들은 계단을 내려가 건물 옆문을 통해 밖으로 나갔다. 눈부신 햇살이 학생들의 얼굴에 쏟아졌고, 조금 전 그들을 엄습하여 몽롱하게 했던 안개는 증발해버린 듯한 분위기였다.

미나는 빵공장에서 많이 떨어지자 불안감이 약간 줄어드는 느낌이었다. 하지만 완전히 사라지지는 않았다.

그들은 지름길로 가지 않고 정문에 세워둔 버스에 이를 때까지 빵공장 옆을 둘러 먼 길을 걸어갔다. 웨스트 선생님이 브림웰 씨와 함께 그곳에 있었다. 웨스트 선생님은 책임감 없는 인솔자치고는 뭔가 문제가 있었다는 사실을 금방 알아차렸다. 그는 클레어의 얼굴에서 불안감을 읽었고 즉시 경계 태세를 취했다.

"무슨 일이에요? 뭐가 잘못됐나요?" 그가 물었다.

클레어는 무안해서 얼굴이 붉어졌지만 당당하게 말했다. "공중 통로에서 불의의 사고가 있었어요."

웨스트 선생님의 두 눈이 공포로 커다랗게 되었다. 그의 대머리가 제멋대로인 학생들의 머릿수를 세느라 시계추처럼 왔다 갔다 흔들리기 시작했다.

"맞아요. 브로디가 거의 죽을 뻔했어요!" 스티브가 불쑥 말했다. 사반나는 깜짝 놀라서 꺄악 하고 비명을 질렀다.

"브로디가 공중 통로에서 뒤로 넘어져 떨어졌어요. 그런데 그라임즈가······. 아니 제 말은, 미나가 브로디를 구했어요!" 프랭크가 외쳤다.

모든 아이가 죽음을 무찌른 이야기를 자기 버전으로 전하려고 한꺼번에 소리쳐 아우성치는 목소리들 사이에서 다른 어떤 말도 들리지 않았다. 미나는 자신을 쳐다보는 많은 눈빛이 불편했다. 그래서 군중 사이를 조심스럽게 빠져나가 낸 뒤로 몸을 숨겼다. 낸은 더 이상 휴대폰에 정신이 팔려 있지 않았다.

브림웰 씨는 얼굴이 창백해져 클레어를 쳐다보았다. "이게 사실인가요? 어떻게 이런 일이 일어나게 할 수 있죠?"

클레어는 화가 나서 입술을 깨물었다. "내 잘못이 아니에요. 아이들이 공중 통로에서 장난을 치면서 놀았다고요. 그러다 고정 장치가 부러졌고요."

미나는 가슴이 철렁했다. 속이 메슥거렸다. 누구도 진짜 이유를 알지 못하고 있었다. 미나가 꼭지를 깨문 두 번째로 아끼는 연필을 떨어뜨리지만 않았더라면 이 모든 일은 일어나지 않았을 것이다. 이 모든 난장판은 그녀의 타고난 불운과 심하게 덤벙대는 행동 때문에 시작된 것이었다. 이 일은 양말 서랍 안에 숨겨둔 공책 목록에 추가할 또 하나의 엄청난 재난이었다.

"아이들에게 공중 통로를 걷게 했어요?" 브림웰 씨는 그녀를 추궁했다. 브림웰 씨의 동그란 얼굴이 화가 나서 토마토처럼 붉게 변했다. 하지만 그것이 클레어를 주눅 들게 하지는 않았다.

"안 할 이유가 뭔가요? 나는 지난 몇 년 동안 가이드를 하면서 항상 사람들을 그 통로로 데려갔어요. 그전에는 당신도 전혀 문제 삼지 않았잖아요. 나는 항상 견학을 그곳에서 끝냈다고요."

그들은 서로 더 가까이 다가섰고 논쟁이 고조되었다. 하지만 미나네 반 친구들이 떠드는 소리가 점점 더 커지면서 말다툼의 내용은 알아듣기 힘들어졌다. 웨스트 선생님은 믿을 수 없다는 듯이 고개를 흔들었고, 의심스러운 눈빛으로 미나를 계속 쳐다보았다. 미나는 스스로도 자신이 한 행동을 믿기 힘들었으므로 그럴 만도 하다고 생각했다.

브로디는 뭔가를, 아니면 누군가를 찾고 있었다. 그의 시선이 사반나를 지나 다른 학생들 머리 너머로 향했다. 미나는 그것을 보고 얼굴을 붉혔다. 브로디가 아이들 사이에서 미나를 발견하고 그녀가 있는 곳으로 오기 시작했다. 미나는 긴장했다. 그렇게 민망한 곡예를 한 다음에 브로디에게서 고맙다는 말을 듣는 일은 상상하기도 싫었다. 특히 휴대폰을 손에 든 20여 명의 아이들 앞에서는 더욱 안 될 일이었다. 미나는 멍청한 말을 내뱉고 자신을 웃음거리로 만들 것이 분명했다.

브로디가 동정 어린 눈빛을 보내는 여자애들을 지나서 미나를 향해 다가올 때 미나는 눈을 돌릴 수가 없었다. 그가 거의 코앞에 왔을 때 사반나가 브로디의 이름을 불렀고 브로디는 걸음을 멈추었다. 브로디와 미나는 둘 다 고개를 돌렸다. 사반나가 그를 향해 달려오고 있었다. 사반나는 눈부신 금발머리를 찰랑거리면서 달려와 브로디의 팔에 안겼다. "너 괜찮아?" 그녀는 주저하면서 물었다. 브로디가 어떤 반응을 보일지 알 수 없기 때문이다. 미나는 브로디가 사반나에게 냉담하게 대하길 기대했지만, 놀랍게도 브로디는 사반나를 다정하게 꼭 안아주었다.

"브로디, 내가 잘못했어!" 둘이 몸을 떼었을 때 사반나가 말했다. '쟤는 정말로 주위 사람들이 저렇게 신경이 안 쓰이는 걸까?'라고 미나는 생각했다. "빵공장 안에서 그렇게 행동해서 미안해. 네 말이 맞아. 나는 정말 철 좀 들어야 해. 앞으론 그렇게 너를 망신 주는 일은 하지 않을게." 그녀의 아랫입술이 몹시 떨렸다.

"사반나, 무슨 얘길 하는 거야? 이건 네 잘못이 아니야."

"아니, 그 일 말고. 우리가 싸웠던 것 말이야. 내가 생각을 많이 했는데……."

"무슨 싸움?" 브로디가 물었다. 답답해하는 눈치였다. 놀란 관중들이 수군거리기 시작했다. "사반나, 나 방금 거의 죽을 뻔했어. 이 문제는 나중에 얘기하면 안 될까?"

"잠깐만……. 너 기억이 안 나는 거야?"

"솔직히 말하면, 오늘 아침에 일어난 모든 일이 흐릿하게 느껴져. 나 지금 몸이 정말 안 좋아……. 그냥 집에 가는 게 좋겠어."

사반나의 얼굴이 희망으로 밝아졌다. 브로디가 결별을 기억하지 못한다는 걸 깨닫자 그녀는 떠나지 않아도 된다는 사실에 안도했다. "그래, 그게 좋겠어, 브로디. 내가 집에 데려다줄게." 사반나는 브로디를 자기 것인 양 팔을 꽉 움켜잡고는 버스로 데려갔다. 버스 옆에는 공황 상태에 빠진 웨스트 선생님이 있었다.

"브로디, 얘야. 너희 부모님이 이 일을 내 과실이라고 생각하지 않으셨으면 좋겠구나. 나는 중요한 전화를 받느라 나가야 했거든." 웨스트 선생님은 브로디의 어깨에 손을 올리고는 브림웰 씨를 향해 경계하는 눈빛을 보냈다. 그러고는 나머지 학생들을 향해 교사 특유의 말투로 소리쳤다. "좋아요, 여러분. 그럼 차에 몸을 싣도록 해요."

미나는 낸과 프리 뒤에 줄을 서서 버스에 오르기를 기다렸다. 미나는 아직 불안정한 브로디가 사반나의 부축을 받고 버스 계단을 오르는 모습을 지켜봤다.

"음. 저건 역사상 가장 짧은 결별이었을 거야." 프리가 중얼 거렸다.

"너무 확신하지는 마." 낸이 브로디를 힐끗 보면서 진지하게 말했다.

브로디는 창가 자리에 앉아서 미나가 있는 방향을 불길한 표정으로 쳐다보았다. 미나를 쳐다보고 있는 듯했다. 미나는 즉시 바닥으로 눈을 깔았지만 다시 고개를 들었을 때도 그의 시선은 그대로 있었다.

"그러니까 내 말은, 브로디가 사반나를 왜 좋아하는지 모르 겠다는 거야." 프리가 계속해서 말했다.

"걱정 마, 프리. 쟤네들이 다시 만난 게 오래가지는 않을 것 같은 느낌이 드는 걸."

미나가 버스에 오르자 아이들은 박수를 치고 미나의 이름을 부르기 시작했다. 또 자리에서 일어나 미나에게 하이파이브를 하기도 했고, 그녀의 영웅적인 행동을 칭찬하기 시작했다. 그 러나 한 사람만은 여전히 창밖을 응시하고 있었다. 미나는 속 이 메스거렸다. 죄책감 때문에 신경쇠약에 걸릴 지경이었다. '브로디한테 사과를 해야 하나? 그럼 브로디 앞으로 다가가서 세상에서 제일 잘생긴 남자애한테 말을 걸어야 한다는 뜻이잖 아. 나랑 얘기를 하고 싶어 하지도 않아 보이데. 절대 안 돼. 아니면 쪽지를 건넬까? 그것도 안 돼. 걔네 가족이 우리를 고

소할지도 몰라.' 미나는 머릿속이 복잡해지며 진짜로 토할 것만 같았다.

미나는 머리를 숙인 채 서둘러 버스 뒷자리로 갔고 의자에서 가능한 아래쪽으로 내려가 앉아 잘 보이지 않게 했다. 낸이 옆자리에 쑥 들어왔다.

"유명인사 옆에 앉으니 좋은 걸." 낸이 소리 내어 웃었다.

"아니야. 그렇지 않아. 끔찍해." 미나가 말했다. "네 말은 틀렸어. 나는 인기를 얻고 싶지 않아."

"네 사인을 받아서 이베이에 팔까봐. 아니면 네 영어 시험지를 경매로 파는 거야. D플러스를 받은 시험지를 팔면 얼마나 벌려나?" 낸의 말에 미나는 생각만으로도 소름이 끼쳤다. "그럼 내가 사고 싶었던 새 핸드백을 살 수도 있을 거야." 낸이 말했다.

"그 핸드백에 목이 걸려 질식했으면 좋겠다." 미나가 맞받아쳤다.

낸이 키득거렸다. 하지만 곧 미나를 놀리는 일을 그만두었다. 미나는 버스 통로 방향으로 몸을 내밀고 슬쩍 엿보았다. 아니나 다를까 모든 아이가 여전히 미나가 앉은 쪽을 보면서 그녀 방향으로 손가락질하며 소곤대고 있었다. 미나는 후회의 한숨을 내쉬면서 좌석 등받이에 몸을 던져 앉았고, 불안한 듯 손가락으로 허벅지를 두드렸다.

"이것도 트위터에 올릴 거지?" 미나가 말했다. 하지만 낸의 손에는 그녀의 전자 액세서리가 보이지 않았다. "지금쯤 사진 50장은 찍었을 줄 알았는데."

"올릴 수가 없어." 낸이 아쉬워하며 한숨을 쉬었다.

"왜?"

"이젠 아이폰이 없거든."

"어떻게 된 거야?"

"네가 곤경에 처한 걸 보자마자 그 자리에서 던져버렸지. 내 말은, 당연한 거 아니겠어. 바보 같은 휴대폰을 붙들고 있느냐 제일 친한 친구의 생명을 구하느냐 둘 중 하나잖아." 낸은 양손을 뻗어 마치 물건 두 개를 든 것처럼 저울질을 해 보였다. "말이 돼? 고민할 거리도 아니잖아." 낸이 덧붙였다.

미나는 두 팔을 벌려 낸을 있는 힘껏 꼭 껴안았다. 미나는 낸의 삶이 얼마나 그 바보 같은 휴대폰을 중심으로 돌아가는지를 잘 알고 있었다. 그런데도 낸은 그것을 던져버리고 미나를 구한 것이다.

미나가 점점 더 세게 껴안자 낸은 신음소리를 냈다. "야, 놔 줘. 놔줘."

"고마워, 낸." 미나가 미소를 지으며 말했다.

"그래, 그래. 그렇겠지. 너는 평생 나한테 빚을 진 거야. 넌 내 영원한 노예이고 이젠 너를 희생해서 내 생명을 구해줘야 해." 낸은 아무 일도 아니라는 듯 양손을 저었다.

미나와 낸은 좌석에 기대앉아서 버스 가득한 학생들이 문자를 보내고, 떠들고, 휴대폰으로 게임을 하는 소리의 협연에 귀를 기울였다. 띠리링 하고 들려오는 휴대폰 소리들이 낸의 희생을 끊임없이 상기시켜줬다.

"낸?" 미나가 한 번 더 사과하려고 말을 꺼냈다.

"그만해!" 낸은 분홍색 매니큐어를 칠한 손가락 하나를 들고 단호하게 내밀며 한 마디도 더 들을 수 없다는 듯 말을 잘랐다. "나 벌써 후회돼."

미나는 웃음을 터뜨렸다.

제 3 장

미나를 따라다니는 불운

미나는 바부시카 빵공장에서 일어났던 일을 엄마에게는 말하지 않았다. 엄마가 어떻게 반응할지 정확히 알고 있었기 때문이다. 사라는 극도로 과잉보호형의 엄마였는데, 그 정도가 정상적인 수준을 훨씬 넘어섰다. 설명하기 어려운 괴상한 사건들이 미나에게 일어날 때마다 사라는 무조건 가족들을 차에 태우고 이사를 갔다. 그런 엄마를 보며 미나는 이해할 수가 없었다.

초등학교 1학년 때의 일이다. 미나가 동물원으로 소풍을 갔는데, 동물을 만져보려고 우리 안에 들어갔다가 온갖 동물이 미나를 따라다니는 바람에 공포에 질린 적이 있었다. 그다음 주 미나네 가족은 이사를 했다.

4학년 때는 과학숙제로 정원 가꾸기를 했는데 불과 하룻밤 만에 자동차만 한 호박이 두 개나 자란 적이 있었다. 다음 날 미나네 식구들은 이사를 했다.

중학교 1학년 때는 가정 시간에 뜨개질을 하는 도중에 계속 잠이 들어버렸다. 학교에서 사라에게 전화를 걸어 미나가 선열에 걸려서 그런 거라고 말했고, 미나가 집에 도착했을 때는 이미 이사 갈 준비가 되어 있었다.

어제 일어났던 일은 미나에게 일어났던 어떤 불쾌한 사건들보다도 더 심한 일이었다. 미나가 사건들을 기록하는 이유가 바로 이 때문이다. 미나는 언젠가는 이 참사들 사이의 숨은 연관성을 찾아내 엄마가 도망가려고 하는 이유가 무엇인지 알아내고 싶었다.

지금으로선 엄마가 다른 학부모들과 친하게 지내지 않아서 다행이었다. 만약 그랬다면 이미 얼마 안 되는 살림들이 박스로 포장이 되어 있고, 골목에는 이삿짐 트럭이 기다리고 있었을 것이다.

"미나?" 사라는 방문을 살짝 열고 고개를 들이밀어 딸의 방을 엿보았다. 방문이 십대 딸의 잔해들 더미에 막혀 더 이상열리지 않았다. 미나가 대답을 하지 않자 사라는 용감하게 옷더미와 쌓인 잡지들이 만들어낸 장애물을 밀어내고 딸의 어두운 방으로 걸어 들어와서 블라인드와 창문을 열었다.

"아아아. 어엄~마!" 미나는 이불을 머리 위로 휙 덮어서 신선한 공기와 햇살의 맹공격에서 자신을 보호했다. 그 두 가지는 심하게 졸린 십 대에게는 치명적인 것들이었다. 미나는 투덜거리며 이불 속에서 몸을 웅크렸고, 이리저리 엄마가 걸어 다니는 소리를 무시하려고 애썼다. 미나가 원하는 것은 단 몇 시간만 침대에서 더 뒹굴며 학교에서의 또 다른 하루를 맞을 힘을 모으는 것이 전부였다. '그게 그렇게 들어주기 힘든 일이란 말인가?' 미나는 속으로 생각했다. 사라의 발가락이 정체불명의 물건에 부딪치자 그녀는 아파서 외마디 소리를 냈지만 어떤 잔소리도 하지 않았다. 미나는 이불 속에서 죄책감을 느끼며 입술을 깨물었다. '정말 방청소를 좀 하긴 해야 해.' 미나는 스스로 생각했다. 미나는 엄마가 이 점에 대해서 한 번도 장황한 잔소리를 늘어놓지 않는 것에 감사했다.

"우리는 지금 나갈 거야. 찰리를 학교에 데려다주기 전에 살게 좀 있거든. 집에는 조금 늦을 것 같구나. 카마이클 씨네 집에 팸플릿을 전해줘야 해서. 그럼 저녁 식사 때 보자. 알았지?"

"잠깐만요? 카마이클 씨네 집이요? 안 돼요!" 미나는 침대에서 벌떡 일어났고 이불을 머리 뒤로 던지며 소리를 질렀다. "아니, 그 집에는 입주가정부가 있잖아요? 왜 다른 회사에서 또 사람을 쓰려는 거죠?" 미나는 무슨 일이 있더라도 엄마를 카마이클네로 가게 할 수는 없었다. '그들이 엄마에게 빵공장에서 일어났던 일을 말하면 어떻게 하지? 엄마에게 감사하다는 말을 하면? 더 끔찍한 일로 엄마가 카마이클 씨네 가정부가 되면? 안 돼!' 순간 미나의 머릿속에 이런 생각들이 지나갔다. 미나는 절대 그런 일이 일어나게 할 수 없었다.

"글쎄다. 어쩌면 우리가 정말 일을 잘한다는 소문을 듣고 최고를 쓰고 싶은 건지도 모르지. 우리야 당연히 돈을 더 많이 벌면 좋으니까." 사라는 바닥에 쌓인 옷 더미를 바라보고 지친 듯 한숨을 쉬었다.

"내가 하면 어떨까요?" 미나가 즉시 소리쳤다.

"응? 뭘 한다고?" 사라는 더러운 양말 한 짝을 발로 밀어서 빨래 더미로 보이는 곳에 갖다놓았다.

미나는 급히 머리를 굴려 말했다. "브로디한테 공책을 빌려 줬거든요. 그래서 어쨌든 오늘 브로디네 집에 가야 해요. 그러니까 해피메이드 팸플릿은 제게 주세요. 그럼 카마이클 부인께 전해드릴게요."

사라는 잠시 생각하더니 이내 대답했다. "좋아. 그렇게 하면 되겠구나. 그럼 브라운 씨네 집에 늦지도 않겠다. 아유, 고마워 미나." 사라가 미소를 지으며 말했다.

미나는 엄마에게 똑같이 미소를 지어 보이고 싶었지만 그럴 수 없었다. 자신이 실제로 어떤 일에 자원했는지를 깨달았기 때문이다. 바보 같은 짓을 한 것이다.

사라는 팸플릿을 부엌 식탁 위에 두었고, 미나는 슈퍼맨 망토를 걸친 남동생과 엄마가 현관 밖으로 나가는 것을 바라보앉다. 미나는 방으로 달려와 보라색 베개를 들어 얼굴을 묻고 비명을 질렀고 발작하듯 몸을 흔들며 방 안을 돌아다녔다.

그러다 초록색의 무언가가 움직이는 것이 느껴졌다. 순간 미나는 엄마가 창문과 블라인드를 열어놓았다는 사실을 기억하고 얼어붙었다. 옆 건물에 사는 고양이를 키우는 여든 살 할머니인 오른 부인이 한쪽 눈썹을 치켜뜬 채 미나를 쳐다보고 있었다. 오른 부인은 미나의 광란에 가까운 행동을 발견한 순간 데이지 꽃이 가득한 창가 화단에 물을 주고 있었는데 너무 놀란 나머지 꽃들을 익사시키고 있었다.

"죄송해요, 오른 부인." 미나가 외쳤다. 그러고는 창문과 블라인드를 닫으려고 창문가로 달려갔다.

미나는 시계를 보았고 샤워를 할 수 있을 정도로 시간이 많이 남은 것을 보고 기뻐했다. 그녀는 목욕가운을 샤워기 기둥 윗부분에 던져 걸었다. 그러고는 하염없이 수도꼭지를 비틀고 돌리는 일에 착수했다. 이 오래된 배수관을 달래어 뜨거운 물을 나오게 하는 일은 쉬운 일이 아니었다. 차라리 이중 다이얼로 된 금고를 여는 편이 더 쉬울 것이다. 미나는 욕실설비와 배관의 신에게 짧은 기도를 올렸다. 탁한 갈색 물이 몇 번 분출되고 나서 마침내 뜨거운 물이 쏟아져 내리기 시작했다.

짧은 샤워를 마친 미나는 상쾌한 기분으로 파란색 테리 목욕가운을 걸치고 슬리퍼를 신고서 욕실문의 오래된 도자기 손잡이를 돌렸다. 욕실설비의 신에게 드린 기도가 충분하지 않았던 모양이다. 욕실문의 손잡이가 미나의 손에 잡힌 채 문에서 떨어졌다.

"안 돼…… 안 돼…… 안 돼…… 안 돼. 이럴 수는 없어!" 미나는 욕실문을 미친 듯이 두드렸고 도와달라고 소리쳤다. 하지만 곧 엄마와 동생이 일찍 집을 나갔다는 사실이 생각났다. 미나는 문손잡이를 다시 붙이려고 필사적으로 노력했지만, 결국 반대편 손잡이마저 떨어져버리고 말았다.

미나는 좌절감에 비명을 지르고 싶은 것을 꾹 참았다. 그녀는 무릎을 꿇고 욕실 문에 생긴 구멍을 들여다보았고, 어떤 종류의 자물쇠인지 알아내려 했다. 상황을 분석한 결과, 미나는 자물쇠가 어떤 건지 손잡이가 어쩌다 빠져버렸는지 전혀 알 수 없다는 사실만 깨닫게 되었다. 그녀는 미친 듯이 서랍과 찬장을 뒤지기 시작했다. 문구멍에 쑤셔 넣어 손잡이를 돌릴 수 있는 물건을 찾기 위해서였다. 그녀는 여러 가지 물건들을 이용해서 시도해보았다. 엄마의 핀셋을 비롯해 자신의 머리빗도 넣어봤지만, 모두 너무 두꺼웠다. 거의 포기했을 때 그녀의 눈에 칫솔이 든 통이 들어왔다.

미나는 반신반의하면서 가장 굵은 칫솔을 골랐다. 찰리의 것이었다. 그녀는 칫솔 손잡이 부분을 구멍에 집어넣고 몇 번 돌렸다. 잠금장치가 당겨지기는 했지만 잠금쇠를 풀 정도는 아니었다. 그녀는 다시 다른 서랍을 열어서 손톱줄을 꺼냈다. 그리고 그것을 문틈과 잠금쇠 사이에 집어넣었다. 만약 문틈으로 손톱줄을 통과시켜서 잠금쇠를 밀어낼 수 있다면 그녀는 자유의 몸이 되는 것이다.

이후 몇 분 동안 미나는 손톱줄로 잠금쇠를 미는 동시에 칫솔을 앞뒤로 조심스럽게 비틀었다. 마침내 문이 반응하며 툭 하고 열렸다.

미나는 안도감에 울음을 터뜨릴 뻔했다. 엄마한테 휴대폰을 사달라고 조를 이유가 또 하나 생긴 셈이다. 하지만 이번 참사 때문에 미나는 또다시 학교에 지각을 하게 됐다. 미나는 보라색 후드집업 점퍼를 잡아채고 현관으로 달려 나갔다. 일층까지 내려가 도로변 잔디까지 건넜지만 부엌 식탁에 놓인 해피메이드 팸플릿을 가지러 한 번 돌아와야 했다. '두 번이 아닌 게 어디야.' 그녀는 스스로를 위로했다.

자전거를 타고 두 블록쯤 달려갔을 때 야옹 하는 소리가 희미하게 들렸다. 아래를 내려다보니 오렌지색 줄무늬 고양이가 자전거 오른편에서 미나의 속도에 맞춰 달리고 있었다. 미나는 고양이를 피하려고 방향을 틀어 오른쪽으로 1미터 정도 더 가려고 하다가 하마터면 커다란 개를 칠 뻔했다. 이제 그 개는 미나의 자전거 왼편에서 달려오고 있었다.

"엄마야!" 미나는 이제 자전거 안장에서 일어나서 동물들을 앞지르려고 더 힘껏 페달을 밟았다. 하지만 한참을 용쓰며 페달을 밟고 나서 뒤를 돌아보았을 때 동물들은 아직도 그 자리에 있었다.

"가버려! 훠이!" 미나는 개와 고양이가 자신을 따라오다가 자동차에 치일까봐 걱정이 됐다. 동물들이 속력을 높였고, 미나를 추격하는 것처럼 보였다. 자전거를 타고 가는 그녀를 개와 고양이가 동시에 추격하고 있었다.

시끄럽게 꽥 하는 소리와 함께 커다랗고 화려한 물체가 미나의 머리를 향해 날아왔다. 놀랍게도 그것은 근처 울타리에서 파닥거리며 날아오는 수탉 한 마리였다. 미나는 고개를 획 숙이면서 자전거의 방향을 틀었고 그러다 중심을 잃고 넘어질 뻔했다.

"대체 이게 무슨……?" 이것은 한동안 미나에게 일어났던 일 가운데 가장 이상한 일이었다. 고개를 돌려 뒤를 보니 수탉은 미나의 자전거 뒤로 착륙해서 개와 고양이 옆에서 같이 달리고 있었다. 이놈도 이 추격에 합류한 듯했다.

앞으로 고개를 돌린 순간 미나는 길 앞에 커다란 동물이 서 있는 것을 발견하고 급히 브레이크를 잡았다. 그러나 미나는 중심을 잃고 자전거 핸들 너머로 고꾸라지듯 날아가 보도 위로 떨어져 찌부러졌다. 그 순간 미나는 자신에게 사고를 당하게 한 그 동물을 보았지만 자신의 눈을 믿을 수가 없었다. 그것은 당나귀였다. 도심 한복판에 나타난 것도 이상했지만 심지어 모자까지 쓰고 있었다.

★★
★

미나는 젖은 머리 때문에 으스스 한기가 들었고, 양손의 피부가 벗겨져 쓰라렸지만, 그 상태로 학교를 향해 천천히 페달을 밟았다. 머릿속에서는 오늘 하루도 대재앙으로 변할 것 같은 예감이 스쳤다. 미나는 자전거에서 날아가 보도에 떨어졌던 짧은 순간 정신을 잃었던 게 분명하다고 생각했다. 그렇지 않다면 그 모든 것이 환각이었을 것이다. 왜냐하면 흙 묻은 손을 털어내고 주위를 둘러보았을 때 당나귀나 수탉, 개나 고양이의 흔적은 찾아볼 수 없었기 때문이다. 거기에 있었다는 흔적조차 없었다. 그녀는 그 근방을 뛰어다니며 당나귀를 찾아보았지만 어디에도 보이지 않았다. 어쩌면 그건 당나귀가 아니었을지도 몰랐다. 미나는 '또 다른 큰 개였나?'라고 생각했다. 미나는 자전거를 애써 자전거 고정대에 세우려고 하지도 않고 바닥에 던져놓고 시멘트 바닥을 쿵쾅거리면서 계단을 올라서 학교 건물로 뛰어 들어갔다.

그녀는 손목시계를 힐끗 쳐다봤다. 5분 지각이었다. 머리를 숙인 채 가능한 빠르고 조용히 걸었다. 감시카메라에 잡히지 않길 바랐기 때문이다. 어쩌면 1교시 선생님께 열심히 애원하면 불쌍하게 여겨 지각카드를 써주지 않을지도 몰랐다. '그래, 그럴지도 몰라.' 미나는 한 가닥 희망을 걸어보았다.

1교시는 포터 선생님 시간이었다. 그녀는 출입문에 등을 돌린 채 화이트보드에 필기를 하고 있었다. 미나는 몰래 교실로 들어왔고 낸 옆자리에 자연스럽게 앉으려고 했다. 미나는 포터 선생님의 꼿꼿한 등을 슬쩍 쳐다보았다. 선생님은 한 번도 뒤를 돌아보거나 미나가 늦게 들어온 것을 알아챈 기색이 없었다. 선생님은 살짝 몸을 돌려 책상 위에 흩어진 종이들을 정리하기 시작했다. 그녀는 미나가 있는 방향으로는 눈길도 주지 않았다. 미나가 안도의 한숨을 내쉬려는 찰나였다. 포터 선생님이 걸어오더니 미나의 책상 위에 지각카드를 떨어뜨렸다. 카드 윗부분에는 완벽한 필체로 미나의 이름이 적혀 있었다.

미나는 선생님이 지각카드를 작성하는 것을 보지 못했다. 그녀는 노란 종이를 떨리는 손가락 사이에 끼워 들었고, 혼란스러운 얼굴로 포터 선생님을 바라보았다.

포터 선생님의 얇고 창백한 입술이 미소로 팽팽해졌다. 비인간적인 미소라고밖에 말할 수 없는 그런 미소였다. "네 지각카드를 미리 작성해 놓으면 시간을 아낄 수 있을 것 같았지, 그라임 양. 수업에 방해도 덜 될 테고. 게다가 이 특정 문제를 가진 사람은 너밖에 없는 것 같으니까." 그녀는 작은 노란색 종이사본 뭉치(지각 카드(tardy slip)는 학교에서 보관하는 원본과 그 아래 먹지로 기록되는 노란색 사본이 있다)를 들어 보이면서 다음 다섯 장의 지각카드에 미나의 이름을 적어놓은 것을 모든 아이가 볼 수 있게 펼쳐 보였다. "너는 아직까지 날 실망시키지는 않는구나." 그녀는 눈웃음을 지으려고 애썼지만 모든 면에서 이상하고 어색해 보였다.

그녀는 너무 나이가 많아서인지 눈 흰자위가 더 이상 흰색이 아니라 창백한 회색을 띠었고, 치아는 빛바랜 노란 양피지처럼 보였다. 또 그녀가 입은 옷들은 마치 50년대에서 온 듯한 복장이었다.

포터 선생님은 모든 면에서 다른 시대나 옛 시절로 장면전환을 한 것처럼 보였다. 오래된 캔디콘(작은 옥수수 알 모양의 사탕으로 노랑, 주황, 하양 삼색이 가로로 칠해져 있다. 1880년대 처음 개발된 이후로 지금까지 할로윈 캔디로 인기가 있다)이 담긴 책상 위의 골동품 사탕그릇조차도 교실의 첨단기계들 사이에서는 황량하고 어색해 보였다.

포터 선생님은 학교가 처음 문을 열었을 때부터 교사로 일했고, 지금까지 학교에 남아 있었다. 그녀는 일반교실이나 자습실에서만 가르쳤다. 다른 선생님들은 화상채팅으로 수업을 하거나 TV 화면으로 라이브 원격강의를 하는 방식을 사용하기 시작했지만, 그녀의 수업 방식은 너무 시대에 뒤쳐져서 70년대 가정용 비디오테이프가 현대적으로 보일 정도였다. 미나는 포터 선생님이 컴퓨터를 만져보지도 않았을 거라고 생각했다. 하지만 포터 선생님이 잘하는 한 가지가 있었다. 바로 훈육이었다. 그녀는 '방과 후 남기'카드나 지각카드를 학생들에게 제일 많이 나눠주었고, 그런 사실을 자랑스러워했다. 그녀는 다른 선생님들이 너무 물러 터졌다고 생각했다.

미나는 지각카드를 구겨서 주머니에 쑤셔넣고 몸을 움츠러뜨렸다. 자신이 항상 늦게 다닌다는 말은 그녀로서는 사실 억

울했다. 대부분의 경우는 미나가 통제할 수 없는 상황이었기 때문이다. 미나는 입술을 깨물면서 대수학 노트를 폈고, 수업에 집중하려고 애썼다. 하지만 책상 아래에서 발 하나가 미나의 캔버스 운동화를 끈질기게 툭툭 치고 있었다. 미나는 고개를 들었고 흥분으로 가득한 낸의 눈과 마주쳤다. 낸이 소리 나지 않게 입모양으로 말을 했다.

"들었어? 조례가 있을 거야. 네가 주인공이야." 낸이 입모양으로 말했다.

"뭐라고?" 미나가 들릴 정도로 소리 내어 말했다.

포터 선생님은 소리가 난 곳을 찾아서 몸을 휙 돌렸고 미나는 재빨리 머리를 숙여 공책에 얼굴을 파묻었다. 포터 선생님은 나이는 많을지언정 소리는 박쥐처럼 잘 들었다. 미나는 공책에 뭔가를 끼적이는 척을 했고, 낸은 마치 복잡한 문제를 풀고 있는 것처럼 입술을 앙다물고 연필로 책을 두드렸다. 포터 선생님은 교실을 다 훑어보고 나서는 다시 등을 돌려 필기를 계속했다.

낸은 한숨을 내쉬었다. 그녀의 앞머리가 위로 떠올랐다가 우아하게 볼에 떨어졌다. 낸의 머리는 항상 애쓰지 않은 듯 자연스러웠다. 낸이 대답을 기다리면서 한쪽 눈썹을 치켜 올린 채 미나를 바라보았다. 미나는 선생님의 뒷모습을 슬쩍 쳐다본 뒤 고개를 저었다.

낸은 공책에 뭐라고 끼적였고, 미나가 볼 수 있도록 공책 가장자리를 들었다.

방송국 기자, 카메라맨, 신문기자들, 체육관에

미나는 혼란스러워서 눈썹을 찌푸렸다. "왜?" 이번에는 조용하게 입모양으로 말했다.

낸은 몹시 흥분해 고개를 아래위로 흔들었다. '말이라고 해?'라는 의미의 몸짓이 분명했다. 그러고는 다시 공책에 끼적이기 시작했다. 이번에는 단 두 단어만이 있었다.

너랑 브로디!

미나는 믿을 수 없다는 듯 머리를 흔들었다. 이것이야말로 미나가 일어날까봐 가장 두려워했던 대재앙이었다. '만약 엄마가 알게 되서 이사를 가자고 하면 어떻게 하나?'

낸은 눈을 크게 뜬 채 사실이라는 듯 고개를 천천히 끄덕였다. 누군가 지금 미나와 낸의 모습을 보았다면 머리 두 개가 까딱거리며 싸우는 것을 발견했을 것이다.

낸은 고개를 끄덕이는 것을 멈추고 다시 공책에 끼적이더니 또다시 미나가 읽을 수 있게 들어 보였다.

특종은 내게 먼저 알려 주기야.

미나는 눈알을 굴렸지만 결국 이렇게 속삭였다. "알았어."

낸은 맹세하듯 한 손을 가슴에 갖다 댔다. 미나도 웃으면서 똑같이 했다. 하지만 책상 아래 미나의 발은 떨고 있었다. 짧은 메모를 몇 개 더 읽은 다음에야 미나는 오늘 아침에 지각을 해서 놓친 정보가 어떤 것들인지 알 수 있었다. 조례는 2교시에 체육관에서 진행될 예정이었다.

영광스러운 집회가 될 조례시간이 미나에게는 마치 사형 집행 시간처럼 느껴졌다. 미나는 다른 아이들처럼 이런 것을 즐기지 못하고 겁에 질렸고, 이 상황을 탈출할 방법을 생각하려고 애썼다. '아픈 척해서 집에 가는 것은 어떨까?' 미나는 머릿속으로 방법을 강구했다. 미나는 포터 선생님을 힐끗 보았다. 이 방법은 절대 안 통할 거라는 것을 깨달았다. 선생님은 그냥 참게 하거나 아니면 양호실까지 직접 데려다 줄지도 몰랐다. 다른 수업이었다면 그럴듯한 핑계를 대고 조용히 빠져나올 수 있었을 테지만 이번은 아니었다. 미나에게 남은 유일한 방법은 종이 울리자마자 도망치는 것이었다.

45분의 수업 시간이 미나에게는 마치 영원처럼 느껴졌다. 그녀는 대수학 수업에 집중하는 것을 포기했다. 시계를 너무 오래 쳐다봐서 눈물이 날 지경이었다. 단 1분을 남겨놓았을 때 미나는 가방을 움켜쥐었고 종이 울리기 직전에 문을 향했다.

미나는 교실을 빠져나와 오른쪽 코너를 돌아 출입구로 이어지는 복도를 향하는 순간 헤임 교장선생님과 맞닥뜨렸다.

"아, 미나! 우리가 찾던 사람이 여기 있군. 자 나와 함께 가지." 그의 육중한 손이 미나의 어깨를 잡자 미나는 목에 탁 하고 족쇄가 채워지는 느낌이었다. 누군가 건물 밖으로 나가는 것이 보였다. 문이 쾅 닫히는 소리에 미나는 움찔했다.

"저기요. 헤임 교장선생님. 제가 오늘 몸이 아파서요. 지금 집에 가야 할 것 같아요." 미나는 어깨를 축 늘어뜨리고 아픈 척을 했다.

"지금 가면 안 되지. 네게 아주 중요한 일을 계획해 놓았거든." 그는 미나의 연기를 가볍게 무시하고 미나를 데리고 느릿느릿 교장실로 향했다. 뒤에서 사물함을 닫는 소리, 체육관으로 향하는 아이들의 흥분된 목소리가 들려왔다. 아이들은 수업을 빼먹는 일이라면 어떤 것이든 좋아했다.

헤임 교장선생님은 미라를 교장실로 안내했고, 책상과 마주보는 의자 중 하나에 그녀를 앉게 했다. 교장실은 돼지 장식들로 넘쳤다. 돼지들이 정말 많았다. 도자기 돼지 인형들, 고개를 끄덕이는 플라스틱 돼지 머리들, 돼지 봉제 인형들, 심지어 돼지가 그려진 달력까지. 어디를 봐도 돼지가 보였다. 비서가 일이 있을 때마다 돼지 장식을 선물했기 때문이다. 미나는 지각을 하는 바람에 망해버렸다는 것을 알았고, 체념한 채 돼지 인형들에게 이름을 붙이기 시작했다. 그녀는 맥없이 헤임 교장선생님의 책상 위에 앉아 있는 빨간 물방울무늬 넥타이를 맨 도자기로 만든 돼지인형을 바라봤다. 그리고 럭키라고 이름을 붙였다. 그나마 교장실의 돼지 컬렉션 중에서 가장 덜 멍청해 보였기 때문이다.

헤임 교장선생님은 의자에 털썩 앉았다. 의자가 책상에서 1미터나 뒤로 미끄러져 어색한 상황이 발생했다. 그는 끙끙대며 의자를 몇 번 앞으로 당기고서야 의자를 책상 앞으로 가져갈 수 있었다. 미나는 웃지 않으려고 애썼다. "아마 들었을 테지만 채널6 방송국과 헤럴드스타디움 신문사에서 어제의 네 영웅적인 행동에 대해 인터뷰를 하려고 여기에 왔단다. 내가 궁금한 것은 말이야, 미나. 네가 우리 학교를 사랑하느냐 하는 거야."

"무슨 말씀인지 잘 모르겠어요, 교장선생님."

헤임 교장선생님이 기침을 했다. "그게 말이야, 미나. 내가 물어보려는 것은 말이지, 네가 동료 학생들과 친구들을 얼마나 생각하는가 하는 거야. 낸 테일러 같은 네 친구들 말이야. 우리 학교가 나쁜 평판 때문에 후원금이 깎이고 학과 프로그램을 줄여야 한다면 얼마나 안타까운 일이겠니?"

"그 일이 어떻게 나쁜 평판이 되죠? 질문이 이해가 안 가요. 당연히 학교를 사랑하죠. 저는 그저 인터뷰가 너무 두려워서 안 하고 싶은 것이에요. 안 할 수 있게 해주시면 정말 감사할 거예요."

"미나, 인터뷰는 해야 해. 내가 확실히 하고 싶은 것은 네가 바부시카 공장에서 일어났던 사고가 웨스트 선생 탓이었다고 생각해서는 안 된다는 거야. 사고가 일어났을 때 웨스트 선생이 그 자리에 없었다는 사실이 알려지면 그건 직무상 태만으로 보일 수 있고, 그렇게 되면 우리는 귀한 후원자들을 잃게 되어 지원금이 줄어들 거야. 제발 그런 일은 없길 바라지만, 웨스트 선생을 해고시켜야 할지도 몰라. 카마이클가 사람들한테는 영향력 있는 친구들이 많이 있거든. 네가 웨스트 선생이 이 사고에 책임이 있다고 생각하는지 알아야겠다."

미나는 할 말을 잃었다. "물론 아니에요! 그분은 아무 잘못이 없어요. 그건 내…… 아니, 누구의 잘못도 아니에요. 그냥 사고였어요." 미나는 진실을 털어놓을 뻔했다.

웨스트 선생님이 그 자리에 있었더라도 똑같은 일이 벌어졌을 것이고, 똑같은 결과가 나왔을 거란 사실을 미나는 잘 알고 있었기에 웨스트 선생님을 탓할 수는 없었다. 그 일은 어디든 항상 따라다니는 자신의 불운 때문에 일어난 것이라는 점을 미나는 알고 있었다.

헤임 교장선생님이 환하게 미소를 지었다. "아주 좋아! 그렇게 생각한다니 다행이구나. 자, 이제 그럼 너를 체육관으로 데려다 줘야겠다." 그는 자리에서 일어나서 미나 뒤에 바짝 붙어 미나를 문밖으로 안내했다.

"아니, 정말이요. 저는 몸이 안 좋아서 집에 가야 할 것 같아요." 미나가 애원했다.

잠시 미나는 교장실에 앉아 있던 시간 동안 집에 보내달라

고 협박할 걸 하고 생각했다. 하지만 지금은 이미 늦어버리고
말았다.

헤임 교장선생님은 미나의 말을 또 무시하며 말했다. "기자
들한테 네가 우리 학교를 얼마나 사랑하는지 꼭 말해야 한다.
새 수영장이 생기면 얼마나 좋겠니. 평판이 좋으면 지원금도
더 많이 들어온단다."

"그치만 저는……."

"자 이제 네가 빛날 시간이야, 그라임 양. 학교를 자랑스럽
게 해다오." 헤임 교장선생님은 미나를 복도까지 안내했고, 미
나가 알아차리기도 전에 그녀는 체육관 문을 통과하고 있었다.

"저기 오네요!" 낸이 미나를 가리키는 동시에 기자들에게 손
을 흔들면서 소리를 질렀다.

'낸 너는 정말로 내 손에 죽었어.' 미나는 속으로 생각했다.

헤임 교장선생님이 거만하게 어슬렁거리며 체육관 중앙으
로 걸어갔고, 메리스 교감선생님에게서 마이크를 건네받았다.
"자 소개합니다. 케네디 고등학교의 살아 있는 영웅, 빌헬미나
그라임입니다!" 교장이 마이크에 대고 박수를 치자 모든 학생
이 따라서 박수를 치기 시작했다.

음악교사인 콜버트 선생님이 앞으로 나왔고, 긴장한 미나를
체육관 하프코트 라인으로 조심스럽게 이끌었다. 헤임 교장선
생님은 기운차게 미나의 등을 때렸다. 미나가 153센티미터의
소녀가 아니라 마치 라인배커(미식축구에서 상대 공격수들에게 태

클을 걸면서 방해하는 수비수)라도 되는 것처럼. 눈부신 플래시가 여기저기서 터졌다. 미나는 퉁명스럽게 대꾸하고 싶은 것을 꾹 참았다. 갑자기 어디선가 방송국 카메라들이 나타났다. 학교 밴드부가 교가를 연주하기 시작했고, 학생들 전체가 관람석에서 쿵쿵 발을 구르기 시작했다.

'슬라이미 그라이미'라든가 '루저' 또는 '멍청이'라고 놀리는 그런 분위기가 아니었다. 그들은 그녀의 이름을 계속해서 불렀다. 줄이지 않은 미나의 이름, 미나가 정말 싫어하는 구식 이름, 빌헬미나 그라임을 연호하고 있었다. 그러나 키 크고 잘생긴 한 명의 소년만은 예외였다. 미나는 브로디 카마이클이 다른 아이들과 함께 그녀의 이름을 부르고 응원하지 않는 것을 보고 가슴이 철렁했다. 그는 입술을 깨물며 맨 앞줄에 앉아 있었다. 그는 미간을 찌푸린 채, 목을 빼고 미나를 둘러싼 사람들 너머로 미나를 바라보고 있었다. 미나는 브로디의 얼굴에 나타난 감정이 어떤 건지 전혀 읽을 수가 없었다.

"미나. 네가 카마이클 씨네 아들의 생명을 구했던 날 바부시카 빵공장에서 어떤 일이 일어났었는지 말해주겠니?" 채널6 방송국의 리포터가 미나의 얼굴 앞에 마이크를 들이댔다.

헤럴드 스타디움 신문의 사진기자가 또다시 플래시를 터뜨리며 갑작스러운 습격을 가했다. 미나는 당황했고 눈앞이 어지러웠다. 하지만 미나를 정말 화나게 한 것은 카메라 플래시가 아니었다. 방송국 리포터가 형편없는 언어 선택을 했기 때

63

제3장 미나를 따라다니는 불운

문이었다.

"그 애도 이름이 있다고요." 미나가 쏘아붙였다.

미나는 리포터가 브로디를 이름으로 부르지 않고 카마이클 가의 아들이라고 언급한 것 때문에 몹시 화가 났다. 브로디는 더 나은 대우를 받아야만 한다고 생각했다.

"물론 그렇겠지." 리포터가 받아쳤다. "질문에 답을 할 거니?"

"먼저 질문을 고쳐서 하면요."

"자, 미나." 헤임 교장선생님이 끼어들었다. "지금은 의미론을 따질 때가 아니야. 저 사람들은 어제 일어났던 사건 때문에 너와 우리 학교에 대해 멋진 이야기를 취재하러 온 거잖니. 그렇게 되면 학교에 대한 좋은 홍보가 될 것이고 그럼 도서관 보조금을 더 얻을 수도 있을지 몰라."

"자기중심적인 멍청한 인간……." 미나는 낮은 목소리로 투덜거렸다.

밴드의 시끄러운 소리 때문에 근처에 있는 누구도 그들이 하는 말을 들을 수 없었다. 미나는 교장이 지금 벌이는 게임이 정말 역겹게 느껴졌다. 처음에는 수영장이었다가 이젠 도서관이라니.

"아~아~아. 그리고 잊지 말아야 해. 이건 모두 학교의 발전을 위해서란 것을." 헤임 교장선생님이 미나를 꾸짖었다.

"좋아요! 공중 통로에서 소동이 약간 있었어요. 그리고 누군가 '브로디 카마이클' 앞으로 넘어졌어요." 미나는 브로디의 이름을 크게 말했다. "그리고 브로디는 난간 너머로 떨어졌어요."

"그런데 네가 그 애를 구했구나?" 기자가 물었다.

"네, 그런 것 같아요. 생각할 겨를도 없었어요. 나는 그냥 반사적으로 움직였고 브로디를 붙잡으려다가 그의 백팩을 겨우 붙잡았어요. 하지만 나도 난간 밖으로 같이 넘어가려고 했어요. 바로 그때 낸이……." 미나는 관람석에서 소리를 지르고 있는 친구를 손가락으로 가리켰다. "나를 붙잡았고 우리 둘을 구했어요. 낸 테일러가 이 이야기의 진짜 영웅이에요. 내가 아니고요. 낸은 우리를 구하려고 아이폰까지 버렸어요." 미나가 관심을 낸에게로 향하게 하자마자 리포터와 그녀를 따르는 한 무리의 카메라맨들이 관람석으로 이동했고 놀란 낸을 향해 관중석으로 올라갔다.

"네가 한 일은 정말 용감한 일이었어." 콜버트 선생님이 뒤에서 몸을 숙여 미나에게 속삭였다.

미나는 어깨를 으쓱했다. "저는 특별한 일을 한 게 아니에요. 그 상황이라면 누구나 했을 일을 한 것뿐인데요."

"분명 그건 아닐 거라고 생각해. 하지만 그렇게 생각하는 게 맘이 편하다면 계속 그렇게 생각하렴." 콜버트 선생님은 다 안다는 듯한 표정으로 미소를 지었다.

그녀는 삐죽삐죽한 짧은 헤어스타일에 양끝이 날개모양처

럼 뾰족하게 올라간 파란색 안경을 쓰고 있었다. 그녀의 외모는 친근한 느낌을 주었지만, 그녀가 내뱉는 신랄한 말이나 수수께끼 같은 말은 미나를 혼란스럽게 하곤 했다.

"저 사람들은 왜 브로디는 인터뷰하지 않죠? 나는 분명히 기자들이 브로디한테 애정공세를 퍼부을 거라고 생각했는데요." 미나는 뒤로 슬쩍 고개를 돌려 브로디가 화난 표정으로 미나가 있는 방향을 노려보는 것을 보았다. 미나는 안절부절 못하며 침을 삼켰다.

"그럴 수 없으니까. 카마이클 부부는 신문사들이 그들의 아들을 괴롭히지 못하도록 했거든."

"하지만 언론이 입을 다물게 할 수 있는 사람은 없는 줄 알았는데요." 미나는 뒤로 고개를 돌려 브로디가 앉아 있는 곳을 올려다보면서 말했다. 단 한 명의 카메라맨도 그를 귀찮게 하지 않았다. 미나가 있는 방향으로 또 다시 플래시가 터졌고, 미나는 눈앞에 별이 보였다.

"언론은 우리가 그렇게 생각하길 바라지. 하지만 지갑이 제일 두꺼운 사람이 제일 큰소리를 낸단다." 그녀는 볼에 보조개가 생기도록 활짝 웃었다. "카마이클 부부는 그들의 이름과 사진들, 그들에 관한 이야기는 기사로 나가는 것을 허락하지만 아들은 절대 매스컴에 노출되지 않도록 통제하고 있어." 콜버트 선생님은 이렇게 말하고는 관중석으로 걸어갔다. 스티브와 프랭크를 진정시키기 위해서였다. 그들은 뉴스에 나가려고 셔츠를 벗어서 머리 위로 흔들고 있었다.

이후 한 시간 동안 미나는 체육관에 남아서 똑같은 이야기를 하고 또 했다. 그녀는 이보다 더 굴욕적인 일은 없겠다고 생각했지만, 나중에 더 굴욕적인 일이 일어났다. 점심때쯤 미나가 유튜브에 나온 것이다.

"정말 재밌었어!" 낸은 급식 줄에서 쟁반을 밀면서 지껄여댔다.

낸은 오늘도 검은색 티셔츠를 입고 있었는데, 이번에는 빛을 발하고 있는 어떤 뱀파이어를 찬양하는 것이었다. 낸은 사과 하나와 터키 샌드위치, 그리고 분홍색 크림으로 덮인 컵케이크를 급식대에서 집은 뒤 전자리더기에 급식카드를 갖다 댔다.

미나는 스트레스가 심해서 음식을 먹을 수가 없어 냉장고에서 초콜릿우유를 집었다. 그녀는 결제를 한 뒤에 낸을 따라서 두 사람이 제일 좋아하는 창가 자리로 갔다. 낸과 미나는 테이블로 가는 도중에 세 번이나 걸음을 멈추고 학생들에게 사인을 하고 사진을 찍어줘야만 했다.

"네 팔로워가 이제 두 배로 늘었겠다." 미나가 말했다. 낸은 두 사람을 보고 손가락질하며 수군거리는 한 무리의 신입생들에게 힘차게 계속 손을 흔들어주고 있었다.

"세 배야! 근데 그런 것을 누가 센다고 그러냐?" 낸이 미소를 지으며 말했다.

미나는 우유 곽을 흔들었고, 등굣길에서 있었던 이상한 일들에 대해 생각하기 시작했다.

"왜 그렇게 찡그린 얼굴이야?" 낸이 물었다.

"오늘 아침에 나한테 어떤 일이 있었는지 너는 상상도 못할 거야."

"알아. 나도 그 자리에 있었잖아. 기억 안 나?"

"아니, 학교에 도착하기 전에 말이야." 미나는 아침에 일어 났던 일 전부를 말하기 시작했다. 심지어 헤임 교장선생님과 있었던 일까지 알려줬다. 하지만 낸의 귀에 들린 이야기는 단 하나였다.

"뭐라고!" 낸은 흥분했고, 테이블 밑으로 미나의 발을 차면 서 꺄악 소리를 질렀다. "정말이야? 브로디 카마이클 집에 갈 거라고?"

"낸 뭘 듣고 있었던 거야. 뭔가 이상한 일이 일어나고 있단 말이야. 내 생각에는 내가 미쳐가고 있는 것 같아." 미나는 창 밖을 바라보았다. 하늘이 초록빛으로 변하고 있었다. 폭풍이 온다는 분명한 신호였다.

"그래, 확실히 그런 것 같아. 나를 보자마자 브로디네 집에 가는 얘기를 하지 않다니 믿을 수가 없어."

"낸 넌 핵심을 놓치고 있어."

"아냐, 다 들었어. 네가 이상한 가축들한테 테러를 당했다는 말이잖아. 이따가 내가 방충제를 좀 사줄게."

"당나귀도 잊지 마. 그걸 가축이라고 불러도 되나. 그게 뭐라고 생각하니?"

"큰 개였을지도 모른다고 네가 말했잖아. 근데 정말 제정신이야? 브로디네 집에 간다며. 넌 걔를 2년 동안이나 짝사랑했잖아. 나한테 언제 말하려고 그랬니?"

"지금 말하고 있잖아!"

"흥분되지?" 낸은 안달이 나서 몸을 앞으로 기울였다. 낸의 두 손이 아이폰을 만지고 싶어 못 견뎌하는 듯했다.

"사실 그렇지 않아. 정말로 갈 생각은 없거든. 네가 나 대신 가주었으면 좋겠어." 미나가 해피메이드 스티커가 붙은 파란색 접이식 팸플릿을 낸에게 밀었다.

낸은 놀란 채 팸플릿을 보았고 다시 미나 쪽으로 밀었다. "어, 안 돼! 이건 네가 꿈꾸던 최고의 스토킹 순간이잖아. 내가 대신할 수는 없어. 네가 직접 해야지."

"나는 못 해, 낸. 그냥 못 하겠어." 미나는 낸을 쳐다보며 조용히 애원했다. "그 애한테 말을 걸 준비가 안 됐어."

낸은 컵케이크를 싼 종이를 벗겨내고 한 입 베어 물었다. "그 애의 생명까지 구한 마당에 지금도 그 애한테 말을 걸지 못하면 너는 절대 브로디한테 말을 못 하게 될 거야. 게다가 느낌이 좋아. 나를 믿어 봐."

미나도 낸을 믿고 싶었다. 하지만 낸이 그 말을 할 때마다 미나는 항상 곤란한 상황을 맞이했었다.

"그런데 찰리는 어때?" 낸이 이야기 주제를 바꾸었다.

"잘 지내. 새 학교를 정말 좋아해." 미나는 친구가 대화 주제를 바꾸려는 이유를 잘 알고 있었지만 그냥 넘어가주었다.

"그 학교에서는 찰리가 말을 하게 할 수 있을 것 같대?" 낸이 컵케이크의 크림을 손가락으로 훑으면서 물었다.

미나의 남동생 찰리는 아버지가 돌아가시고 얼마 지나지 않아 태어났다. 의사들도 찰리에게서 문제를 발견하지 못했는데, 찰리는 말을 하지 않았다.

"장담은 못하지만 그러고 싶어 해. 그 사람들 말로는 찰리가 엄마 뱃속에 있을 때 아빠가 돌아가셔서 엄마의 외상후 우울증인가 뭔가를 흡수해서래."

"너는 어떻게 생각하는데?" 낸이 손가락에 묻은 크림을 빨면서 물었다.

"내 생가에 찰리는 그냥 본인이 말할 필요가 없어서 말하지 않는 것 같아."

"넌 여전히 찰리가 어느 날 갑자기 말 못하는 주문에서 깨어나 말을 하기 시작할 거라고 생각하는 거야? 마치 동화에 나오는 이야기처럼?"

"낸, 내가 동화 같은 일을 믿지 않는 걸 알잖아." 이 말이 미나의 입에서 떨어지자마자 엄청난 천둥소리가 구내식당을 흔들었고, 조명들이 깜박거렸다. 여자애들은 공포에 질려 소리를 질러댔다. 그 모습을 보고 남자애들은 손가락질하면서 큰 소리로 웃었고, 그러고는 여자애들을 다시 놀라게 하려는 장난을 쳤다.

"워……. 소름 끼친다!" 낸은 고개를 까닥거렸고, 놀란 눈으로 주위를 둘러보았다. "끝내주는데."

미나와 낸은 창밖으로 교정을 내다보았다. 바람이 불기 시작했지만 아직 빗방울이 떨어지지는 않았다.

"그냥 폭풍일 뿐인 걸." 미나는 무심하게 말하려고 애썼다. 하지만 아드레날린이 솟구쳐 심장이 쿵쾅대고 있었다. 심장이 겨우 잠잠해지자 미나는 계속해서 말했다. "내가 동화를 믿는다고 쳐. 그럼 내 한심한 삶에서 나를 구해줄 멋진 왕자님이 있어야 하는 것 아니야?"

"음, 그건 말이야." 낸이 반박하려고 하는 참이었다.

"됐어. 해피엔딩이라는 것은 없어. 우리 엄마를 봐. 엄마는 가정부야. 세상에, 게다가 애가 둘이나 딸린 과부라고. 우리 엄마의 해피엔딩은 대체 어디에 있는 거야?" 미나는 초콜릿우유를 뜯어 우유를 마셨다. "동화 같은 일은 존재하지 않아." 또 한 번 천둥소리가 식당의 철지붕을 흔들었고, 미나는 보라색 후드점퍼에 초콜릿우유를 흘렸다. 잠시 후 비가 퍼붓기 시작했다. 지붕에 빗방울이 떨어지면서 탱 탱 탱 하고 시끄러운 소리를 냈다.

"내가 무슨 말을 하는지 알겠어?" 미나는 젖은 후드점퍼를 몸에서 떨어지도록 당겨서 휴지 뭉치로 쏟은 우유를 닦으려고 했다. "나는 영원히 루저로 살아야 할 거야."

"있잖아, 미나." 낸이 크림이 묻지 않은 깨끗한 휴지를 들고 친구를 도우려고 하면서 진지하게 말했다. "모든 동화가 다 해피엔딩은 아니야. 사실 많은 동화들이 암울해."

제 4 장

드러난 진실

미나는 자전거를 타고 달리면서 자신이 하려는 일을 믿을 수가 없었다. 미나가 이 일을 감행하기로 한 유일한 이유는 방과 후에 브로디가 폴로 모임 때문에 학교에 남는다는 소문을 들었기 때문이다. 그래도 어떻게 될지는 모를 일이었다. 그녀는 브로디 카마이클의 엄마를 만나는 것만으로도 매우 긴장이 되었다.

미나는 미친 듯이 자전거를 몰고 달려가면서 팸플릿을 전하고 나서도 브로디랑 만나지 않고 나올 수 있을 거라 생각했고, 실제로 그렇게 했다. 브로디가 사는 동네 선셋 드라이브까지는 15분밖에 걸리지 않았다. 커다란 대문과 높은 담으로 둘러싸인 저택들이 있는 동네였다. 으리으리한 대문 앞에 이르렀을 때 미나는 숨이 턱 끝까지 차 있었다. 미나는 콜박스(야외에 세워두는 비상전화박스)가 있는 곳으로 자전거를 몰고 가서 초록 색 버튼을 눌렀다.

"잡상인 출입금지입니다." 첨단전자스피커에서 누군가 거침 없이 말을 내뱉었다. 미나는 놀라서 주위를 둘러보았는데, 대문 옆에 붙은 카메라가 그녀를 향해 줌인 하는 것이 보였다.

미나는 초록색 버튼을 한 번 더 누르고 몸을 기울이며 말했다. "저기, 해피메이드 팸플릿을 드리러 왔는데요. 오늘 오후에 갖다달라고 해서요." 스피커에서는 곧장 대답이 나오지 않았다. 미나는 콜박스를 관리하는 사람이 누구이든지 카마이클네 사람들에게 확인하는 중일 거라고 생각했다.

"이름은?"

"미나 그라임이요."

"들어와요. 길로만 다녀요. 그 이상한 물건을 잔디 위에서는 타지 말고!"

거대한 철문이 안으로 활짝 열렸다. 미나는 진입로를 따라 자전거를 타고 들어가면서 돈이 만들어낸 화려한 광경에 넋을 잃었다. 그녀가 처음에 본채일 거라고 생각했던 건물은 카마이클 가족의 자동차를 보관하는 차고였다. 그것은 미나의 가족 전체는 물론 왕 씨 아줌마네 식구들까지 모두 편하게 살 수 있을 정도로 거대했다.

카마이클 씨네 본채는 길에서 떨어진 안쪽에 자리 잡은 타

라코타(적갈색 점토를 유약을 바르지 않고 구운 것) 지붕의 3층짜리 건물이었다. 위풍당당한 말 동상들이 사유지 곳곳에 흩어져 있었고, 정원사들은 나무 울타리를 다듬거나 깔끔하게 손질된 잔디를 깎고 있었다. 사유지 뒤편으로는 카마이클가의 말들을 위한 훈련장과 마구간이 여러 개 있었다. 그들이 애지중지하는 경주마들은 아마 다른 시설에 있을 것이었다.

미나는 처음으로 다른 사람들의 재산과 비교했을 때 그녀 가족의 수입이 너무 적다는 사실을 뼈저리게 깨달았다. 그녀는 정말로 돈에 대해선 별로 신경을 쓰지 않았지만 지금 그녀는 '수준 차이가 난다'는 말이 이해가 됐다.

본채 건물 앞의 계단에 이르렀을 때 미나는 자전거를 어디에 둬야 할지 몰라서 당황했다. 외발스탠드가 고장이 났기 때문에 저택 기둥에 기대어 세워놓으려 했지만, 하녀 한 명이 성난 눈빛을 보냈다. 그래서 덤불에 기대어 놓으려 했는데 정원사가 끔찍해하면서 눈총을 주었다. 미나는 포기하고서 자전거를 진입로에 그대로 눕혀놓았다. 자전거 뒷바퀴가 애처롭게 돌아가고 있었다.

미나는 한 번에 두 계단씩 올라갔고, 은색 야생마 모양의 노커가 달린 거대한 마호가니 양문현관에 이르렀다. 그녀는 문을 두드리고는 '미시시피'를 열 번 외는 동안 아무도 나오지 않으면 팸플릿을 앞에다 두고 집으로 돌아가려고 마음먹었다. 미시시피를 일곱 번밖에 부르지 않았는데 카마이클 부인이 직접 문을 열어주었다.

미나는 부드러운 눈빛과 우아한 미소를 알아보았다. 진주목걸이와 완벽한 머리 스타일, 타블로이드 잡지에서 보았던 카마이클 부인 특유의 모습 그대로였다.

"무슨 일이죠? 카마이클 부인이 상냥하게 물었다.

"안녕하세요. 저는 미나예요. 엄마 대신 이 해피메이드 팸플릿을 전해드리러 왔어요."

미나는 이 배달을 어서 끝내길 바라며 카마이클 부인에게 팸플릿을 들이밀었다. 하지만 카마이클 부인은 협조해주지 않았다. 그녀는 팸플릿을 받지 않았다.

"미안해요, 뭐라고요?" 그녀가 혼란스러워하며 미간을 찡그렸다.

"저희 엄마의 상사인 해피메이드사의 테리 굿마더 씨가 아주머니께서 팸플릿을 요청하셨다고 해서요. 저는 대신해서 팸플릿을 전해드리러 온 거고요." 카마이클 부인은 여전히 이해하지 못했다. 순간 미나는 가슴이 철렁했다. 뭔가 크게 잘못된 것이다. "죄송해요. 잘못 찾아왔나 봐요." 미나는 당황하면서 몸을 돌렸다.

"잠깐만! 네 이름이 뭐라고 그랬지?" 카마이클 부인이 소리쳤다. 그녀의 눈빛이 연민으로 부드러워졌다. 아니면 동정이었을지도 몰랐다.

미나는 계단 맨 아래까지 내려가 있었다. 미나는 카마이클 부인을 올려다보면서 말했다. "저는 미나 그라임이에요."

"미나. 네가 브로디를 구해주었던 그 아이구나!" 그녀의 표정에서 당혹스러움이 사라지고 기쁨으로 얼굴이 환해졌다. "너무 고마워서 어떻게 해야 할지 모르겠구나. 브로디를……. 오, 브로디. 조심해!" 그녀가 갑자기 소리를 질렀다.

미나가 카마이클 부인의 이상한 행동에 의아해하던 순간 금속물체가 끔찍하게 바스러지는 소리가 났다. 미나는 고개를 돌렸고, 자신의 자전거가 검은색 자동차의 바퀴에 깔려 산산조각으로 부서지는 것을 보았다.

"내 자전거!" 미나는 신음했다.

"브로디!" 카마이클 부인도 동시에 소리를 질렀다.

미나는 그대로 얼어붙었다. 어떤 게 더 나쁜 일인지 알 수가 없었다. 초콜릿우유로 얼룩진 후드점퍼를 입은 채 오랫동안 짝사랑했던 남자애를 만나는 것인지, 그 애가 비싼 스포츠카를 몰고 와서 자신의 초라한 자전거를 방금 깔아뭉갠 일인지 미나는 판단을 내릴 수가 없었다.

운전석 문이 열렸고 브로디가 차에서 뛰어나왔다. "미나, 미안해! 너 괜찮니?"

브로디가 그들을 향해 뛰어왔다. 하지만 반쯤 왔을 때 멈춰서서 주저하는 듯했다. 미나는 브로디가 차로 자신의 자전거를 뭉개버린 데다가 브로디네 집에 자신이 왜 왔는지 제대로 된 설명을 할 수가 없어서 너무 창피했다. 이 상황에서 그녀가 할 수 있는 단 한 가지는 도망치는 것이었다.

카마이클 씨네 집에 미나를 보낸 것은 어떤 끔찍한 실수였던 것이 분명했다. 게다가 브로디가 차를 몰고 와서 미나의 빨간 자전거를 뭉개버린 일은 정말 잔인한 운명의 장난 같았다. 만약 브로디가 자신의 차로 미나의 자동차를 받은 거라면 그렇게까지 불쌍해 보이지는 않았을 것이다. 하지만 제일 걱정되는 일은 브로디가 자신의 엄마에게 미나가 왜 왔냐고 물었을 때였다. 아마도 미나가 브로디를 스토킹한 것처럼 보일 것이었다. 미나는 계속 달려서 브로디네 대문을 통과할 때에야 자신이 팸플릿을 떨어뜨리고 왔다는 사실을 알게 되었다. '오. 안 돼!' 미나는 마음속으로 부르짖었다. 브로디는 미나의 엄마가 가정집들을 청소하면서 돈을 번다는 사실을 알게 될 것이다.

미나는 누군가 자신의 이름을 부르는 소리를 들었지만 무시한 채 코너를 돌았다. 달리는 동안 눈물이 솟구쳤고, 차가운 바람이 얼굴을 때리며 눈물을 쓸어갔다. 미나는 창피해서 죽고 싶었다. 학교의 모든 아이가 미나가 브로디를 스토킹 하느라 집까지 찾아가려고 어떤 핑계거리를 만들었는지 알게 될 것이다. 브로디에게 말을 걸려고 어떻게 가짜 팸플릿까지 만들었는지, 미나가 얼마나 절박했으면 망가진 자전거를 타고 대저택까지 찾아갔는지, 그 자전거는 어떻게 브로디의 값비싼 자동차 아래에서 은박지처럼 찌그러져 버렸는지 말이다.

미나가 강한 성격이었다면 브로디에게 자전거를 망가뜨린

것에 대해 따졌겠지만, 브로디네 집에 간 이유가 전부 지어낸 것처럼 보이는 상황에서 미나는 전의를 상실했다.

미나가 학교에서 카마이클 씨네 집까지 가는 데는 자전거를 타고 15분이 걸렸지만, 카마이클 씨네 집에서 자신의 집으로 걸어오는 데는 한 시간이나 걸렸다. 미나는 피곤하고 다리가 아팠지만 6교시 이후로 비가 그쳐서 천만다행이라고 생각했다. 집으로 걸어가는 이 길을 비를 맞고 가는 일은 상상만으로도 끔찍했기 때문이다.

마침내 중국 식당 앞에 도착했을 때 왕 부인은 미나를 보고 큰 소리로 말했다. "우후! 미인하! 너 시인문에서 봤다. 너 유명한 사람 됐다." 왕 부인은 미나의 사진이 일면을 가득 채우고 있는 신문 하나를 들고 걸어 나왔다.

그 기사는 학교 조례를 하기 전에 작성된 것이 분명했다. 미나의 학교연감에 나온 사진을 그대로 썼기 때문이다. 미나는 신문을 잡아채고는 충격에 휩싸여 신문 기사를 보았다. 그것은 미나가 학교를 다니는 동안 찍은 사진 중 최악의 사진이었다. 그녀는 그 끔찍한 날을 생생히 기억하고 있었다. 그날 미나는 화장도 했고, 심지어 머리를 롤러로 말아 사반나 화이트의 머리처럼 만들었다. 또 늘상 입는 후드집업 점퍼 말고 다른 예쁜 옷도 입었다. 하지만 가는 길에 엄마의 자동차 바퀴에 펑크가 나는 바람에 학교에 비를 맞으며 자전거를 타고 가야 했다. 그날 미나는 얼굴에 한 화장, 컬을 살린 머리, 예쁜 옷 이 모두가 엉망이 된 채 물에 흠뻑 젖은 상태로 사진을 찍어야 했다.

"오, 안 돼!" 미나는 손을 꽉 쥐며 신문을 구겨버렸다. "엄마가 이걸 봤어요?"

"그럼." 왕부인은 자랑스럽게 미소를 지었다. "네 엄마가 집에 오자마자 보여줬다. 봐!" 그녀는 식당 정면 유리창을 손가락으로 가리켰다. 왕부인은 유리창에 미나의 사진들로 콜라주를 만들어 거대한 전시물처럼 붙여 놓았다. "우리 식당 위에 대단한 스타 산다고 광고했다. 장사에 좋아. 동네 가게들 시인문 다 샀다." 아니나 다를까 빨간 바탕에 금색 무늬로 장식된 식당 문 앞에 신문 더미 다섯 개가 가지런히 놓여 있었다. "오늘 저녁 오는 사람들 전부 다 축하 선물이다. 공짜 샘플이랑 시인문 받는다. 장사가 호박을 맞을 거야."

미나는 신음소리를 내며 왕부인에게 신문을 건넸다. "호황을 맞을 거라고요?"

"그래. 맞아. 호박을 맞을 거야." 왕부인이 미소를 지었다. 아줌마의 눈이 작아져 광대뼈 뒤로 사라졌다.

미나는 터덜터덜 계단을 올라갔고 열쇠를 돌려 현관문을 열었다. 깔끔하게 정돈되어 있던 집 안이 마치 폭풍이 휩쓸고 간 것처럼 보였다. "엄마!" 미나가 큰 소리로 불렀다.

사라는 양팔에 옷을 한가득 안고서 방에서 급히 뛰어나왔다. 몹시 흥분한 얼굴이었다. 그녀는 옷가지를 부엌 식탁 위에 올려놓은 여행가방 안에다 던져 넣더니 뒤를 돌아서 미나를 향해 손가락질하며 명령했다. "너는, 방에 가서 짐 싸!"

"엄마, 왜 그래요? 무슨 일이에요?"

"엄마라고 부르지도 마." 사라는 공포에 질려 있었다. "내가 말하는 대로 해. 우리는 떠날 거야." 사라는 여행가방의 덮개를 탁 덮고 지퍼를 닫았다. 사라가 가방을 들려고 하자 미나가 여행가방을 붙잡았고, 두 사람은 여행가방을 서로 잡아당겼다. 결국 미나가 이겼다.

"싫어요. 엄마가 이유를 말해주기 전까진 짐을 안 쌀 거예요. 이건 말도 안 돼요."

"미나, 우리는 떠나야 해. 다 너를 위해서야."

엄마의 눈은 운 것처럼 빨갛게 충혈되어 있었다. 하지만 지금 대답을 듣지 못하면 앞으로도 절대 듣지 못할 것이 분명했다. "제가 어렸을 때는 이 방법이 통했을지도 모르겠지만, 더 이상은 아니에요. 찰리는 불평 없이 엄마 말을 듣겠지만, 나는 아니에요. 여기 남는 게 나를 위한 것이에요. 내게는 친구들, 아니 친구가 여기에 있다고요." 순간 미나는 끔찍했던 지난 이틀을 떠올리며 이곳을 떠나는 게 나쁜 생각이 아닐 수 있다는 생각을 했다. 하지만 미친 듯이 행동하는 엄마를 보니 어떤 재앙이 닥치더라도 이 상황을 헤쳐나가야겠다는 의지가 솟았다.

"그래도 너는 내 딸이야. 엄마인 내 말을 들어야 해." 사라가 양손을 허리에 짚으며 미나에게 명령했다.

"좋아요, 엄마. 엄마 말을 들을게요. 엄마가 하라고 하는 건 무엇이든 할 거예요. 하지만 먼저 우리가 왜 이사를 가야 하는지 설명해주세요." 미나는 말을 잘 듣는 딸이었다. 하지만 이제는 엄마를 괴롭히는 무거운 짐을 엄마의 어깨에서 덜어줄 만큼 자신이 자랐다고 생각했다. "우리가 왜 계속 도망 다녀야 하는지 말해주세요. 내가 도울게요. 내가 알아야 한다고 생각하지 않아요?"

사라의 표정은 변하지 않았다. 하지만 그녀의 어깨는 세상의 무게를 다 짊어진 것처럼, 아니 최소한 십 대 한 명의 무게는 짊어진 것처럼 아래로 축 처졌다. "내가 말했잖니. 다 너를 위해서라고."

"신문 기사 때문이에요? 현장 학습에서 일어난 일 때문에?"

사라는 아무 말도 하지 않았다. 미나는 더 이상의 대답은 필요하지 않았다. 사라의 침묵만으로 대답은 충분했다.

"내가 누군가의 생명을 구했기 때문인 거죠?" 미나가 따졌다. 이해가 되었다. 머릿속에서 모든 조각이 연결되면서 모든 것이 분명해졌다. "엄마는 항상 내가 운동팀에 지원하지도, 동아리에 가입하지도 못하게 말렸어요. 항상 내가 튀지 않고 아이들 사이에 녹아들기를 바랐죠. 눈에 띄지 말고 루저가 되도록요. 엄마는 항상 내게 뭔가 끔찍한 일이 일어날까봐 두려워했지만 그게 다는 아니죠. 그렇죠?"

찰리는 가죽으로 된 작은 파란색 여행 가방을 끌고 부엌으로 들어왔다. 그리고 자신이 가장 아끼는 보물들을 집어넣기 시작했다. 풍선껌, 야구카드, 모아놓은 돌멩이들. 멀리서 봐도 옷이라고 할 만한 것은 하나도 보이지 않았다. 찰리는 엄마와 누나가 나누는 논쟁을 무시한 채 부엌을 돌아다녔고, 자신의 시리얼 상자들을 챙기기 시작했다.

"그러다 내가 뭔가를 성취한 거예요. 생명을 구하는 일 같은 위대한 일을 했다고요. 평생 처음으로 내가 영웅이 되었어요. 물론 나는 주목을 받는 것을 좋아하진 않지만요. 어쨌든 바로 이거예요. 그렇죠? 엄마는 바로 이런 일이 생기는 것을 두려워한 거예요."

사라는 한숨을 쉬었고 부엌 의자에 털썩 주저앉았다. 그녀는 불안해하며 조그만 두 손으로 얼굴을 감쌌다.

"맞아. 비슷해. 나는 네가 관심을 너무 많이 받게 되는 일을 막으려고 했어."

미나는 미동도 없이 서 있었다. 혼란스럽고 화가 났다. "말도 안 돼요. 보통의 엄마들이 할 말과 정반대 아닌가요? 엄마는 내가 성공하길 바라지 않아요?"

"애야. 우리 집안은 위대한 일을 할 운명을 타고났단다. 하지만 그에 따르는 희생이 너무 컸어. 나는 네가 주목 받지 않고 숨어 지낸다면 그것으로부터 도망칠 수 있을 거라고 생각했어."

"엄마, 이해가 안 돼요." 갑자기 차가운 기운이 방 안에 퍼졌다. 미나는 몸을 떨기 시작했다.

사라는 대답을 하기 전에 한참 동안 미나를 쳐다보았다. "네 말이 맞아. 너는 진실을 알아도 될 만큼 충분히 자랐어. 엄마의 짐을 나눌 수 있을 만큼." 사라는 찰리가 부엌을 나갈 때까지 기다렸다. 찰리는 자신이 좋아하는 물건들을 더 가지러 갔다. "미나, 나는 그동안 네게 거짓말을 해왔단다. 네 이름과 다른 모든 것에 대해."

"좋아요." 미나가 말했다. 그녀의 목소리가 떨렸다.

"우리의 성은 그라임(Grime)이 아니야. 그림(Grimm)이란다. 아주 오래전부터 우리는 그것으로부터 도망치려고 노력해왔어."

"정확히 무엇으로부터요?"

"옛날에 네 아버지를 죽게 만든 그것……. '그림가(家)의 저주' 말이야."

제 5 장

그림가의 저주

세상이 빙빙 도는 듯했다. "좀 앉아야겠어요." 미나가 애처롭게 말했다.

사라는 의자에서 벌떡 일어나 딸을 부축해서 거실에 있는 작고 불편한 소파로 데려갔다.

미나가 질문을 더 하려고 했고 사라는 손을 들어 미나를 막았다. "애야, 제발. 내가 설명해줄게." 사라는 크게 한숨을 쉬었고, 이야기를 더 하기 전에 생각을 정리하려고 애썼다. "이 이야기는 훨씬 더 옛날로 거슬러 올라간단다. 너의 현조 할아버지(고조할아버지의 아버지) 빌헬름 그림과 그의 형 야콥 그림이 살았던 때로."

"그림 형제(독일 민간설화를 수집해서 만든 그림동화집의 저자들.

그림 동화집에는 '빨간 모자', '백설 공주', '잠자는 숲속의 공주', '헨젤과 그레텔' 등 오늘날 사랑받는 동화들이 실려 있다)요? 동화들을 쓴 사람들 말인가요?"

"그래. 바로 그 사람들이야. 사실 그림 형제가 동화를 쓴 것은 아니란다. 그들은 동화를 수집했어. 하지만 더 중요한 사실은 그들이 실제로 동화들의 주인공이 되어 이야기의 내용을 다시 살았다는 거야. 바로 이것이 그림 가문을 괴롭히는 저주란다. 대대로 그림의 자손들은 동화들의 주인공이 되어 이야기를 다시 써야 하는 운명을 타고났어. 그림의 자손들은 그렇게 살도록 선택받았고, 또 저주받았지. 동화들이 역사를 통해 계속해서 변하는 이유가 바로 그 때문이란다. 각각의 그림 자손들이 어떻게 행동하고 결정하느냐에 따라 동화의 결과가 바뀌니까."

"신데렐라가 항상 왕자를 차지하지는 못하는 것처럼 말이에요?" 미나가 농담을 던졌다.

"이건 심각한 얘기야. 그런데 네 말이 맞아. 많은 경우 신데렐라의 이복자매들이 왕자님을 차지했지."

"오. 제발요, 엄마. 정말 이런 것들을 믿어요? 엄마가 짐을 싸서 도망쳤던 게 이것 때문이었어요? 그럼 왕자님을 찾아서 성에서 살지 그래요?"

"그렇게 할 수 있는 일이 아니야." 사라는 좌절한 듯했다. 그녀는 할 말을 곰곰이 생각하면서 아랫입술을 계속 물어뜯었다. "우리가 동화를 고를 수 있는 게 아니란다. 네가 맡을 역할을 고를 수도 없어. 생각해보렴. 모든 동화가 해피엔딩은 아니잖니. 동화들의 주인공이 되어 이야기를 다시 쓰는 일에서 모든 사람이 살아남을 수 있을 것 같니? 네 삼촌 잭은 살아남지 못했지."

미나는 충격으로 입이 딱 벌어졌다. "그건 사고였잖아요."

사라는 고개를 저었다. "그림가의 저주가 네 삼촌에게 시작된 거였어. 네 삼촌이 죽자 저주는 네 아빠에게 들러붙었지. 이상한 일들이 일어나기 시작했지만 아빠는 그 경고들을 무시했단다. 그는 자신이 형보다 더 똑똑하고 강하다고 생각했어. 자신이 동화들을 모두 끝낼 수 있다고 믿었어."

"저주를 멈출 방법이 있나요? 그림가의 저주를 깨뜨릴 수 있는 방법이요?"

"그림의 자손 중 한 명이 모든 동화를 끝내고 살아남게 되면 '스토리(Story)'를 만족시킬 수 있다고 해. 네 아버지는 죽기 전에 동화 열 개를 끝냈었어." 사라는 울기 시작했고 소파 쿠션에 얼굴을 파묻었다.

미나는 입이 마르고, 목소리가 나오지를 않았다. 침으로 입술을 적시고 목을 가다듬고서야 질문을 할 수 있었다. "동화는 전부 몇 개가 있는 거예요?"

사라는 훌쩍이면서 고개를 들어 딸의 얼굴을 바라보았다. "오, 애야. 나는 그것이 너를 찾게 하지는 않을 거야. 내가 우리의 성을 바꾸고 계속해서 이사를 다녔던 것은 그 때문이란다. 우리가 이사를 갈 때마다 스토리가 우리를 찾는 일이 오래 걸리는 것 같았어. 우리가 사람들의 관심을 끌 만한 일만 하지 않으면 더 오래, 훨씬 더 오래 걸리는 것 같았어."

"몇 개나 되는 거예요?" 갑자기 온몸에 찌릿찌릿한 느낌이 퍼졌다.

"우리는 여기 머무를 필요는 없어. 계속 도망가면 돼. 그러면 너를 동화 속으로 끌어들이지 못할 거야. 너는 네 아버지와 같은 운명을 겪지 않을 거야."

미나는 엄마를 뚫어져라 바라보았다.

결국 사라는 시선을 피하면서 속삭였다. "200개가 넘어. 제이콥 빌헬름과 야콥 빌헬름은 둘이 함께 190개 이상의 동화를 완성했어. 하지만 죽기 진에 모든 동화를 끝내지는 못했어. 그래서 빌헬름의 자손들이 처음부터 다시 시작해야만 한 거야. 하지만 얘야, 그림가의 저주를 깨는 일에 가장 가까이 갔던 유일한 사람은 그 두 사람이었어. 게다가 그건 거의 200년 전의 일이야. 많은 그림 자손이 이 저주를 풀려고 노력했지만 아무도 살아남지 못했어. 네 아빠처럼 말이야. 그래서 나는 저주로부터 도망치기로 결심했던 거야."

"엄마, 나는 도망치지 않을 거예요."

"미나, 우리는 도망쳐야만 해. 처음에 나는 그림가의 저주가 너는 괴롭히지는 않을 거라고 생각했어. 너는 여자아이니까. 네 아빠는 그림가의 저주는 남자들한테만 전해진다고 나를 안심시켰어. 네 아빠가 죽은 뒤에 나는 우리는 안전할 거라고 생각했어. 하지만 장례식이 끝나고 몇 주 뒤에 내가 찰리를 임신한 것을 알았단다. 뱃속의 아이가 사내아이라는 것을 알았을 때 우리에겐 정말로 선택의 여지가 없었어. 우리는 도망쳐야만 했어. 찰리를 지키기 위해서 나는 우리의 과거를 버리고, 네 아빠의 이름마저 버리고 떠나야 했단다."

"언젠가는 그 저주가 찰리를 찾아올 거라는 것을 알고 있었지만 그것이 너를 선택하리라고는 전혀 예상하지 못했어. 네가 뒤뜰에서 개구리와 이야기를 하고 있는 것을 발견했을 때 나는 네 아빠가 틀렸다는 것을 알았어. 정말 많은 동화 속에 여자 주인공이 있었고, 너는 스토리가 그냥 지나쳐버리기에는 너무 똑똑하고 마음씨가 고운 아이였으니까."

"엄마는 마치 그것이 살아 있는 것처럼 말하네요."

"맞아, 살아 있어. 이 세상에는 인간이 이해할 수 없는 위대한 힘이 작용하고 있단다. 그것은 고대에서부터 시작되었고, 아주 오랜 세월 동안 살아 있었어, 또 그것은 강력한 힘을 가졌지. 어떤 사람들은 그것을 신이라고 부르고, 다른 사람들은 그것을 운명이라고 부르기도 해. 하지만 그게 무엇이든지 간에 그것을 멈추는 것은 불가능해."

"찰리는 어떻게 되는 거예요?" 미나가 물었다.

찰리는 다시 부엌으로 돌아왔고, 이번에는 자신의 모든 히

어로 의상을 한 장씩 넣고 있었다. 스파이더맨 옷과 배트맨의 만능 벨트, 그리고 닥터후 목도리(영국의 유명 SF미니 시리즈, '닥터후'에서 주인공인 닥터가 걸치고 나온 알록달록한 줄무늬)처럼 보이는 것까지 모두 넣었다.

"지금까지는 스토리가 찰리한테는 관심이 없었어. 스토리에겐 아직 네가 있으니까."

"그럼 내가 살아 있는 동안에는 찰리는 안전한 거네요?" 미나는 남동생을 흘깃 쳐다보았다. 가슴이 찰리를 보호해야 한다는 결의로 차올랐다.

"맞아……. 애야. 찰리를 보렴. 저 아이는 아직 '그림 동화(Grimm Story)'의 운명으로부터 자신을 지킬 수 있을 정도로 강하지 않아. 나는 너를 잃을 수는 없어. 찰리도 그렇고. 너희 둘은 네 아빠가 내게 남긴 선부야." 사라는 낡아빠진 커피 테이블 위에 놓인 티슈박스에서 티슈 몇 장을 휙 뽑았다. 그녀는 티슈들을 갈가리 찢기 시작했다.

"엄마, 나는 그 저주를 끝내고 싶어요." 미나는 자신의 용기가 어디서 나왔는지 알 수 없었다. 하지만 그 말을 내뱉은 순간 그것이 진심이라는 것을 알았다.

"안 돼! 허락할 수 없어. 현장학습에 다녀온 이후로는 이상한 일은 더 없었지, 그치? 우리에겐 여전히 도망칠 시간이 있어." 사라는 미나를 쳐다보았다.

미나는 엄마의 눈에서 희망이 한 조각 남아 있음을 보았다.

"엄마." 미나는 이 한 단어에 의미를 담아 말했다.

"너무 늦어버렸구나. 그렇지? 무슨 일이 있었니? 무슨 일이 일어나고 있는 거야?"

미나는 자전거를 타고 가다가 동물들을 칠 뻔했던 이야기를 했다. "개랑 당나귀……." 미나가 말을 끝내기고 전에 사라가 "그리고 고양이랑 수탉이 따라왔구나"라고 불쑥 내뱉었고, 미나는 깜짝 놀랐다. 사라는 얼굴을 붉혔다. "어렸을 때 동화책에서 읽었던 거야. 또 다른 일은 없었니? 견학을 갔을 때 정확히 무슨 일이 일어났는지 말해봐." 사라가 따지듯 물었다.

미나는 있었던 일을 전부 말했다. "오, 불길해. 그건 또 다른 동화 같은데. 어떤 동화인지 모르겠구나. 어쩌면 이미 너무 늦었는지도 몰라. 그래도 아직 그 바보 같은 책은 안 나타났으니까."

"무슨 책이요? 뭐 그림(Grimm) 동화책 같은 거요?"

"미나, 내 말을 들으렴. 더 이상 이것에 대해서는 말하지 않는 편이 나아. 말에는 힘이 있단다. 스토리가 너를 발견하는 것을 훨씬 쉽게 만들 거야."

"그 책은 어떤 것이에요?" 미나가 다시 물었다.

"다시 말하지만 그것에 대해 말하지 않는 편이 안전하단다. 사실 그 책은 '그리모어(마법서라는 뜻이 있다)'라고 불려. 그 책은 이 저주의 퍼즐을 완성하는 마지막 한 조각이란다. 일단 책이 네게로 오면 그때는 너무 늦어버리게 돼. 너는 공식적으로 스토리에 들어 있는 동화들의 일부가 되어버리는 거야. 문제는 다른 존재들도 그 책을 찾고 있다는 거야. 그러니 그들 중 누구라도 우리를 발견하기 전에 떠나야만 해."

사라는 자리에서 일어났고 가구라곤 소파와 TV, 작은 흔들의자가 전부인 작은 거실을 둘러보았다. 잘 사용하지 않는 15인치 TV는 거실 한쪽 구석에서 왕 부인이 준 낡아빠진 책 더미 사이에 자리 잡고 있었다. 이 집에는 사적인 물건이라고는 거의 찾아볼 수 없었다. 미나는 이제야 왜 그런지 이해가 되었다.

"엄마, 나는 도망치지 않을 거예요." 미나가 말했다.

"아니, 도망쳐야 해. 네 동생을 생각해야지." 사라는 믿을 수 없다는 듯 딸을 쳐다보며 눈을 깜박였다.

"찰리를 생각해서 그러는 거예요. 그래서 도망치지 않으려는 거라고요." 미나는 다시 울음이 터질 것만 같았다. 하지만 소매 뒷부분으로 눈물을 닦으며 참았다. "나는 이 저주를 깨뜨릴 거예요. 나는 할 수 있어요. 꼭 해낼 거예요. 찰리를 위해서. 엄마를 위해서."

사라는 고개를 젓기 시작했다. 하지만 미나는 화난 목소리로 계속 말했다. "엄마, 엄마는 나를 도와줄 수도 있고 막을 수도 있어요. 하지만 어떤 경우라도 스토리는 결국 우리를 찾아낼 거예요."

사라는 다시 자리에 앉았고, 무릎 위에 가지런히 모은 두 손을 내려다보았다. 눈물이 그녀의 볼을 타고 내려와서 카키색 바지에 뚝뚝 떨어졌다. "네가 그것과 싸울 수 있을지 모르겠구나. 나는 네가 더 크고, 더 강해질 때까지 이 일을 미룰 수 있었으면 좋겠어."

"나는 많이 컸어요. 많이 강해졌고요. 엄마는 지금까지 정말 잘해왔어요. 하지만 이제는 내가 우리 가족을 지킬 차례예요. 하지만 나는 엄마의 도움이 필요해요."

사라는 눈물을 닦았고 이해한다는 듯이 고개를 끄덕였다. "좋아. 내가 어떻게 하면 되겠니?"

제 **6** 장

불운 속의 행운

다음 날 아침, 학교로 걸어가면서 미나는 자신이 완전히 다른 사람이 된 듯한 기분이었다. 전부는 아니더라도 오랫동안 자신을 괴롭혔던 질문들에 대한 답을 얻었기 때문이다. 그녀는 왜 자신의 가족이 그렇게 자주 이사를 다녀야 했는지, 왜 엄마는 항상 자신이 운동팀에 지원하거나 숙제를 제출하고 어떤 식으로든 사람들의 눈에 띄는 행동을 하는 것을 말렸는지 이제는 이해할 수 있었다. 그녀는 자신의 비정상적인 십 대의 삶에 드디어 의미가, 목표가 생겼다고 생각했다. 그림가문의 다음 세대들의 운명이 미나의 손에 달려 있었다. 그녀는 스토리를 완성하고, 그림가문에 내린 저주를 깨뜨려야만 했다.

미나는 학교로 걸어가면서 모든 일에 대해 곰곰이 생각했다. 미나는 엄마에게 카마이클 씨네 집이 다른 집과 혼동이 된 것 같다고 말했고, 자신의 자전거가 어떻게 되었는지를 털어놓았다. 엄마는 홧김에 카마이클 씨의 집에 전화를 걸려고 했지만 미나가 그냥 잊도록 설득했다. "정말이에요, 엄마. 내가 잘못했던 거예요. 그 사람들이 잘못한 게 아니에요. 내가 진입로 한가운데 자전거를 놔두었던 거예요. 게다가 엄마 상사 테리 씨가 팸플릿을 줄 집을 혼동하지 않았더라면 내가 거기에 갈 일도 없었잖아요."

"이해가 안 가는구나. 카마이클가는 하나뿐이잖니. 그런데 우리가 오는 걸 몰랐다고? 정말 이상하구나."

미나는 엄마가 전화기를 들고 상사에게 전화를 걸려는 순간 현관 밖으로 달려나왔다. 집을 나온 지 얼마 안 돼 빗방울이 떨어지기 시작했고, 미나는 일기예보를 확인하지 않은 것에 대해 후회했다.

미나는 갑자기 뒤통수가 찌릿함을 느꼈다. 미행당하고 있는 것이 느껴졌다. 미나는 발걸음을 재촉했고 고개를 들고 정면을 바라보면서 눈을 마주치지 않으려 했다. 자동차 한 대가 그녀 옆에 멈춰서 창문을 내리는 순간 미나는 도망칠 준비를 하고 있었다.

어떤 것이 튀어나올지 알 수 없었다. 강도일지, 납치범일지, 혹은 길을 묻는 척하면서 차 안에 억지로 태우려는 사람일지 알 수 없었다. 놀랍게도 운전석에 앉은 사람이 정중하게 물었다. "태워 줄까요?"

"아니요. 괜찮아요." 미나가 냉랭하게 말했다.

그녀는 운전자를 쳐다보지 않으려고 하면서 걸음을 재촉했다. 굵은 빗방울이 쏟아지기 시작했다. 미나는 빗물이 얼굴에 떨어져 눈을 찡그렸다.

"미나…… . 부탁이야."

미나는 깜짝 놀라 고개를 돌렸다. 브로디 카마이클이 그녀 옆에서 SUV자동차를 몰고 있었다. 미나는 잠시 머뭇거렸지만 걸음을 멈추지는 않았다. '나를 어떻게 찾았지? 내가 어디에 사는지 어떻게 안 거야?' 미나는 생각했다. 자신의 집 전화번호와 주소를 어디에도 등록해 놓지 않았기 때문이다.

"미나, 네 자전거를 망가뜨려서 정말 미안해. 그건 사고였어." 브로디는 미안한 표정이었다. 미니는 계속해서 걸었다. "제발 너를 학교에 태워주게라도 해줘. 지금 비가 오잖아."

정말로 비가 쏟아붓고 있었다. 미나는 눈을 깜박여 눈에서 빗물을 짜냈고, 몸을 부들부들 떨었다. 추워서였는지 아니면 브로디 카마이클과 30센티미터도 안 되는 거리에 앉을 생각 때문이었는지 알 수가 없었다. 아무튼 이가 딱딱 부딪히기 시작했고, 브로디가 빗속으로 달려 나와 미나가 타도록 조수석 문을 열었다. "들어가. 감기 걸리기 전에."

미나는 고개를 끄덕였고 차 안으로 들어갔다. 젖은 청바지가 가죽 의자시트에 꼴사납게 달라붙었다. 머리는 흠뻑 젖어 있었고, 큰 물방울이 브로디의 차 좌석에 뚝뚝 떨어졌다.

"미안해." 브로디가 차 안으로 쑥 들어왔을 때 미나가 이를 딱딱 부딪치며 말했다.

브로디는 커다란 손을 콘솔로 뻗어 히터를 켰다. 그는 자리에서 몸을 비틀어 뒷좌석으로 손을 뻗어 운동 가방에서 깨끗한 셔츠를 꺼냈다. "이걸로 닦아." 그는 셔츠를 손에 쥐고 미나의 얼굴을 조심스럽게 닦아주려고 했다.

브로디의 손이 얼굴에 닿자마자 미나는 펄쩍 뛰었고, 브로디는 항복한다는 듯 셔츠를 내밀었다.

"미안해." 그녀가 또 사과했다.

브로디는 입가를 살짝 올린 채 미소를 지었다. "너는 정말 사과를 많이 하는 구나. 네 잘못이 아닌 때에도."

"나 때문에 네 차의 좌석이 젖고 있잖아." 미나는 셔츠로 가죽시트 위에 흥건히 고인 물을 닦아내려고 했다. 브로디는 미나를 멈추게 하려고 미나의 손을 잡았다.

"이건 그냥 자동차인 걸. 마를 거야." 브로디는 미나를 쳐다보았고, 미나는 심장이 펄떡거렸다. 그는 진심이었다. 거짓말이나 그녀를 달래려는 말이 아니었다. 그는 차에 대해선 전혀 신경 쓰지 않고 있었다.

미나는 자동차 히터에서 나오는 따뜻한 기운이 뼛속까지 녹아들게 했다. 그러다 스스로에게 주의를 주었다. '아냐, 잠깐만. 이건 브로디의 온열시트야.' 미나는 너무 긴장이 되어 무슨 말을 해야 할지 어디를 봐야 할지 몰랐다. 브로디에게 말을 걸어야 할지, 브로디를 쳐다봐야 할지, 그의 가족에 대해 안부를 물어야 할지 결정을 내릴 수가 없었다. 그래서 미나는 이들 중에서 어떤 것도 하지 않았다. 대신 조수석 창밖을 조용히 쳐다보았다.

브로디가 목을 가다듬고는 입을 열었다. "있잖아. 너는 정말 찾기 힘든 사람이야."

미나는 몸을 돌려 그를 바라봤다. "무슨 말이야? 나를 찾으려고 했다고?"

브로디는 미나를 슬쩍 바라봤다가 다시 운전에 집중했다. "그게 말이야, 내가 사과를 하려고 너한테 전화를 걸려고 했는데 너희 집은 전화번호부에 없더라고. 게다가 내가 아는 사람들 중에는 네 휴대폰 번호를 아는 사람이 한 명도 없었고."

"나한텐 휴대폰이 없어." 미나는 볼이 붉어지는 것을 느꼈다. 아마도 미나는 학교에서 휴대폰이 없는 유일한 사람일 것이었다.

브로디는 어깨를 으쓱했다. "몰랐어. 아무튼 그래서 집을 찾아가려고 했지. 그런데 또……."

"주소가 등록이 안 되어 있지." 미나가 그를 대신해서 말을 끝냈다. 엄마가 요금을 약간 지불하고 그렇게 해 놓은 것인데 그게 처음으로 다행이라는 생각이 들었다. 어제의 눈물겨운 고백이 일어나는 와중에 브로디가 미나네 집 층계참에 나타났다면 미나가 어떻게 행동했을지는 상상도 할 수 없었다.

"브로디, 괜찮아. 어제 일어났던 일은 사고였어." 미나는 소맷부리를 만지작거렸다. 미나는 또 자신을 탓하고 있었다.

"그런데 왜 나를 보고 도망갔어?" 브로디가 그녀를 보면서 물었다. "내게 설명하거나 사과할 기회도 안 줬잖아."

예상도 못한 질문이었다. 미나는 다시 자동차 밖으로 나가 빗속을 걷고 싶은 생각이 간절했다. 그녀는 애처롭게 어깨를 으쓱했다. "모르겠어." 몇 분간 차 안에 침묵이 흘렀다. 그러다 미나가 브로디를 공격했다. "아침에 이쪽 동네에서 뭘 하고 있던 거야? 네가 저 반대편 동네에 산다는 걸 알고 있는데."

브로디는 기득거렸고 미나를 보며 미소 지었다. "너를 찾고 있었어."

"나를? 왜?" 미나는 너무 놀라 망연자실했다.

"어제 있었던 일 때문에 마음이 안 좋아서 너를 찾아 사과하고 싶었어. 그래서 아빠 회사 직원한테 부탁해서 조사를 좀 했고, 네가 이민자들이 사는 동네에 산다는 것을 알아냈어. 그래서 너를 찾으러 여기로 온 거야. 내가 너의 유일한 운송수단을 망가뜨렸잖아. 최소한 너를 학교에 태워다 줘야 할 것 같았어."

"나를 네 차 안에 가두고 네 사과를 들어줄 수 있게 말이지?" 미나는 화가 나서 입술을 깨물었다. 누군가에게 자신의 가족에 대해 뒷조사를 시켰다는 것에 대해 믿을 수가 없었다. "네겐 그럴 자격이 전혀 없어!" 그녀가 말했다.

"아니, 나는 그래야만 했어." 브로디는 차를 주차장 안으로 몰고 갔다. 그는 차를 주차시킨 뒤 미나를 향해 말했다. "학교 밖에서 너를 만나지 못한다면 네게 사과할 기회를 얻지 못할 것 같았거든."

미나는 코웃음 쳤다. "오, 이제 알겠다. 결국은 네가 브로디 카마이클이라는 거지? 너는 지켜야 할 사회적 지위가 있으니까. 나는 그냥 미나 그림, 별것 아닌 사람이고." 미나는 실수로 자신의 진짜 이름이 튀어나온 것을 깨달았다. 하지만 브로디는 알아채지 못한 듯했다. 그가 반박하려고 입을 열었지만 미나가 가로막았다. "괜찮아. 너는 사과를 했으니까. 그치? 사과를 받아들일게. 너는 지켜야 할 의무를 다했어. 너는 이제 자유야. 걱정하지 마. 고소하거나 하지는 않을 테니." 미나는 그의 뻔뻔함에 화가 나서 씩씩거렸고 문을 열고 차 밖으로 나왔다.

미나는 학교 건물로 도망치듯 뛰어가지 않으려고 애를 쓰며 걸어갔다. 그리고 여자화장실을 향해 최대한 빨리 당당하게 걸어들어가 쓸쓸한 화장실 칸막이 안으로 들어간 뒤 문을 잠갔다. 미나는 방금 자신이 브로디와 싸웠다는 것을 믿을 수가 없었다. 창피함과 분노로 뜨거운 눈물이 흘러내렸다. '어떻게 그럴 수가 있지? 브로디는 왜 일부러 나를 찾아서 사과를 하려고 한 거지? 그냥 학교에서 할 수도 있었는데 말이야. 내 생각이 맞았던 거야. 브로디는 내가 창피했던 거야. 지루하고 평범한 내가 그의 생명을 구했다니 참 안타까운 일이야. 더 흥미로운 소녀였어야 했는데. 아니 나를 알기라도 했을까'라고 생각하며 씩씩댔다.

미나는 눈물을 닦아냈고 마음을 진정시키려고 세면대로 갔다. 비에 맞은 그녀의 갈색 머리에 약간의 웨이브가 생겨 오히려 더 괜찮아 보였다. 머리가 어깨 아래로 흘러내렸고, 브로디 자동차의 끝내주는 히터 덕분에 거의 다 말라 있었다. 미나는 화가 나서 브로디에게 했던 말을 떠올렸고, 갑자기 속이 메스꺼웠다. 그녀는 이 모든 일이 연기처럼 사라져버리고 브로디가 자신을 잊어버리길 바랐다.

첫 번째 예비종이 울렸고 여자애 세 명이 화장실로 몰려와서 수업 전 마지막 메이크업을 했다.

"밖에 브로디 봤어?" 한 소녀가 속삭였다. "화나 보이던데. 사반나가 또 무슨 말을 해서 화나게 한 거야?" 그녀는 백팩에서 거대한 헤어스프레이 통을 꺼냈고, 머리 전체에 마구 뿌리기 시작했다.

미나는 기침을 하면서 세면대에서 물러났다.

"못 들었어?" 흑갈색 머리의 백인 여자애가 마스카라를 바르면서 말했다. "걔네 완전히 끝났대."

"언제?" 키가 작고 통통한 아이가 물었다.

"브로디가 거의 죽을 뻔했던 그날."

"나는 걔네가 다시 만나기로 한 줄 알았는데." 헤어스프레이를 든 소녀가 말했다.

"몇 시간 동안 만이었어. 방과 후에 브로디가 헤어지자고 했 대."

"저기." 미나가 끼어들었다. 세 명 모두 미나를 향해 고개를 휙 돌렸다. 그들은 각자 미나를 훑어보았다. 땅딸막한 아이는 못마땅한 듯 얼굴을 찡그렸다.

"브로디가 밖에 있다고?" 미나가 물었다.

"무슨 생각을 하는 거야? 브로디가 이제 싱글이니까 네가 접근해도 될 거라고 생각하니? 내가 말해주겠는데 너는 걔 타 입이 아니야." 흑갈색 머리 소녀와 통통한 소녀가 웃었다.

"사실 나는 걔를 피하는 중이야."

흑갈색 머리 소녀가 미나를 다시 훑어보고는 대답했다. "이 제는 아니야. 밖에서 몇 분 서성이다가 일 교시 수업을 들으러 교실로 갔어."

미나는 한숨을 내쉬고 말했다. "고마워." 그녀는 화장실에 서 뛰쳐나갔고, 두 번째 벨이 울리는 시간에 딱 맞춰 일 교시 수업 교실로 들어갔다. 미나는 자신의 자리로 가서 앉았다.

낸이 곧장 몸을 붙이고 속삭였다. "그게 정말이야?"

"뭐가 정말이야?" 미나는 역사책을 꺼내면서 속삭였다.

"브로디가 너를 학교에 태워줬다는 얘기 말이야. 너네 둘이 커플이니?"

'이놈의 학교는 소문이 믿을 수 없을 정도로 빨리 퍼진다니까'라고 미나는 생각했다. "아니야! 그냥 차를 태워준 거야. 그것뿐이야."

"하지만 내가 봤을 때는······." 낸이 말을 시작하려고 했다.

"낸, 제발. 점심 때 얘기해줄게. 약속해."

낸은 가장 친한 친구의 눈에서 괴로움을 보았던 게 분명했다. 이 대화 주제를 순순히 내려놓았기 때문이다. 낸은 한숨을 쉬며 의자에 등을 기대었고, 그녀의 새 아이폰을 바라보았다. 낸이 미나와 브로디를 구하느라 아이폰을 떨어뜨렸다는 사실을 알게 된 낸의 아버지 친구가 선물로 준 것이었다. 낸의 손가락이 휴대폰 액정을 부드럽게 두드리면서 방금 받은 문자에 답장을 했다.

화났어. 시간을 좀 줘.

제 7 장

새로운 사랑의 시작

"말해봐." 음식을 쟁반에 담고 나서 이야기를 엿들으려는 아이들에게서 멀리 떨어지자 낸이 심문하듯 물었다.

미나는 브로디가 친구들과 함께 앉은 테이블에서 가장 멀리 있는 테이블을 골랐다.

"전부 네 탓이야, 낸. 네가 안 한다고 하는 바람에 내가 그 바보 같은 팸플릿을 배달하러 갔잖아. 카마이클 부인은 내가 왜 왔는지 전혀 모르고 있었고, 부인 앞에서 나는 완전 망신을 당했어. 그러다 브로디가 차를 몰고 왔고 내 자전거를 뭉개버렸어."

"세 상 에!" 낸이 큰 소리로 말했다. "그래서 어떻게 했는데?"

"나는 너무 당황했고 도망쳤어."

"뭘 했다고?" 낸은 펄쩍 뛰면서 테이블을 손으로 탕 하고 때렸다.

"내 말이. 그리고 집에 도착하니까 엄마는 짐을 싸느라 난리법석이었고 이미 알래스카로 떠날 준비가 되어 있었지."

"그런데 어쩌다 오늘 아침에 그 일이 일어난 거야?"

"걔가 나를 스토킹했어! 직원을 시켜서 내가 어디 사는지 알아냈고 자동차를 몰고 우리 동네를 스토커처럼 왔다 갔다 하고 있었어. 아마도 내 자전거를 망가뜨린 게 미안해서 내게 차를 태워주고 싶었나봐."

"음, 미나." 낸이 속삭이듯 말했다.

미나는 낸을 무시했고 오렌지 껍질을 맹렬히 벗겼다. "그랬다니까. 그러고는 뻔뻔스럽게도 학교에 도착하기 전에 내게 사과하고 싶었다고 말을 하는 거야. 일단 학교에 도착하면 그럴 수 없다는 것을 알고서. 세상에 걔는 정말 거만해."

"미나—" 미나는 힘없는 과일을 공격했고 낸은 친구의 말을 중단시키려 애썼다.

"정말이야, 낸. 걔는 나랑 같이 있는 모습을 사람들 앞에 보이는 게 두려웠던 거야. 내가 걔의 목숨까지도 살려줬는데 말이야." 미나는 오렌지 조각을 입으로 쑤셔 넣고 씹기 시작했다.

"미나, 누가 너랑 얘기하고 싶은가봐." 낸이 히죽거렸다.

"응무어라구?" 입에 오렌지를 가득 문 채 미나가 말했다. 미나는 학생식당 주위를 둘러보았고, 브로디가 폴로 팀 친구들과 즐겨 앉는 자리가 비어 있음을 알아차렸다. 사실 브로디는 미나 옆에 서 있었다. 브로디는 급식 쟁반을 손에 들고 미나보다 더 당황한 표정을 하고 있었다.

"안녕, 미나." 그가 미소를 지으며 말했다. "여기 앉아도 될까?"

브로디는 미나의 대답을 듣지도 않고 테이블 위에 쟁반을 놓았다.

너무 놀란 나머지 미나는 사레가 들렸고, 그것이 멈추자 그에게 따졌다. "뭐하는 거야?" 미나는 주위를 둘러보면서 속삭였다. 사람들이 그들을 쳐다보고 있었다.

"너는 우리의 대화가 끝났다고 생각했지? 하지만 아니야." 브로디가 말했다. 그의 눈이 도발적으로 반짝었다.

"알았어. 너는 네 주장을 입증했어. 너는 사람들 앞에서 나랑 같이 있는 걸 창피해하지 않아. 그러니 이제 가도 돼." 미나는 마치 파리를 쫓듯 양손을 저었다. 하지만 브로디는 그녀를 향해 씩 이를 드러내며 웃었다.

"있지. 네가 차 안에서 했던 말 때문에 나는 화가 났었어. 하지만 그게 사실이 아니라는 것을 깨닫자 더 이상 화가 나지 않아." 브로디는 몸을 기울여 미나의 귀에 가까이 갔다. "나는 사람들 앞에서 너와 함께 있는 게 창피하지 않아. 창피해하는 것은 너야. 네가 나와 함께 있는 것을 보이기 싫은 거야."

그의 숨결이 미나의 귀를 간지럽게 했고, 미나는 정신이 혼미해졌다. 곧 미나는 정신을 차리고 그가 한 말을 생각했다.

"그건 사실이 아니야." 그녀가 대답했다.

"그럼 증명해 봐." 그가 말했다. 그의 눈빛이 진지해졌다. "네가 나를 창피해하지 않는다는 걸 증명해봐."

미나는 겁에 질려 브로디를 바라보았고, 그다음엔 낸을 쳐다보았다. 낸은 현명하게 입을 다물고 있었다. 낸은 미나를 향해 고개를 끄덕이며 격려했다. 미나는 창피함에 고개를 떨어뜨렸다. 미나가 창피해하는 것은 브로디가 아니었다. 그녀 자신이었다. '도대체 브로디는 왜 나와 어울리고 싶어 하는 걸까?' 미나는 정말로 궁금했다.

"왜? 브로디? 왜 이러는 거야?" 미나는 고개를 들어 그를 바라보며 물었다. "이해가 안 가. 우리는 공통점이 전혀 없잖아. 내가 네 생명을 구하긴 했지. 하지만 우리 관계는 그 이상은 될 수 없어……. 정말이야."

브로디는 상처받은 듯했다. 미나는 그 말을 내뱉는 순간 다시 주워 담고 싶었다. 하지만 미나는 단지 자신을 보호하려는 것뿐이었다. 브로디가 자신을 갖고 노는 것이 분명하다고 생각했다.

브로디는 잠시 자신의 급식쟁반에 담긴 음식을 내려다보았다. 그러다 고개를 들고 미나를 쳐다봤다. 그의 눈이 미나의 눈을 뚫어질듯 응시했다. "미나, 넌 내 생명만을 구한 게 아니야. 더 많은 것을 내게 주었어. 네게 그걸 알려 주고 싶어. 하지만 너도 마음을 열어줘야 해."

그는 급식 쟁반을 집어 들고 미나의 테이블을 떠난 뒤 먹지 않은 음식들을 쓰레기통에 버렸다. 다른 아이들은 몸을 돌려 그가 걸어 나가는 것을 지켜보았다. 그들은 미나의 테이블로 눈길을 돌리기 전까지 계속 브로디를 보고 있었다.

한 학생만은 미나에게서 눈을 떼지 못했다. 그녀의 두 눈은 분노로 이글거렸다. 미나는 테이블에서 고개를 들다가 그 두 눈과 마주쳤다. 그 학생은 눈을 돌리지 않았다. 미나는 눈을 동그랗게 뜨고 낸을 쳐다보았다. 방금 본 것이 헛것이길 바랐다. 사반나 화이트. 학교에서 제일 인기 많은 여자애가 입술을 움직여 이렇게 말했다. "너는 죽었어."

그날 오후는 시간이 정말 더디게 갔다. 미나는 낸에게 그림 가문의 저주에 대해서는 말도 꺼내지 못했다. 게다가 특별한 일이 일어나지도 않았고, 더 이상 이상한 것들이 나타나거나 쫓아오지도 않았다. 그래서 미나는 스토리가 자신에 대해 잊어버린 것은 아닐까 하는 희망을 품었다. 미나는 그림가의 저주, 사반나, 브로디에 대한 생각들로 머리가 터질 듯했다. 역사시험에서 낙제점을 받을 게 분명했다. 미나는 망연자실한 상태로 거의 빈 시험지를 선생님께 제출했다. 3시 30분 마지막 종이 울렸을 때 미나는 안도의 한숨을 내쉬었다. 이제는 공공 도서관으로 가서 그림 가문의 역사를 더 연구할 수 있었다. 미나는 사물함으로 갔고 사물함 주위에 아이들이 많이 모여 있는 것을 보고 놀랐다. 그녀는 뒤로 물러서서 아이들이 흩어지길 기다렸다가 남은 책을 챙겨 떠날 생각이었지만 아이들의 수는 좀처럼 줄어들지 않았다. 결국 미나는 고개를 숙이고 군중 속으로 들어갔다. 발꿈치를 들고 "미안"이라고 양해를 구하며 아이들 사이를 조심스레 헤치고 나아갔다. 미나가 사물함에 이르렀을 때 휘청거리는 미나를 넘어지지 않게 누군가 팔을 붙잡아주었다. 그 순간 미나는 학생들이 모여 있는 이유를 알 수 있었다. 브로디가 미나의 사물함에 기대선 채 그녀의 팔을 잡고 있었다.

"그럼 나중에 보자, 얘들아!" 브로디가 학생들 무리에게 명령하듯 말했다. 놀랍게도 그 많던 학생이 브로디와 미나 단 둘만 남기고 사라졌다.

"이런 일에 어떻게 적응을 하니?" 미나가 물었다.

"내 평생 이런 일을 상대해야 했으니까. 나는 주위에서 일어나는 일을 그냥 무시하는 법을 터득했지." 브로디는 슬퍼보였다. 하지만 미나를 바라보자 그의 얼굴은 기쁨으로 환해졌다.

"준비됐어?" 그가 물었다.

"뭐가?" 미나는 혼란스러워하며 주위를 둘러보았다.

"집에 가는 거."

"물론이지." 미나는 브로디 뒤쪽으로 손을 뻗어 사물함을 열면서 말했다.

미나는 가방을 꺼내면서 가방의 애처로운 상태를 보고 창피한 마음이 들었다. 그래서 손에 든 가방을 아래로 떨어뜨렸고 브로디에게서 멀어지려고 했다. 하지만 브로디는 그녀의 백팩을 잡아채어 자신의 한쪽 어깨 위로 들어올렸다.

"야, 돌려줘! 내 가방은 내가 들 수 있다고." 미나가 허리에 양손을 짚으며 말했다.

"알아. 하지만 이렇게 하면 네가 나를 따라오게 할 수 있으니까."

"과연 그럴까?" 미나는 복도에서 걸음을 멈추고 그 자리에 서서 투덜거렸다.

하지만 브로디는 계속 걸어갔고 미나의 백팩을 손에 든 채 코너를 돌기까지 했다. 결국 미나는 얌전하게 뒤를 따르는 수밖에 없었다.

미나가 브로디를 따라잡자 브로디는 방향을 돌려 뒤로 걷기 시작했다. "그것 봐. 나는 너를 잘 안단 말이지."

"아니, 넌 나를 잘 몰라. 우리는 이제 막 만났다고." 미나가 반박했다.

"하지만 나는 너를 더 알고 싶어." 브로디가 미소를 지으며 말했다. "네가 허락해준다면."

브로디는 자신의 차로 미나를 안내했고, 미나를 위해 차 문을 열어주었다. 미나가 차에 올라 안전벨트를 하고 나자 브로디는 차를 출발시키려고 했다.

"어디로 갈까?"

"나에 대해 모든 걸 알고 있는 줄 알았는데. 내가 어디 사는 줄도 몰라?"

"어. 사실 몰라. 아버지 친구 분은 정확한 주소를 찾지 못하셨어. 그분은 동네만 찾을 수 있었어. 왜 그런 거야?" 브로디가 물었다. "마피아 같은 것들을 피해 숨어 다니는 거야?"

"뭐 다른 것들." 그녀가 대답했다. "나 도서관에 데려다줄 수 있니?"

"도서관이라! 세상에 우리 참 착한 학생들이구나."

미나는 눈을 흘기고 차에서 내리려고 문손잡이를 잡았다. 하지만 브로디가 그녀를 막았다. "농담이었어. 도서관으로 모실게."

브로디는 차 키를 돌려 시동을 걸었다. 그는 지역라디오 방송국의 팝 음악 채널을 틀었고, 차를 몰고 주차장을 빠져나갔다. 침묵이 둘 사이를 더 어색하게 만드는 것 같았지만, 미나는 먼저 말을 하지는 않을 작정이었다. 시내에서 외곽으로 가는 길로 여러 번 빠진 다음에야 작은 하얀색 건물의 지역도서관 주차장에 도착할 수 있었다.

차가 멈추자마자 미나는 밖으로 뛰어나왔다. "태워다줘서 고마워. 그리고 미안해. 저기 아까 일 말이야. 넌 분명 좋은 사람이야." 그녀는 브로디에게 가짜 미소를 지어 보이고는 백팩을 집어 들고 차문을 닫았다. 하지만 브로디쪽 차문이 열리더니 그가 밖으로 나와 차문을 닫았다.

"기다려주지 않아도 돼." 미나가 브로디에게 말했다. "나는 여기에 좀 오래 있을 거야."

"기다릴 거야. 이제 너희 집에서 훨씬 더 멀어졌는걸. 절대로 너를 집까지 걸어가게 할 수는 없어."

"데리러 오라고 전화하면 돼. 엄마가 곧 집에 오실거야." 미나가 재빨리 대답했다. 이것은 그녀에게 절대로 다른 사람과 같이 하고 싶은 연구가 아니었기 때문이다.

브로디는 미나를 바라봤다. "미나, 나를 그렇게 쉽게 떼어놓을 수는 없을 거야. 나는 이미 여기에 와 있는 걸. 내가 도와줄게."

"도움은 필요 없어."

"좋아. 그럼 따라가서 내 일을 할게. 알다시피, 나도 공부를 해야 하거든."

브로디는 자신의 가방을 어깨에 둘러메고 도서관 유리문을 향해 계단을 걸어 올라갔다. 미나는 이번에도 브로디 뒤를 따라가는 수밖에 없었다.

미나는 도서관 냄새가 좋았다. 그녀는 오래된 책 냄새, 도서관 전등이 부드럽게 윙윙거리는 소리를 사랑했다. 아마도 이게 미나가 또래의 아이들과 잘 어울리지 못하는 이유일 것이다. 그녀는 TV를 잘 보지 않았고, 사람들과 어울리기보다는 책을 읽는 데 더 많은 시간을 보냈다. 낸과 어울릴 때만 빼고는 그랬다.

일단 브로디를 쫓아낸 뒤에 미나는 총괄 사서인 툴 부인에게 잠시 인사를 하고는 곧장 검색대로 갔다. 미나는 서재에서 책에 적힌 숫자들을 살펴보다가 398.2에서 멈추었다. 그러고는 이야기 모음집과 다양한 동화책들을 뽑아내기 시작했다.

"웬 동화책들이야?" 갑자기 누가 물었다. 브로디였다. 그는 미나한테서 책들을 받아 자신의 가슴에 쌓았다.

"숙제야." 미나는 책을 고르면서 대답했다. "너도 할 일이 있다고 했잖아."

"어떤 수업을 듣기에 어린이 책을 읽는 거야?" 그가 책 제목들을 훑으면서 말했다. "나도 들어야겠다."

미나는 씩 웃었다. "학교 숙제가 아니라 그냥 집에서 하는 연구야. 그리고 책은 나 혼자 들 수 있어." 미나는 브로디한테서 책 더미를 빼앗아 도서관 뒤편에 있는 빈 책상으로 갔다.

미나는 자리에 앉아 책 한 권을 들고 단서를 찾기 시작했다. 그러면서도 브로디가 몰래 다가올까봐 경계를 늦추지 않았다. 몇 분 뒤 브로디가 건너편 테이블에서 긴 팔다리를 뻗고 편안히 앉아서 작은 문고본 책을 읽는 모습이 보였다. 브로디가 1미터 거리에 앉아 있는 상황에서 제대로 된 조사를 하는 것은 힘들었다. 하지만 브로디는 전혀 불편해 보이지 않았다. 미나는 브로디가 금방 지루해하면서 도서관을 나가고 싶어 안달할 거라고 생각했었다.

브로디가 긴 팔다리를 우아하게 움직이는 모습, 책장을 넘길 때 금발머리가 눈을 가리는 모습에 미나는 넋을 잃었고, 몰래 훔쳐보는 것을 멈출 수가 없었다. 그는 평화롭고 만족스러워보였다. 한번은 브로디와 눈이 마주쳤고, 미나는 당황해서 얼굴을 붉혔다. 그리고 속으로 자기를 쳐다보고 있었다고 생각하지 않아야 할 텐데 라고 걱정했다. 미나는 두 시간 동안 집중하려고 애쓰며 가능한 많은 동화책을 읽었고, 마침내 지쳐서 마지막 책을 탁 하고 닫았다. 브로디는 자세를 바꾸지는 않았지만 고개를 들어 걱정스러운 표정으로 미나를 바라보았다.

"자, 너 뭘 좀 먹는 게 좋겠어." 그는 미나의 손에서 책을 빼앗아 테이블 위에 올려놓았다.

"아니야. 나는 괜찮아. 정말로." 미나의 심장이 빨리 뛰기 시작했다. 브로디와 같이 저녁을 먹으러 간다면 진짜 데이트처럼 되어버릴 것 같아 걱정이 되었다.

"나는 배고픈데. 오늘 점심 때 많이 먹지 못했거든."

미나는 목덜미에 열이 확 올랐다. 브로디가 점심을 쓰레기통에 버린 것이 생각났기 때문이다. 이번에는 반대할 수가 없었다.

그들은 도서관을 나섰다. 브로디는 차를 몰고 작은 60년대

식 드라이브인 식당으로 갔다. 브로디는 스피커에다 대고 두 사람 몫의 햄버거와 프렌치프라이를 주문했다.

"이런 데가 아직 있었네." 미나가 신기해하며 말했다.

"음, 멋지지? 어렸을 때 부모님이 항상 나를 여기 데려왔었어. 나는 저 스피커박스를 너무 좋아해서 부모님이 항상 내가 모든 사람을 대신해서 주문하게 해주셨어. 한번은 내가 밀크셰이크를 여덟 잔이나 주문해서 집으로 다시 돌아가 직원들한테 나눠 줘야 했지." 브로디가 히죽거렸다. 그의 두 눈이 장난기로 반짝거렸다.

브로디의 눈부신 외모에 미나는 할 말을 잃었고, 머릿속이 하얘질 정도였다. 음식이 나왔다. 그들은 식사를 하면서 어린 시절에 있었던 재미난 일들에 대해 이야기를 나누었다. 그러다 미나는 브로디가 그녀를 흘끔흘끔 보면서 몰래 웃고 있다는 사실을 알아차렸다.

"왜 그래? 내 얼굴에 음식이라도 묻었어?" 미나는 갑자기 긴장을 하며 물었다.

브로디는 고개를 뒤로 젖히면서 하하 웃었다. "아니, 왜 그런 질문을 해?"

"이상한 표정을 짓고 있잖아. 뭐 때문에 그래? 말해봐."

"네가 어떤 아이인지 알 수가 없어서 그랬어. 너는 너무 달라. 다른 여자애들처럼 행동하지 않잖아."

"아…… 알겠어." 미나는 언짢아했고 들고 있던 감자튀김을 원래 있던 상자에 다시 넣었다. 미나는 식욕을 잃었다.

"아니, 넌 몰라." 브로디는 자리에서 몸을 돌려 미나를 보며 말했다. "나를 좀 봐." 미나는 계속 고개를 숙이고 있었다.

"미나, 제발, 나를 좀 봐." 브로디는 조심스럽게 손가락 하나로 미나의 턱을 들어 올려 미나의 갈색 눈이 자신의 짙은 파란색 눈을 마주보게 했다. "너는 내가 만났던 어떤 여자애와도 달라. 너는 머리나 화장에 대해 끊임없이 말하지도 않아. 또 너는 내가 듣고 싶어 하는 말을 하는 게 아니라 네가 느끼는 것을 말하지. 너는 불필요한 잡담을 하면서 침묵을 깨뜨리지 않고 그냥 나랑 앉아 있는 것에 만족해. 또 너는 음식을 먹지. 진짜 음식. 토끼가 먹는 음식 같은 게 아니라." 브로디는 미나가 상자에 도로 넣은 감자튀김을 뽑아내어 한 입에 먹었다. "그리고 너는 계속해서 문자를 하거나 전화를 받지도 않지."

"나는 휴대폰이 없거든." 미나가 상기시켜줬다.

"그러니까. 나는 너의 그런 점도 좋아."

"내가 휴대폰이 없는 것이 좋다고? 너는 미친 게 분명해."

"어쩌면 그럴지도 몰라." 브로디가 살짝 미소를 지었다. "그냥 너랑 같이 있으면 내가 진정이 되는 것 같아. 그거 아니? 내 삶은 너무…… 정신없거든. 내 주위에는 사람들이 너무 많아. 그들은 내 친구가 되려고 하고, 내가 어떻게 행동하고 어떤 사람이 되어야 하는지 간섭하려고 들지. 그래서 나는 바깥 세상에 관심을 꺼버리려고 애써. 나는 사람들이 내게 기대하는 대로 행동하면서 속으로는 바깥의 소음에 귀를 닫아버려. 그렇게 할 수 있을 때까지 오랜 시간이 걸렸지. 하지만 네 옆에 있으면 그렇지 않아. 내가 아닌 다른 사람, 다른 존재가 되어야 한다는 압박감이 사라져."

"아, 음." 미나가 입을 열었다. 미나는 놀라서 뭐라고 말해야 할지 몰랐다. "천만에 라고 말하면 되나. 감자튀김 더 먹을래?"

브로디는 소리 내어 웃었다. 그리고 감자튀김을 받아들었다. 그들은 편안한 침묵 속에서 남은 음식을 다 먹었고, 서로를 힐끗거리며 미소를 지었다. 미나는 이렇게 행복했던 적은 없었다고 생각했다. 브로디는 지금까지 몇 시간이나 미나와 함께 있었지만 여전히 그녀와 함께 있는 것이 즐거운 것처럼 보였다. 학교로 돌아갔을 때는 어떻게 될지 모르는 일이지만 지금으로선 축복 같은 시간이라고 미나는 생각했다.

미나는 집에서 몇 블록 떨어진 곳에 내려달라고 했다. "엄마가 너를 보시면 이성을 잃으실 거야. 네가 내 자전거를 망가뜨린 것을 그렇게 좋아하지 않으시거든."

브로디가 조용해졌다. "이해해." 브로디가 차분하게 대답했다. 아주 차분한 목소리였다. 브로디가 차를 세우자 미나가 차에서 내렸다.

"고마워." 그녀가 열린 창문을 향해 큰 소리로 외치면서 손을 흔들었다. 그가 시야에서 사라지자 미나는 낸에게 전화를 걸러 집으로 달려갔다.

제7장 새로운 사랑의 시작

다음 날 아침도 어제와 비슷한 순서를 따랐다. 브로디가 미나네 동네로 차를 몰고 와서 학교로 걸어가는 미나를 만나 차에 태웠다. 브로디는 점심시간에도 미나 옆자리에 앉아서 미나를 깜짝 놀라게 했다.

미나는 브로디와 친구로 지내는 것이 좋아지기 시작했다. 다만 사반나가 어떤 복수를 꾸밀지 걱정하지 않을 수 없었다. 그래도 아직까지는 고약한 소문들이 도는 게 전부였다. 하지만 그것도 소셜미디어의 여왕인 낸이 재빨리 일축해버렸다. 물론 낸은 브로디가 같은 테이블에 앉아 점심을 먹는 것을 즐거워했고, 점심시간 내내 멈추지 않고 재잘거렸다. 낸이 그녀가 좋아하는 리얼리티 쇼에 대해 계속 떠들어대는 동안 브로디는 미나를 보고 히죽히죽 웃었다. 브로디도 낸과 함께 있는 것을 즐기는 듯했다.

방과 후에 미나는 자신의 사물함 옆에 브로디가 있는지 살폈다. 그가 자리에 없자 가슴이 아파옴을 느꼈다. '내가 지겨워진 걸까? 결국 나는 그렇게 흥미로운 애가 아닌 거야.' 미나는 낙심하며 사물함을 열고 가방을 꺼냈다. 그러고는 사물함 문을 닫자 문 뒤에 브로디가 모습을 드러냈다.

"엄마야! 놀랬잖아." 미나가 손을 가슴에 댔다.

"미안해. 너를 겁주려고 한 게 아닌데."

"내가 잘 몰랐다면—" 미나가 브로디를 향해 얼굴을 찡그리면서 말했다. "네가 나를 스토킹하는 거라고 확신했을 거야."

"사실, 맞아. 나는 내가 사회적 지위를 신경 쓰지 않는다는 것을 네게 입증하려는 중이고, 너는 내게 기회를 준다고 약속했잖아." 브로디는 미나의 백팩을 들고서 자신의 차를 향해 씩씩하게 걸어갔다.

"난 그런 약속 한 적 없는데." 미나는 그의 뒤를 따라가면서 말했다.

미나가 브로디를 따라잡자 브로디는 손을 뻗어 미나의 손을 잡았다. 두 사람은 브로디의 차가 있는 곳까지 손을 잡고 걸었다. 미나는 마치 천국에 있는 기분이었다. 하지만 오싹한 의심이 행복한 마음에 그림자를 드리웠다. '이런 일이 내게 일어날 수는 없어. 그냥 이건 옳지가 않아.' 이것은 평생 불운이 따라다니던 미나의 삶과는 전혀 어울리지 않는 일이었다. 브로디는 도중에 친구 한 명과 하이파이브를 했다. 길에서는 미나에게 절대 말을 걸지도 않을 운동선수였다. 미나는 괴짜라고 사람들이 쳐다보며 수군거리는 일에 익숙했지만, 브로디가 그녀에게 관심을 보인 이후로는 사람들의 수군거림이 훨씬 더 심해졌다. 오늘은 점심시간이 끝나고 누군가 미나의 사물함에 무례한 편지를 놓아두었다. 아마도 사반나의 친구일 것이다.

미나는 브로디의 차에 도착하기 3미터 전쯤 걸음을 멈추고 움직이지 않았다.

"브로디, 정말로 이럴 필요는 없어. 이건 좀 지나친 것 같아. 학교에 태워다주고 집에 데려다주는 것, 점심시간에 내 옆에 않는 것들 말이야. 네 주장은 입증했다고 생각해. 네 말이 맞아. 너랑 있는 것이 불편한 사람은 바로 나였어. 그 반대가 아니라. 게다가 너는 네 빚을 다 갚았어." 미나는 마음 한편으로는 그가 고백하길 바라면서, 또 다른 한편으로는 고백할까봐 두려움에 떨면서 가능한 차분히 서 있었다.

브로디는 미나의 손을 꼭 잡고 놓아주지 않았다. 그는 다른 쪽 손으로 미나의 자그마한 턱을 올렸고 미나가 그의 눈을 바라보게 했다. 미나는 속으로 '사람들이 쳐다보고 있을까?'라는 생각이 들면서도 신경 쓰지 않으려고 애썼다.

"이건 네게 빚을 져서라거나 나 자신을 증명하기 위해서가 아니야. 제발 믿어줘." 브로디가 말했다.

"나는 이게 고약한 장난 같아. 네가 내 감정을 가지고 노는 것 같아." 미나는 고개를 돌렸다.

"아니야. 내 말을 믿어줘." 브로디는 몸을 숙여 미나의 입술에 닿을 듯이 가까이 다가갔다.

순간 수많은 야유와 휘파람 소리가 들렸고, 아주 시끄러운 십 대 관객들이 있다는 사실을 깨닫게 해주었다. 미나는 누군가 미나를 '더러운 꽃뱀'이라고 부르는 것을 들었고, 몸이 굳어져 재빨리 브로디에게서 떨어졌다. 하지만 브로디는 미나를 이끌고 차로 데려갔다. 미나는 말없이 차에 탔다. 사람들 눈을 피하게 된 것만으로도 기뻤다. 차를 타고 가는 동안 브로디가 걱정스러운 눈길을 보냈지만, 미나는 말없이 창밖만을 바라보며 생각에 잠겼다. '더러운 꽃뱀이라고? 내가 브로디를 돈 때문에 따라다닌다고 생각하는 건가?' 그건 진실과는 거리가 멀었다. 물론 미나는 브로디를 몰래 짝사랑해왔지만 그건 돈과는 상관없는 일이었다. 상황이 미나가 상상했던 것보다 더 심했다. 미나는 자기 생각에 완전히 사로잡힌 나머지 브로디가 도서관에 차를 세웠을 때 깜짝 놀랐다.

"어떻게 알았어?" 미나가 물었다. 차에 탄 이후로 처음 하는 말이었다.

"어제 네가 뭔가를 정말 열심히 찾는다는 것을 알았지. 그런데 네가 그것을 찾은 것 같지가 않았거든. 내게 무엇인지 말해주면 내가 도와줄 수 있을 텐데?"

미나는 고개를 저었다. "나도 내가 정확히 무엇을 찾는지 잘 몰라. 내가 아는 것은 내가 그것을 보면 알게 될 거라는 거야."

브로디는 자신의 책가방을 들고 미나를 따라 도서관으로 들어갔다. 그들은 미나가 어제 앉았던 테이블로 향했다. 이번에는 브로디가 숙제거리를 가지고 와서 미나가 백과사전과 잡지, 마이크로필름을 뚫어지게 보는 동안 미나의 옆자리에 얌전히 앉아 있었다. 아무 성과 없이 세 시간이 지났고, 미나는 포기할 준비가 되어 있었다.

"찾지 못했구나? 그렇지?" 브로디가 물었다.

"안타깝게도 그래." 미나는 의자에 등을 기대면서 눈을 비볐다. "다른 서가를 확인해봐야겠어. 곧 올게."

브로디는 믿을 수 없다는 듯이 한쪽 눈썹을 치켜 올렸다.

"너한테 말 안하고 도망가지는 않을게. 나도 집에 걸어가긴 싫거든." 미나가 그를 안심시켰다.

미나는 서가 몇 개를 지난 다음 책 선반 사이로 브로디를 훔쳐보았다. 미나는 브로디가 왜 자신과 같이 있으려고 하는지 이해할 수 없었다. 미나는 브로디가 싫증이 나서 진작 집에 갔을 거라고 생각했지만 브로디는 이틀 내내 곁에 붙어 있었다. 미나는 책장에 기대면서 패배감을 느꼈다. 그녀는 단서를 찾으러 여기에 온 것이지 브로디한테 반하려고 온 게 아니었다. 미나에게는 어떤 것이든 자신의 가족을 도와줄 신호가 필요했다.

어제 미나는 마침내 엄마를 설득해서 그림가의 저주와 스토리에 대해 그녀가 아는 모든 것을 들을 수 있었다. 엄마는 미나가 선택된 사라는 것을 알려 주는 신호들이 있을 거라고 했다. 동물들이 나타난다거나 하는 것 말이다. 그리고 일단 선택이 되고 나면 그녀를 도와줄 신비한 힘을 가진 책, 그리모어가 모습을 드러낸다고 했다.

"그 책은 어떻게 얻을 수 있어요?" 미나가 물었다. 미나는 저주를 깰 귀중한 시간을 낭비하고 있는 것 같아 조급한 마음이 들었다.

"네가 찾는 게 아니야." 사라가 말했다. "그게 네게로 올 거야."

"그게 무슨 말이에요? 아빠한테는 그 책이 없었나요? 그 전에 잭 삼촌은요?"

"네 아빠는 가지고 있었어. 하지만 그가 죽고 난 뒤에 책은 사라졌단다. 그게 그 책이 자신을 보호하는 방법이야. 스토리가 다음 번 그림 후손을 선택하면, 그리모어는 그 사람을 도울지 말지를 결정하지."

"결정을 한다니 그게 무슨 말이에요?" 미나가 물었다. "그냥 자동적으로 다음번 그림 후손을 도와줘야 하는 것 아니에요?"

"안타깝게도 아니란다. 그 책은 모습을 감추고 숨어 있다가 선택된 그림(Grimm) 앞에 모습을 드러내고 도와줄 것인지를 결정한단다. 다음번에 신택되는 그림의 후손이 정직하지 못한 사람이라면 어떻게 되겠니? 그가 욕심 많고 이기적인 사람이라면? 그들이 사악한 사람들이라면. 그리모어는 나쁜 사람들 손에 들어가면 끔찍한 무기가 될 수 있단다. 그래서 그것은 스스로를 보호하지. 그리모어는 너를 살피고 테스트한 다음에야 네게 모습을 드러낼 거야."

"너무해요." 미나는 생각에 잠겨 미간을 찌푸렸다. "아빠는 어디서 발견했어요?" 미나가 물었다.

"네브래스카의 한 도서관에서."

"좋아요. 그럼 우리 동네 도서관은 어떨까요?"

"시도해볼 만하지." 사라가 어깨를 으쓱하며 대답했다.

미나는 자신에게 주어진 선택사항들을 곰곰이 생각하며 잠시 조용히 있었다. "그런데 왜 그 책을 그리모어라고 부르는 거죠? 그리모어는 뭔가 사악한 마법서 같은 거라고 생각했었는데."

"아니야, 아가야. 그건 단지 그림 가문의 사람들이 완성한 동화를 기록한 책이란다. 시간이 지나면서 그것은 스스로 힘을 얻게 됐지. 만약 네 조상의 이름이 스미스였다면 아마도 '스미소어'라고 불렸을 거야. 그런데 미나. 너 정말 이 일을 하고 싶니? 지금 우리가 얘기하는 것은 정말 강력한 마법이란다."

사라는 다음 한 시간 동안 미나가 그리모어를 찾는 일을 그만두도록 설득했다.

도서관에서 미나는 먼저 동화에 관한 모든 책을 살펴보고 그중에 그리모어가 있는지 확인했다. 엄마 말에 따르면 그 책은 그것을 드는 사람에 따라 나르게 보인다고 했다. 어린이 책이나 잡지책, 성경 등 어떤 형태로도 위장할 수 있었다.

하지만 그 책은 미나가 아직 가치 있는 사람이라고 생각하지 않았기 때문에 미나에게 모습을 드러내지 않은 건지도 몰랐다. 브로디 카마이클의 생명을 구한 것으로는 충분하지 않았던 모양이다. 미나가 찾는 것을 포기하려는 순간 뭔가 하얀 물체가 그녀의 눈에 띄었다. 미나는 놀라서 그 자리에 섰다. 미나는 허리를 굽혀 책장의 책 너머로 보았다. 그것이 또 보였다. 하얀색 불빛이었다. '저기다!' 하얀 깃털들이 언뜻 보인 듯했다. '저게 뭐야!' 미나는 깃털들을 보고 놀라 그 자리에 멈춰

섰다. 미나는 매우 혼란스러웠다. '이건 또 무슨 장난인 거야?'

잠시 후 미나는 서둘러 그녀의 사냥감을 쫓아갔다. 움직이는 모양새를 보니 분명 사람이 아니라 새였다. 그 동물은 꽥하고 소리를 내면서 미나의 의혹을 확인해주었다. 미나는 소리를 따라 복도를 걸어갔다. 어쩌면 이것이 단서일지도, 자신을 그리모어로 안내해줄 지도 몰랐다. 미나는 다른 서가로 몸을 홱 숨겼다. 그녀가 쫓고 있는 것은 거위였다. 이제 그것은 비상구를 향해 뒤뚱뒤뚱 걸어가고 있었다. 문은 이미 버팀쇠로 받친 채 열려 있었고, 미나는 그 새가 문을 통과하는 것을 보았다.

미나는 거위를 쫓아갔고 열린 문틈을 겨우 통과해 밖으로 나왔다. 어두운 뒷골목이었다. 해는 이미 졌고 도서관 건물 뒤편의 하수구에서 김이 올라오고 있었다. 팔에 털이 삐죽 솟았다. 미나는 뭔가 잘못되었다고 생각하면서 몸을 돌려 도서관으로 들어가는 문을 붙잡으려고 했지만 문이 저절로 닫혀 잠겨버렸다.

그녀는 눈을 찡그리며 주위를 둘러보았지만, 바보 같은 흰색 거위의 흔적은커녕 깃털 하나조차도 찾을 수가 없었다. 거위는 사라졌다. 다시 찌릿한 느낌이 일어나기 시작했다. 경고 신호였다. 미나는 스토리가 가진 마법의 힘에 반응하고 있었다. 누군가, 아니 뭔가가 분명 이곳에 있었다.

제 **8** 장

~~~~~~~~

저주의 판도라가 열리다

낯게 으르렁거리는 소리에 미나는 뒤로 돌아 비상문을 뒤로 하고 섰다. 거대한 몸집의 한 남자가 건너편 건물의 어두운 출입문에서 나와 미나 앞에 섰다. 그는 원시적인 모습이었다. 기름진 머리는 길고 검었고, 뾰족한 코에 빛을 반사하는 듯한 금빛 눈을 하고 있었다. 상의를 입지 않아 가슴이 그대로 드러났고, 오직 낡은 검은 조끼만이 몸을 가리고 있었다.

"내게 넘겨라. 그럼 살려주마." 남자의 목소리는 가슴에서 깊게 울리며 우르릉거렸다.

"뭘 달라는 거예요?" 미나는 두려움에 한 발자국 물러서며 말했다.

"그리모어." 남자는 가까이 다가왔지만 가로등 불빛이 만든 원 밖에 한 발을 둔 채 거리를 유지했다.

"무슨 얘기를 하는 건지 모르겠네요." 미나가 말했다. 두려움에 목소리가 갈라지지 않은 것에 스스로 대견해했다.

"멍청한 계집애. 우리는 스토리가 너를 선택했다는 것을 알고 있다. 그것은 어디에 있어?"

그는 다시 으르렁거렸고 입술을 뒤로 당기면서 날카로운 이를 드러냈다.

"내 내겐 없어요." 미나가 더듬거리며 말했다. "그것은 내게 모습을 드러내지 않았어요. 맹세해요."

그 남자는 손가락을 풀면서 빛이 만들어낸 원 안으로 걸어 들어왔다. 그의 가슴 전체를 뒤덮고 있는 한 마리 늑대 문신이 드러났다. 미나는 꺅 소리를 지르면서 뒷걸음질 쳤다. 딱딱한 문이 등에 닿았다.

"그렇다면 너는 죽어야겠다." 늑대 문신을 한 남자가 미나에게 달려들었고, 그녀의 양팔죽지를 붙잡았다.

미나는 그의 팔 아래로 도망치려고 했지만 그는 너무 빨랐다. 인간이라면 불가능한 속도였다. 그는 순식간에 미나의 허리를 붙잡았다. 미나는 도와달라고 비명을 지르며 발길질을 하고 주먹을 날렸지만 그에게 닿지 않았다. 그 남자는 미나를 잽싸게 돌려 얼굴을 세게 때렸고, 그런 다음 그녀를 마치 헝겊 인형처럼 들어 올려서는 골목으로 집어던졌다. 미나는 비명을 질렀지만 판지상자 더미로 떨어지면서 소리가 끊겼다. 콘크리트 바닥보다는 나았겠지만 여전히 숨을 멎게 할 정도로 딱딱했다. 미나의 얼굴이 통증으로 욱신거렸다.

늑대문신을 한 남자가 미나를 향해 어슬렁어슬렁 걸어왔다. 미나는 공포로 거의 마비 상태였다. 그는 한 손으로 미나의 파란색 후드티의 앞섶을 움켜쥐었다. 그는 날카로운 이빨을 드러내며 씩 웃더니 미나를 공중으로 들어올렸다. 캔버스 운동화를 신은 두발이 공중에서 무력하게 달랑거렸다. 후드티의 목 부분을 죄는 손 때문에 미나는 숨이 막히기 시작했고 눈물이 났다. 눈앞에 점들이 아른거렸다. 그녀는 움켜쥔 손을 풀게 하려고 그의 손을 손톱으로 팠지만 피가 나자 그는 더 흥분했다. 눈앞이 어두워졌고, 엄마와 동생 생각에 슬픔이 밀려왔다. 미나는 자신의 여정을 시작하기도 전에 실패한 것이다. 미나가 운명에 굴복하려는 순간 무언가 움직이는 것이 느껴졌다.

탕 하고 때리는 소리가 공기를 갈랐고 고통으로 울부짖는 소리가 뒤따랐다. 미나는 바닥으로 떨어졌고, 몸은 축 늘어졌다. 미나는 숨을 쉬려고 버둥거렸다. 눈을 뜨자 브로디가 부서진 강목을 든 채 미나를 공격했던 남자를 내려다보고 있는 것이 보였다. 미나는 도망가라고 말하고 싶었지만 목소리를 낼 수가 없었다. 목구멍이 불에 타는 듯했다. 남자는 잠시 얼이 빠진 듯했지만 다시 브로디를 향해 달려들었고, 어설프게 브로디의 몸통을 잡고 브로디를 땅으로 내쳤다. 하지만 브로디는 꺾이지 않았다. 그는 미나를 공격했던 사람의 아래턱에 주먹을 날렸다. 그 남자는 비틀거리며 정신을 차리지 못했다. 몇 번 달려들어 주먹을 날렸지만 제대로 맞히지 못했고, 결국 미나를 향해 욕을 하면서 도망쳤다.

"우리는 다시 돌아올 거야. 그리고 어떻게 해서든 그것을 차지할 거야." 남자가 늑대처럼 울부짖었다.

브로디는 즉시 미나에게 달려왔다. "미나, 다치지 않았어? 괜찮은 거야?" 그는 조심스럽게 미나의 팔을 더듬으면서 뼈가 부러진 곳은 없는지 확인했다. 하지만 오히려 그의 손길 때문에 미나의 팔에 소름이 돋았다.

"나는 괜찮아." 미나는 브로디의 따뜻한 손길을 뿌리치면서 대답했다.

브로디는 미나의 얼굴을 두 손으로 감싸고 얼굴에 멍이 들지는 않았는지 살펴보았다. 미나의 눈에서 눈물이 펑펑 솟았다. 미나는 마음이 따뜻한 사람이 자신의 곁에 있고, 자신이 이 공격을 이겨내고 살아남았다는 사실에 감사했다.

브로디는 미나를 부축하여 일어서게 했고, 미나를 보호하듯 감싸 안아주었다. 미나는 브로디의 가슴에 기대었고 그녀의 어깨를 감싸고 있는 그의 팔에서 위안을 받았다. 브로디의 따뜻한 품에 안겨 그의 티셔츠 냄새와 향수, 땀 냄새를 맡으며 미나는 안심하면서 안전함을 느꼈다. 그러다 미나는 자기 발에 걸려 비틀거렸다.

브로디는 미나가 비틀거리는 것을 느낀 것이 분명했다. 그

129

는 미나가 승낙하기도 전에 두 팔로 미나를 들어올렸다. 그는 미나를 빨리 그 골목에서 벗어나 안전한 곳으로 데려가고 싶었다. 미나는 저항했지만 결국 굴복했다. 브로디는 미나를 안고 자신의 차로 가서 그녀를 안에 태웠다. 브로디는 미나에게 안전벨트를 매주려고 했지만, 미나는 자신이 무력하지 않다는 것을 보려주려고 그의 손을 때렸다. 그는 미소를 지었고 미나에게 안전벨트의 버클을 넘겼다.

브로디는 차를 몰고 도로로 나갔다. 그는 액셀을 밟았고 고성능자동차는 소음 없이 빠르게 달려나갔다. 미나는 브로디가 규정 속도보다 시속 60킬로미터 이상을 더 빨리 달리고 있음을 깨닫고 겁에 질렸다.

"브로디, 속도를 줄여!" 미나가 소리쳤다.

브로디는 화가 나서 운전대를 내리쳤다. 그의 파란 눈은 분노로 이글거렸다.

"차 세워! 그렇게 미친 사람처럼 운전할 거면 내려줘!" 브로디는 그녀가 하는 말을 듣지 못한 듯했다. 미나는 겁에 질렸고 차문 손잡이를 꼭 붙들었다.

마침내 브로디는 화를 진정시켰고 속도를 줄였다. "정말 미안해, 미나. 내가 그 자리에서 너를 지켜줬어야 했는데." 브로디는 미나의 멍든 볼을 만지려고 했지만, 미나는 두려움에 움찔하며 피했다. 그는 낙심하여 손을 떨어뜨렸다. 미나의 행동이 의도하지 않게 브로디에게 상처를 준 것이다.

"이것 봐. 이제는 나도 무서워하잖아. 나는 네게 화난 게 아니야. 나는 너를 다치게 한 나 자신한테 화가 났어." 브로디는 미나를 바라보았다. 미나는 그의 눈에서 공포를 읽었다.

"브로디, 네가 없었더라면 더 끔찍했을 거야. 훨씬 더. 하지만 네가 나를 구했어." 미나는 브로디를 안심시키려고 조심스럽게 손을 뻗어 브로디의 팔을 만졌다. 자신이 겁에 질리지 않았다는 것을 보여주고 싶었다.

"누구였어, 미나?" 브로디가 분노로 이를 악물었다.

"나도 몰라." 미나는 사실을 얘기했다. "골목에서 만난 어떤 남자야. 나쁜, 아주 나쁜 남자야." 브로디는 운전대 위에 올린 두 주먹을 손가락 관절이 하얘지도록 꽉 쥐었다.

"그 남자는 너를 공격했는데 너는 그를 모른다는 거지? 그는 뭔가를 원하는 것 같았어. 다시 돌아온다고 했잖아."

"말했잖아. 나는 그 남자가 누군지 몰라. 그 사람이 원하는 물건이 내게 있지도 않다고." 미나도 화가 치밀어 올랐다.

"하지만 너는 그게 무엇인지 알지?" 브로디가 의심하며 물었다. "그가 무엇을 원하는지 알면 그냥 그것을 줘버려."

"내겐 그 물건이 없어. 있다 하더라도 그 사람한테 그것을 줄 수는 없어. 정말이야."

"알았어. 네 말을 믿을게, 미나. 하지만 무슨 일이 일어나고 있는 건지 말해줘."

그는 미나를 바라보며 대답을 기다렸다. 하지만 미나는 침묵할 뿐이었다.

"날 집에 데려다줘, 제발." 몇 분 뒤 미나가 말했다.

"절대 안 돼! 우리는 경찰서로 가야 해."

"안 돼. 나를 집에 데려다 줘. 경찰서에는 가기 싫어. 나를 거기로 데려가면 나는 모든 일을 부인할 거야." 미나는 브로디를 공격하기 시작했다. "나는 네게 내 일에 간섭해달라고 한 적 없어. 내 옆자리에 앉고 내 운전기사가 되어달라고 한 적도 없다고. 이틀 동안 나랑 어울렸다고 내가 무엇을 하고 하지 말아야 하는지를 네가 결정할 권리는 없어. 게다가 네가 내 자전거를 뭉개버리지만 않았더라도 이런 일은 일어나지 않았어! 나는 네게 도와달라고 한 적도 없고 도움을 원하지도 않아. 집에 데려가 달란 말이야." 마지막 말을 내뱉자마자 미나는 자신의 말에 스스로 후회했다. 하지만 주워 담기에는 이미 늦어버렸다. 상처를 입힌 것을 되돌릴 수는 없었다.

이민자들이 사는 동네에 도착할 때까지 아무도 말을 하지 않았다. 빛바랜 멕시코식 노점과 식당, 드문드문 싸구려 중국 식당들이 보였다. 미나는 집에서 한 블록 떨어진 곳에서 세워달라고 했다. "여기에 세워줘!" 미나가 손으로 가리켰고 브로디는 차를 세웠다.

"미나, 미안해." 브로디가 말을 꺼내려고 했지만 미나는 차에서 갑자기 내려버렸다.

미나는 브로디를 따돌리려고 화려한 노점과 사람들 사이로 재빨리 빠져나갔다. 미나는 브로디의 차가 출발하여 밤길 속으로 사라져 미등이 보이지 않을 때까지 기다렸다. 그녀는 브로디가 이 동네를 떠난 것을 확인한 다음에서야 뒤를 돌아보지 않으려고 애쓰면서 집까지 뛰어갔다. 미나는 건물 일 층에 있는 파란색 문을 열쇠로 열었고 곧장 계단을 뛰어올라갔다. 엄마에게는 피곤하다고 말하면서 밤 인사를 외치고 방으로 들어갔다. 방 안에 혼자 남게 되자 미나는 침대로 기어 올라갔고, 무릎을 손으로 안고 웅크린 채 잠들 때까지 흐느끼며 생각했다. '그림가의 저주라는 판도라의 상자를 열지 않았다면 얼마나 좋았을까. 앞으로 어떻게 살아남을 수 있을까?'

제9장

동화 속 스토리의 시작

다음 날 미나는 멍든 얼굴에 화장을 하고 학교에 갈 생각이 었었다. 미나는 엄마한테 도서관에서 있었던 일을 말하려고 했지만 곧 마음을 접었다. 엄마가 미나의 멍든 얼굴을 보고 눈이 휘둥그레져 떨기 시작했기 때문이다. 미나는 체육시간에 일어난 사고라고 재빨리 둘러댔다. 그런 일은 미나에게는 드문 일이 아니었다. 그렇게 말하자 엄마가 진정되는 듯했다.

덩치 큰 남자가 골목에서 자신의 딸을 공격했다는 사실을 안다면 사라는 가족을 데리고 도망칠 것이 분명했다. 미나는 다용도실로 가서 빨래 건조기 안에 손을 넣어 깨끗한 후드집업을 꺼내려고 했다. "이게 뭐야⋯⋯?" 미나가 소리를 쳤다. 그녀가 꺼낸 후드점퍼는 빨간색이었다. 빨간색은 미나가 싫어

하는 색이었다.

미나는 다시 손을 집어넣어 다른 후드집업을 꺼냈다. 이번에도 빨간색이었다. 이제 보니 미나의 후드집업들이 전부 빨간색으로 변해 있었다. 미나의 엄마는 스토리가 미나의 일상을 동화 속 내용에 맞게 바꿀 거라고 했지만, 미나는 그것이 이제야 실감이 났다. 엄마에게 보여주자 엄마는 지금까지 일어났던 어떤 사건들보다 더 충격을 받은 듯싶었다. 미나가 학교에 가지 않고 집에서 쉬어도 되냐고 묻자 사라는 흔쾌히 허락했다. 빨간색 재킷과 관련한 뭔가가 엄마를 겁먹게 만든 모양이었다.

사라는 빨간색과의 외로운 전쟁을 시작했다. 그녀는 집 안에 있는 빨간색 옷들을 모두 쓰레기통에 버렸다. 집 안을 샅샅이 뒤져 빨간색 리본, 수건, 매직펜, 볼펜을 모두 찾아냈고 심지어 빨간색 크리스마스 양말까지도 태워버렸다. 이제 집 안에 빨간색은 더 이상 없었다.

사라는 빠듯한 살림에도 동네 할인매장에서 미나를 위해 티셔츠와 후드점퍼 몇 개를 새로 샀다. 그녀는 미나의 예전 후드점퍼를 대신할 파란색, 연보라색, 흰색의 후드집업 점퍼들을 들고 집으로 왔다.

수명은 단 하루였다. 다음 날 아침 옷장을 열었을 때 옷장 안은 또다시 빨강의 물결이 넘치고 있었다.

미나는 어제만 해도 예쁜 감청색이었던 후드집업을 꺼냈다.

상표에도 색깔이 그렇게 적혀 있었다. 하지만 오늘은 진한 빨간색 점퍼였다. 미나는 다른 후드점퍼들도 살펴보았지만 모두가 빨간색으로 변해 있었다. 다행스럽게도 청바지는 모두 그대로였다. 그래서 미나는 청바지에다 빨간 티셔츠와 빨간 후드점퍼을 맞춰 입었다. 청바지마저 변했다면 미나는 빛나는 빨간 토마토처럼 보였을 것이다.

이런 일들은 오히려 미나의 의지를 강하게 했다. 토요일 즈음에는 그리모어를 찾으려는 의지가 더욱 확고해졌다. 반드시 찾아야만 했다. 자신의 목숨은 물론 동생의 목숨까지 달려 있는 일이었기 때문이다.

부엌에서 재잘거리는 소리가 들렸다. 미나는 찰리와 함께 식탁에 앉아 있는 낸 테일러를 발견하고 미소 지었다. 낸은 두 갈래로 땋은 머리에 술이 달린 털모자, 그리고 긴팔과 반팔 티셔츠를 레이어드해서 입고 있었다. 낸은 이미 찬장에서 그릇을 꺼내 세 가지 종류의 시리얼로 채워놓은 상태였다. 찰리는 입이 귀에 걸릴 듯 웃고 있었고, 반면 낸은 얼굴을 완전히 찡그린 채 시리얼을 먹고 있었다.

낸은 역겨운 시리얼을 몇 스푼 삼킨 뒤 자리에서 일어나 찰리에게 손가락질하며 말했다. "하! 거 봐. 내 위장은 강철이라니까. 난 네가 어떤 혼합물을 만들어내도 나는 먹을 수 있다고." 낸은 식탁을 돌면서 승리의 댄스를 추었다. 하지만 찰리는 자신의 시리얼 그릇을 가리키며 고개를 저었다.

낸은 얼굴을 찡그리며 찰리의 그릇을 살폈다. "뭐야? 네가 넣은 거랑 똑같이 넣었는 걸! 코코아 퍼프(Cocoa Puffs), 럭키 참즈(Lucky Charms), 레이신 브랜(Raisin Bran), 그리고 미니 위츠(Mini Wheats)까지. 여기다 뭘 더 넣은 거야?"

둘이서 무슨 시합을 하고 있는 게 분명했다. 그리고 찰리는 우승을 하게 해줄 뭔가를 그릇에 더 넣은 모양이었다.

낸은 혼자서 말하면서 찰리와 대화를 할 수 있는 몇 안 되는 사람이었다. 평소에 낸이 세 사람 몫의 말을 한다는 사실을 고려하면 찰리가 뭐라고 말할지 예상하는 것은 그렇게 어려운 일이 아닐 것이다. 미나는 그렇게 생각했다.

낸은 찰리의 스푼을 들고서 그 안에 뭘 더 넣었는지 보려고 그릇을 휘저었다. "다른 건 없는 걸. 나는 똑같이 만들었다고. 그리고 반 그릇이나 먹었어. 그러니까 내가 이긴 거야, 요 꼬맹아." 낸은 스푼을 그릇 안에 쨍그랑하고 떨어뜨렸고, 의자에 등을 기대고 앉아 테이블 위에 발을 올려놓았다. "빚 갚아."

찰리는 씨익 웃었고 아니라는 듯 고개를 저었다. 그러고는 자리에서 일어나 작은 냉장고로 걸어가서 냉장고 문을 홱 열었다. 몇 초 뒤 찰리는 갈색 캐러멜 시럽 병을 손에 들고 나타났다. 찰리는 식탁으로 걸어와 승리의 미소를 지으며 캐러멜 병을 낸의 반쯤 남은 시리얼 그릇 옆에 놓았다. 낸은 믿을 수 없다는 듯 자리에서 벌떡 일어났다.

"말도 안 돼!" 낸은 찰리의 시리얼 그릇 안의 황갈색 우유를 자세히 들여다보았다. 자신이 무엇을 해야 하는지 깨닫자 낸의 얼굴에서 승리의 웃음이 사라졌다. "우워. 저건 상당한 양의 설탕인데. 너는 밤에 잠은 어떻게 자니?" 낸은 존경스럽다는 듯이 물었다. 낸은 찰리를 비난하거나 이상한 식사습관을 놀리지도 않았다. 오히려 찰리의 독특함을 찬양했다. "음 내가 이것을 내 시리얼에 넣어야 한단 말이지, 어?"

찰리의 미소가 더 커졌다. 낸이 침을 꿀떡 삼켰다. 손이 갈색 병 앞에서 머뭇거렸지만 웃고 있는 찰리를 한 번 쳐다보고는 마음을 굳혔다. 낸은 뚜껑을 딱 소리 나게 열어 몇 스푼 가득 시리얼 그릇에 따랐고 스푼으로 휘저었다. 그러면서 시종 찰리를 쳐다보고 있었다. 낸은 첫 스푼을 먹으려다 말고 잠시 생각에 잠겨 입술을 깨물었다. 그러다 벌떡 일어나 냉장고로 가서 냉장고 안을 뒤졌다. 그리고 파란색과 하얀색으로 포장된 용기를 손에 들고 돌아왔다. 낸은 새 스푼을 가져왔고 크게 한 스푼 떠서 자신의 시리얼 그릇에 넣었다. 찰리는 역겨워했고 얼굴이 새파래졌다. 낸은 찰리가 코티지치즈를 싫어한다는 것을 알고 있었다.

낸은 여덟 살짜리 소년을 노려보면서 끔찍한 아침식사 그릇에 용감무쌍하게 스푼을 담갔다. 낸은 크게 한 스푼을 떠서 입 속에 넣었고 천천히, 모든 향을 맛보려는 것처럼 음미하듯 씹었다. 찰리는 낸이 시리얼을 먹는 모습을 경외의 눈빛으로 바라보았고, 이내 얼굴이 창백해져서 헛구역질을 했다. 찰리는 들고 있던 스푼을 떨어뜨리고 화장실로 달려갔다.

화장실 문이 쾅 하고 닫히자마자 낸은 싱크대로 가서 입안 가득한 음식을 뱉었다. 그러고는 수돗물을 틀고 입을 헹구었다. 그것도 소용이 없자 다시 냉장고로 가서 오렌지주스 통을 들고 통째로 벌컥벌컥 마셨다.

"낸, 정말 역겹다." 미나가 깔깔거리며 웃었다.

"내 말이. 그걸 진짜 맛봐야 한 사람은 나라고. 다시는 코티지치즈를 먹을 수 없을 것 같아." 낸은 오렌지주스로 입을 헹궜다.

"시리얼에 코티지치즈를 넣을 생각을 어떻게 했어?"

"찰리가 아침을 먹고 있는 것을 보고 내가 시합을 하자고 도발했지. 우승자가 영화를 고르고 패자는 그것을 봐야하는 거야. 정말이지 나는 찰리가 시리얼에 캐러멜 소스를 넣을 줄은 상상도 못했어. 우웩!" 낸은 과장되게 몸서리를 쳤다. 낸은 찰리가 코티지치즈를 싫어하는 만큼 캐러멜을 싫어했다.

"그래서 너는 캐러멜이 들어간 시리얼도 네가 좋아하는 음식을 넣으면 괜찮아질 거라 생각한 거야?"

낸이 고개를 끄덕였다. "음, 나는 정말로 코티지치즈를 좋아하니까 좋은 생각이라고 생각했지. 그러면 네 동생을 기겁하게 만들 테고 내가 이길 테니까. 그런데 치즈를 넣은 시리얼을 입에 넣었더니 너무 역겨워서 토할 것 같았어. 우유가 상한 것 같았다니까. 하지만 나는 해냈지. 내가 이겼다고." 낸이 부엌을 돌면서 승리의 춤을 추었다.

사라가 부엌으로 들어왔다. 그녀는 내 앞에 있는 시리얼 그
릇을 보았고 코를 찡그리며 못마땅한 표정을 지었다. "안되겠
다. 찰리가 이 놀이를 너무 심할 정도로 하잖아. 시리얼을 낭
비하고 있어. 저 시리얼들을 산다고 돈을 얼마나 많이 쓰는
데."

낸이 수줍어하며 시리얼 그릇을 앞으로 당겼다. "아니에요.
아줌마. 사실 이건 제 그릇이에요. 제가 찰리랑 아침을 먹고
있었거든요."

사라는 한쪽 눈썹을 치켜 올린 채 낸을 쳐다봤다.

낸은 자신의 말을 입증해야 할 것 같아서 숟가락을 들고 역
겨운 시리얼을 한 스푼 떠서 입에 넣었다. 그러고는 얼굴을 잔
뜩 찡그리며 웃었다.

사라는 납득하고는 부엌에서 분주하게 움직이기 시작했다.
그동안 소녀들은 웃음을 참아야만 했다. "그런데 찰리는 어디
에 있어?"

"화장실이요." 미나가 재빨리 대답했다.

사라가 지갑과 열쇠를 가지러 방으로 간 사이에 낸은 입에
물었던 시리얼을 쓰레기통에 뱉었고 수돗물로 입을 헹구고 오
렌지주스를 마시는 일을 되풀이했다.

미나는 낸이 저지른 멍청한 행동의 흔적을 지우려고 시리얼
그릇을 음식물쓰레기통에 비웠다. "네가 이겼으니, 그럼 찰리

한테 뭘 보게 할 거야?"

"잘 모르겠어. 파워퍼프걸(초능력을 가진 귀여운 소녀 세 명이 악당을 물리치는 내용을 다룬 미국 TV 애니메이션 시리즈) 첫 시즌 에피소드를 전부 보게 하는 것 같은 정말 끔찍한 것을 생각 중이야. 완전 여자애들 취향에 민망한 것들." 낸의 얼굴이 찰리를 고문하는 생각으로 환하게 빛났다. "아니면 코티지치즈 생산과정을 다루는 다큐멘터리를 찾아볼까."

"너도 같이 봐야 한다는 것은 알고 있지?"

"음. 그럼 그건 안 되겠다. 넌 뭐가 좋을 것 같아?"

"너희 둘 다 좋아하는 걸로 고르는 것은 어때?"

"뭐라고?" 낸이 꽥 소리를 질렀다. "그럼 내기가 하나도 재미없어지잖아! 안 돼! 찰리는 괴로워야 해!" 낸은 과장되게 손가락질했다.

낸이 어렸을 때 부모님이 이혼을 하지 않았더라면 낸은 정말 좋은 언니나 누나가 됐을 것이다. 미나는 그렇게 생각했다. 낸의 부모님은 그 뒤로 재혼을 하지 않았고, 낸을 사랑을 많이 받고 자란 버릇없지만 조금은 외로운 전형적인 외동딸로 키웠다. 그래서 낸이 찰리와 노는 것을 좋아하는지도 몰랐다. 낸은 항상 자신에게 동생이 있다면 남동생이었으면 좋겠다고 말했다. 옷을 나눠 입지 않아도 된다는 것이 그 이유였다.

"그럼 너도 괴로워해야 된다는 거야?" 미나가 물었다.

"에, 뭐 그러든지." 낸은 장황한 열변을 끝낸 뒤에 대화의 주제를 미나에 대한 것으로 돌렸다. "그래 털어놔봐."

"뭐에 대해서?" 미나는 무심하게 물었다.

"뭐에 대해서? 정말 믿을 수가 없다. 내가 왜 황금 같은 토요일 아침에 이 먼 길을 운전해서 왔겠니? 봐야 하는 만화도 있는데 말이야. 이틀 전에 있었던 일을 말해봐. 그 뒤로 너는 학교도 빼먹고, 브로디를 혼수상태에 빠지게 만든 사건 말이야."

"브로디가 혼수상태야?" 미나는 깜짝 놀랐다.

"아니, 정말로 그렇다는 게 아니라, 그 비슷하다고. 학교에서 무슨 좀비처럼 걸어 다녔어. 말도 안 하고 완전 침울해져서. 니들 둘 사이에 무슨 일이 있었던 거지?"

"약속해. 어떤 인터넷 사이트든 트위터든 문자든 어디에서도 말하지 않겠다고 약속할 수 있어?" 미나는 낸에게 중요한 정보를 말할 때는 낸이 정보를 흘릴 수 있는 모든 통로를 다 단속해야만 했다.

낸은 눈알을 굴렸다. 그리고 손가락 두 개를 모아 선서하듯 말했다. "보이스카우트의 명예를 걸고 맹세해."

"넌 여자잖아."

"그럼 좋아. 걸스카우트의 명예를 걸고." 낸은 손가락 세 개를 폈다.

"네가 실제로 걸스카우트였던 적이 없으니까 그건 효과가 없을 것 같은데." 미나가 따졌다. 미나는 친구가 거짓말에서 빠져나갈 구멍이 없도록 확실히 해야 했다.

미나는 낸의 어깨 뒤로 엄마와 남동생이 있는 쪽을 힐끗 보고 조용한 장소로 가야겠다고 생각했다. 미나는 낸의 어깨를 두드렸고 복도 끝에 있는 자신의 방을 턱으로 가리켰다. 방에 들어와서 문을 닫자마자 낸은 미나가 대충 정리해 놓은 침대 위로 뛰어들었다. 미나는 침대 가장자리에 조심스럽게 걸터앉았다.

"낸, 나는 저주받았어."

"그래, 알아. 우리 모두 그렇지." 낸은 침대에 엎드린 채 다리를 흔들며 침대 옆 탁자에서 잡지를 집어 들었다. "십 대로 살아야 하는 저주 말이야. 너는 더 심하긴 하겠다. 아직 석기 시대에 살고 있으니까."

"그런 게 아니야. 나는 특별히 저주받았다고. 내 성도 그라임이 아니라 그림이야. 나는 그림의 후손들이 걸었던 길을 똑같이 걸어야 하는 저주를 받았어. 그럴 운명이라고."

미나는 비밀을 털어놓고 나니 기분이 한결 나아졌다. 그녀는 며칠 동안 제일 친한 친구에게 어떻게 이 뉴스를 털어놓아야 할지 고민했었다.

낸은 미나를 바라보며 생각에 잠긴 듯 눈을 깜박였다. "그래, 맞아. 나도 우리 아빠나 아빠의 아빠처럼 예일대에 가서 변호사가 되어야 해. 그런데 내가 그 길을 걸어가고 있는 것 같니? 절대 아니야. 어림도 없지. 나는 히치하이킹을 해서 줄

143

리아드로 갈 거야." 낸은 잡지의 몇 페이지를 획획 넘겼고, 귀여운 치마를 발견하고는 우 하고 감탄했다.

미나는 낸에게서 잡지를 빼앗아 다시 가져가지 못하도록 깔고 앉았다. "난 정말 심각해, 낸. 내가 감당할 수 없는 일이야. 네 도움이 필요해."

낸은 일어났고 미나에게 완전히 집중했다. "정말 진지한 거야?"

미나는 두 손으로 이마를 감싸며 말했다. "완전 진지해."

"나를 놀리려는 거는 아니지?"

"아냐. 나도 그랬으면 좋겠다. 정말이야. 하지만 아니야."

"좋아. 듣고 있어. 처음부터 말해봐." 낸은 인디언처럼 책상다리를 하고 앉았고, 미나가 이야기를 마칠 때까지 참을성 있게 기다렸다. 낸은 꼼지락거리지도 않았고, 중간에 끼어들지도 않았다. 심지어 곧장 휴대폰으로 트위터 업데이트를 하지도 않았다. "워." 미나가 말을 마쳤을 때 낸이 한 말은 이게 다였다.

"그래, 동감이야." 미나가 우울하게 웅얼거렸다.

"워." 낸이 한 번 더 말하자 미나는 그녀를 향해 베개를 던졌고 낸은 몸을 피했다.

"그럼 너는 도서관 밖에서 실제로 공격을 당한 거구나? 우와 짱이다."

"낸!" 미나가 꾸짖었다. "아니야! 나는 죽을 뻔했다고."

"하지만 안 죽었잖아. 브로디가 구해줬잖아. 그런데 브로디가 네 생명까지 구해준 마당에 개는 왜 그 상태인 거야?"

"잘 모르겠어. 아마도 나 때문일 거야. 브로디는 경찰서에 가자고 했지만 나는 그럴 수 없다고 했거든. 경찰서에 가면 우리 엄마가 알게 될 테고, 그럼 우린 끝장나는 거지. 엄마는 우리를 곧장 캐나다로 보내버렸을 거야. 커넉스(캐나다 벤쿠버 지역의 아이스하키 팀 이름)를 제대로 발음하기도 전에."

"그래서 둘이 싸웠구나." 낸이 스스로 결론지었다.

"맞아. 우리는 다투었고 내가 중간에 차에서 내려달라고 했어. 또 얼굴에 이렇게 큰 멍 자국이 있는 상태로 학교에 갈 수가 없었어." 미나는 작은 방을 서성거렸고 멍 자국을 보려고 화장대 앞을 계속 지났다.

"그래서 정리하자면 브로디는 그날 이후로 너랑 통화도 못 했고, 말할 기회도 없었고, 너를 만나지도 못했던 거네." 낸은 손바닥에 체크표시를 하면서 하나하나 확인했다. "왜 개 기분이 언짢은 건지 확실히 설명이 되네. 미나, 브로디한테 전화해! 네가 살아 있다는 것을 알려줘."

"낸, 난 할 수 없어." 미나는 정말로 할 자신이 없었다. 그렇게 심한 말을 하고 브로디를 다시 볼 자신이 없었다.

"말도 안 돼. 너는 그냥 전화기를 들고 '브로디, 나 안 죽었어'라고 말만 하면 돼." 낸은 자신의 휴대폰을 미나의 귀에 갖다 댔다. "여기 내 거를 써."

미나는 낸을 노려보았다.

"알았어." 낸은 휴대폰을 치웠다. "아무튼 네가 할 일이 많으니까 빨리 일을 시작해서 그리모어인지 뭔지를 찾고, 저주를 깨뜨릴 준비를 해야겠네." 낸이 이렇게 쉽게 말하니 미나가 죽을 운명을 맞는 것이 아니라 캠핑 여행을 떠날 때 필요한 준비물을 구하는 것처럼 들렸다. "하지만 우리가 오늘 무엇을 하든지 간에 먼저 뭘 좀 먹어야 해!"

"너 방금 먹었잖아." 미나가 말했다.

낸은 토할 것 같은 표정을 지었다. "그걸 '먹었다'라고 하면 안 돼지. 그건 '이기려고 이를 악물었다'라고 해야지. 나 배고파. 먼저 좀 먹자. 네가 사는 거다."

근처의 멕시코 노점에서 값싼 점심을 먹은 뒤, 소녀들은 이민자들이 사는 각양각색의 구역들에서 늘어서 있는 삭은 가게들 사이를 걸어 다녔다.

"그럼 너희 아버지도⋯⋯?" 낸이 말끝을 흐렸다. 대놓고 묻기에는 민감한 내용이었다.

"맞아. 우리 아빠는 나 바로 전에 선택받은 그림이었어. 아빠는 아주 사악한 동화 속에 갇혀 살아남지 못했어." 미나의 발걸음이 느려졌다.

"그날 밤을 기억하니?"

"아니. 아마도 내가 그 당시의 기억들을 억누르고 있는 것 같아. 엄마도 그 일에 대해선 말을 하지 않으시고. 확실히 기억하는 건 우리 아빠가 삼촌이 죽기 전까지는 행복하고 다정하고 근심 걱정 없는 사람이었다는 거야. 하지만 그때 모든 것이 변했어. 아빠가 변해버렸어. 아빠는 투지가 넘쳤고 저주를 깨는 일에 너무 집착하셨어."

"너를 정말 사랑하셨나봐."

"응. 아니면 잭 삼촌의 복수를 하고 싶었는지도 모르지. 잘 모르겠어." 미나는 혼란스러워서 무슨 말을 해야 할지 몰랐다. 화가 치밀어 올랐다. "그래서 나는 이 일을 해야만 해, 낸. 내가 동화들을 완성하고 저주를 깨야만 한다고. 그렇지 않으면 찰리가 이 저주를 받게 돼. 나는 그런 일이 일어나게 하지는 않을 거야. 나는 꼭 찰리를 지켜낼 거야."

"나도 끼워줘. 그럼 우리 어디서부터 시작하면 될까?" 낸이 말했다.

"낸, 도와주지 않아도 돼. 이 일에 네가 참여할 필요는 없어. 너한테 말을 한 이유는 내가 학교를 못 가게 되는 일이 많아질 때 네 도움이 필요해서야."

"내가 이 저주에 대해 듣고서도 너를 돕지 않을 줄 알았니? 나는 네 친구야. 너는 내게 소중해. 찰리도 그렇고. 결정은 끝났어."

"낸 제발!"

"나를 막지는 못할 걸. 난 가라테를 두 학기나 배운 데다 아주 반항적인 기질을 가졌다고. 그리고 내 열쇠고리에는 호신

용 스프레이가 달려 있어. 나는 내 앞에 어떤 거인이 나타나더라도 맞붙어 싸울 준비가 되어 있다고. 피이 파이 포우 펌!" 낸은 '펌'이라고 외치며 공중에 가라테 킥을 날렸고 이어서 상대의 가슴을 겨냥한 주먹을 날렸다.

"그럴 일은 없을 걸." 미나가 깔깔거렸다.

"뭐야, 거인이 없어? 나는 거인들과 맞붙기를 정말 기대했는데." 낸은 충격을 받은 듯했다.

"엄마 말에 따르면 동화들이 반드시 그림동화랑 똑같이 모습을 드러내는 것은 아니래. 현대의 세상에 적응된 모습이래. 거인들이 있기는 하지만 9미터 키의 거대한 거인이 아니라 185센티미터에 136킬로그램의 뉴욕자이언츠 미식축구 선수가 등장하는 거지."

"그것도 좋아!" 낸이 흥분해서 말을 쏟아냈다. "다 덤비라그래." 낸은 보도 위에서 깡충깡충 뛰어다녔고 무술 동작을 하면서 낯선 사람들과 부딪쳤다. 그러다 낸은 갑자기 멈춰 서서 미나를 바라보았다.

"이 모든 일이 일어나게 하는 것은 마법의 힘을 가진 스토리라는 숨은 존재야. 우리는 스토리를 과소평가해서도 안 되고 믿어서도 안 돼."

"그럼 현장학습에서 일어났던 일도 동화 속 이야기인 것이야? 짱이다. 뭔데?" 낸은 이제 어깨 너머를 슬쩍슬쩍 보면서 뒤로 걸었다.

"의심되는 게 있긴 한데, 말은 잘 안 되는 것 같아." 미나는 손가락을 후드집업의 주머니에 걸치며 말했다. 미나는 아무것도 아닐 거라고 생각하고 고개를 저었고 계속 걸어갔다.

"그럼 이 책은 어떻게 찾아야 하지? 너희 아빠는 도서관에서 찾았다고 했지. 너희 삼촌은? 그리모어는 삼촌한테는 어떻게 온 거야?"

미나는 화가 나서 고개를 떨어뜨렸다. "잭 삼촌한테는 오지 않았어."

"네가 그 책은 그림 후손들을 찾아와서 도와준다고 했잖아."

"그랬지. 하지만 항상 그림 후손들을 도와주기로 결정하지는 않아. 그 책은 잭 삼촌한테는 나타나지 않기로 결정했어. 삼촌을 도와주지 않았다고. 그래서 삼촌은 죽은 거야."

"하지만, 미나, 네 아빠는 그 책을 가졌잖아. 그런데도 돌아가셨어." 낸은 미나의 한 쪽 어깨에 손을 올린 채 미나를 바라보았다. "우리가 할 수 있는 일은 책이 너를 돕기로 결정하기를 기도하는 것뿐이겠네."

미나는 고개를 끄덕였고 깊은숨을 내쉬었다. "나는 너무 무서워. 만약 책이 나를 돕지 않기로 결정하면 어떻게 하지. 나혼자서 늑대 문신을 한 남자 같은 사람들을 싸워 물리쳐야 하는데. 나는 혼자서는 해낼 수 없어. 책의 도움이 필요해. 나는 그 책이 나를 도와주지 않을까봐 겁이나." 미나는 눈물이 나는 것을 참으며 훌쩍였다.

낸은 자신의 친구를 꼭 껴안았다. "미나, 너는 내가 아는 사람 중에서 가장 착하고 마음씨 고운 사람이야. 그리모어는 너를 찾아올 거야. 어떻게 오지 않을 수가 있겠니? 만약 오지 않는다 해도 네 곁에는 내가 있잖아. 나는 그 책보다 열 배, 아니 스무 배는 더 쓸모가 있다고. 내가 학교축제에 그 흉측한 드레스를 못 입게 말려서 네가 안 입었었잖아. 그리고 그 뷔페에 있던 끔찍해 보이는 에그 샐러드, 내가 근처에도 못 가게 했었지. 나중에 다른 사람들은 배탈이 났잖아. 게다가 나는 누가 네가 늘 후드집업을 입는다고 놀릴 때도 네 편을 들어줬어."

"누가 나를 놀렸어?" 미나가 물었다. 그건 처음 듣는 말이었다.

"중요한 건 내가 네 곁에 있다는 거야. 내가 네 편인 이상 너는 항상 이기게 될 거야." 낸은 씨익 웃었고 미나 팔에 팔짱을 끼었다.

낸은 미나의 제일 친한 친구가 틀림없었다. 낸의 적극성과 굳은 결의라면 그들은 무엇과도 맞서 싸울 수 있었다. 미나는 자신이 주위사람들에게 크립토나이트('슈퍼맨'에 나오는 가상 화학물질로 가까이 가면 힘을 약하게 한다) 같은 존재라고 느꼈던 때가 있었다. 하지만 낸만은 예외였다. 낸은 미나에게 일어나는 불행한 일들에 면역성이 있었고, 전혀 영향을 받지 않으며 행복한 삶을 살았다. 마치 낸은 미나의 행운의 부적과도 같았다.

"우! 저기 들어가서 강아지 구경 하자!" 낸이 꺄악 소리를 질렀고, 미나를 '포퍼네 펫스토어' 안으로 끌고 들어갔다. 그들이 가게 안으로 들어가자 문에서 짤랑짤랑 종이 울렸다. 개 냄새와 오줌 지린내, 표백제 냄새가 확 몰려왔다. 냄새들이 너무 강렬해서 미나는 기절할 것 같았다. 미나는 빨간 후드점퍼 소매로 입을 막고 싶었지만 참았다. 그랬다면 낸이 그걸 갖고 한참을 놀려댔을 것이다.

미나는 애완동물 가게를 좋아하지 않았다. 동물은 좋아했지만 가게 안에 들어가서 철장에 갇힌 수백 마리의 개와 고양이, 새, 쥐들을 구경하는 것은 싫었다. 그건 마치 감옥 안에 들어가서 귀여운 수감자를 하나 골라서 집으로 데려가 예뻐해 주라는 것 같았다. 미나는 한숨을 쉬었고, 낸이 벌써 가 있는 곳으로 걸어갔다. 낸은 이미 장난기 많은 포메리안과 아메리칸 에스키모도그 강아지를 향해 말을 쏟아내고 있었다.

"아이고 예뻐라. 그래 너 말이야. 너보다 귀여운 건 세상에 없을 거야." 낸이 말했다. 강아지들이 깽깽거렸고 낸의 손이 닿은 유리벽을 핥으려고 서로를 기어올랐다. 오래지 않아 가게 직원인 귀여운 빨강머리 남자가 다가와 낸에게 강아지들을 다른 곳으로 옮겨서 만져볼 수 있게 해주겠다고 했다. 낸은 신이 나서 꺄악 소리를 질렀다. "들었어, 미나? 강아지들을 안고 같이 놀 수도 있대." 낸이 몸을 돌렸다. 그녀는 우리 속 강아지들만큼이나 흥분해 있었다. 왠지 미나는 칸막이가 쳐진 우리 안에서 지나치게 발랄한 낸과 강아지 두 마리와 같이 갇혀 있기는 싫었다.

"음. 이번에는 패스할게. 나는 그냥 다른 동물들 구경이나
할래." 미나는 낸에게서 뒷걸음질 쳤고, 낸은 이미 자신만의
세계에 빠져 있었다. 가게 직원인 그레그는 미나한테는 무관
심했다. 그는 새로운 고객을 파악하느라 정신이 없는 것이거
나, 아니면 낸의 전화번호를 따려고 애쓰는 것 같았다.

미나는 두 사람을 남겨둔 채 잉꼬와 카나리아가 있는 새장
옆을 지나갔다. 갑자기 아름다운 선율의 휘파람 소리가 났고,
미나는 놀라서 몸을 돌렸다. 카나리아들이 지저귀고 있었다.
미나는 천천히 새장에 몸을 기울여 카나리아들의 노랫소리에
귀를 기울였다. 카나리아들이 놀라서 노래를 멈추지 않도록
조심을 했다. 새들은 하얀 우리 안에서 파닥파닥 날아다녔고,
미나기 가까이 와도 전혀 신경 쓰지 않는 듯했다. 어느 순간
새소리가 멈추었고, 미나는 얼어붙었다. 새들이 더 노래하기
를 바랐다. 문득 미나는 카나리아의 새장에서만 지저귐이 멈
춘 게 아님을 깨달았다. 그곳의 새 전부가 더 이상 지저귀지
않았고, 어떤 소리도 내지 않고 있었다. 마코앵무새, 앵무새,
잉꼬들이 소리를 내지도 않았고, 움직이지도 않았다. 미나는
애완동물 가게에 들어와서 이런 고요함을 느꼈던 적이 단 한
번도 없었다.

미나는 긴장해서 침을 꿀꺽 삼켰다. 그녀는 새들이 있는 통
로에서 뒷걸음질 쳤고 낸이 있는 곳을 향해 돌아갔다. 카나리

아들이 고개를 돌려 미나가 후퇴하는 모습을 바라봤다. 그렇게 많은 새가 까맣게 반짝이는 눈으로 뚫어지게 바라본다면 누구라도 흠칫할 것이다.

"그냥 우연이겠지." 미나는 주문을 외듯 중얼거렸다. "그냥 우연일 뿐이야." 미나는 너무 긴장한 나머지 회색 마코앵무새가 앉아 있는 커다란 가짜 나무에 발이 걸렸다. 마코앵무새는 머리를 구부려 부리를 몇 번 딱딱거렸다. 그리고 한 단어를 내뱉었다.

"죽음."

제 10 장

마침내 그리모어를 발견하다

목덜미의 털이 쭈뼛 섰다. "죽음, 죽음, 죽음." 잉꼬들이 따라하기 시작했다. 모든 새가 이 한 단어만을 반복해서 말하는 듯했다. 침묵은 사라졌다. "죽음, 죽음, 죽음." 심지어 카나리아들마저 이 놀이에 참여한 것 같았다.

미나는 귀를 막고 통로를 달려 나왔다. 마법에 걸린 새들한테서 가능한 멀리 도망치려고 했다. 미나는 수중동물 코너에 와서야 달리는 것을 멈추었다.

"이제야 살겠네!" 미나가 투덜거렸다.

더 이상 새소리는 들리지 않았다. 층층이 쌓인 수조들에서 나오는 윙윙거리는 소리만 들려왔다. 미나는 물고기 수조를 둘러보며 안심했다. 여기는 무서운 말을 뱉어낼 동물은 하나도 없었다. 물고기는 뇌가 작아서인지 아니면 인간에게 관심이 없어서인지 미나가 옆에 있는 것을 무시했다.

미나는 다양한 물고기들 사이를 정처 없이 걸으며 방금 일어났던 일을 생각했다. '새들이 말하는 것을 상상했던 걸까? 아님 스토리의 마법이 현실을 장악하려는 현상이었나? 카나리아가 말을 할 일은 없잖아. 그래, 내가 상상한 것인지도 몰라.'

쿵 하는 소리에 미나는 한쪽 벽면을 따라 진열된 수조들을 보았다. 그 수조들에는 동물 종을 식별하는 표시는 없었지만, 통나무와 이끼가 있는 것으로 보아 양서류 같은 게 있는 듯싶었다. 다시 쿵쿵 소리가 났고, 미나는 뭐가 그런 소리를 내는지 보려고 몸을 기울여 수조 안을 보았다. 뭔가가 몸을 던져 유리에 세게 부딪혔고, 미나는 소리를 지르며 뒤로 물러났다. 두꺼비였다. 그것은 꽈악 꽈악 울면서 마치 유리벽을 부수고 나올 것처럼 유리를 향해 몸을 던지고 있었다.

쿵쿵! 다른 수조에서도 쿵쿵대는 소리가 들렸다. 미나는 겁에 질린 채 숨어 있던 개구리들이 한 마리씩 나와 수조 벽면에 몸을 던지는 것을 바라보았다. 다양한 크기의 여덟 개의 수조에 개구리들이 가득했고, 광분한 개구리들 때문에 수조들이 흔들리고 있었다. 심지어 청개구리들도 그들의 작은 수조를 떨리게 했다.

"그만해!" 미나가 화난 어조로 낮게 말했다. "그러다 다칠 거야."

미나는 큰 두꺼비들이 있는 수조가 앞으로 떨어질까 걱정이 돼서 수조를 뒤쪽으로 밀었다. 하지만 이것이 두꺼비들을 자극한 모양이었다. 갑자기 두꺼비들이 서로의 등을 타고 올라 수조 뚜껑을 들어 올리려고 했다.

미나는 겁에 질려 주위를 둘러보았고, 수족관 안의 큰 돌멩이를 꺼내 뚜껑 위에 올려놓았다. 하지만 다른 양서류들도 똑같은 생각을 한 게 분명했다. 그들은 팔짝팔짝 뛰거나 서로를 기어오르면서 어떻게 해서든 수조 꼭대기로 올라가 뚜껑을 열고 탈출하려고 했다.

"안 돼, 안 돼, 안 돼, 안 돼!" 미나는 미친 듯이 소리를 질렀고, 개구리들이 탈출하지 못하도록 뚜껑에 올릴 다른 물건들을 찾았다.

미나는 분홍색 인어상을 개구리 세 마리가 있는 수조 위에 올려놓았고, 독침개구리들이 있는 수조 위에는 석화된 나무를 올려놓았다. 그놈들이 탈출했으면 처참한 일이 벌어졌을 것이다. 그러다 무언가가 미나의 발 옆을 스르르 지나갔고, 그제야 미나는 개구리들을 막으려는 노력을 멈추었다. 커다란 줄무늬 뱀 한 마리가 선반 아래로 떨어지는 것이 보였다. 보아하니 더 많은 뱀이 선반에서 떨어져 내릴 것 같았다. 보아뱀 한 마리가 미나의 발을 향해 기어왔을 때 미나는 뱀이 풀려났으니 개구리들이 잘 알아서 밖으로 나오지 않아야 할 텐데 라고 생각하며 비명을 지르며 입구를 향해 달려갔다.

미나는 달려가면서 강아지들 코너에서 낸을 끌고 나왔다. 낸은 그레그에게 강아지를 건네고 있었다. "낸, 여기서 나가야 해. 지금!" 미나는 낮은 목소리로 낸에게 속삭였고 그레그에게 는 이렇게 말했다. "8번 통로에 치워야 할 게 있는 것 같아요."

그레그는 놀라서 고개를 들었고, 강아지 배변봉투와 빗자루 를 가지러 갔다. 그레그는 손님이 데려온 개가 깜짝 선물을 남 겼다고 생각하고 치우러 갔다. 하지만 안타깝게도 그것보다 더 놀라운 선물이 기다리고 있었다. 미나는 그레그가 뱀을 무 서워하지 않기를 마음속으로 빌었다.

가게를 나오고 나서도 미나는 빠른 걸음을 유지했고, 낸은 미나를 따라가기 위해 거의 뛰어야만 했다. "미나? 왜 그래? 무슨 일이야?"

미나는 가게에서 세 블록이나 떨어질 때까지 아무 말도 않 고 걸었다. 충분히 멀어지자 미나는 숨이 차 씩씩대며 말했다. "죽음이랬어. 그리고 개구리들. 밤들, 아니 뱀들. 개구리들과 뱀들이— 그것들이 나를 쫓아왔어!" 미나는 말이 되게 하려고 했지만 숨이 너무 찼고, 자신도 믿을 수 없는 얘기라서 설명하 기가 힘들었다. 그녀는 자기 자신도 믿을 수 없는 것을 어떻게 설명해야 할지 난감했다.

"음, 다른 소식도 알려줄까? 그 이상한 놈이 나한테 자기 전화번호를 줬어." 낸이 애완동물 가게가 있던 방향을 보면서 냉담하게 말했다. "안경이 귀엽긴 했는데 전혀 내 타입은 아니야."

미나는 가게에서 일어난 일을 전혀 알지 못한 채 침착하게 말하는 낸을 보자 기가 막혔다. 낸은 고개를 저었고 미나를 바라봤다. "네가 무슨 말을 하려고 했더라?"

미나는 어이없는 표정을 지었지만 곧 더듬거리며 말했다. "어어 아무것도 아니야."

낸은 씩 웃더니 미나의 팔에 팔짱을 꼈다. 미나는 마음이 진정될 때까지 낸과 팔짱을 낀 채 걸었다. 낸이 생각 없이 재잘대는 소리가 미나의 불안감을 잠재웠다. 한참을 걸은 뒤에야 미나는 자신에게 닥친 문제에 집중할 수 있었다. '제발—' 미나는 속으로 빌었다. '그리모어를 찾을 수 있기를. 나 혼자서는 이 일을 해낼 수 없어.'

그리모어를 찾는 일은 가망이 없어 보이기 시작했다. 특히 애완동물 가게에서 그 무서운 일을 겪고 나니 그림 동화의 어떤 이야기에서도 살아남지 못할 듯싶었다. 미나가 막 포기하려는 순간 찌릿찌릿한 느낌이 또 시작되었다. 보통 그럴 때면 마법의 현상이 일어나곤 했었다. 미나는 긴장이 되어 온몸이 굳어졌다. 하지만 눈앞에 보이는 분명한 위험은 없었다. 미나는 조심스럽게 주변을 살폈다. 모든 것이 정상이었다. 그냥 복잡한 번화가에서 보통사람들이 하루를 바쁘게 보내고 있었다. '스토리가 이렇게 공공연한 장소에서 무슨 일을 벌이거나 하지는 않겠지?' 미나는 속도를 늦추고 천천히 걸었지만 찌릿찌릿한 느낌은 더 강렬해졌다.

미나는 낸에게 경고를 하려고 몸을 돌렸고, 그 순간 건물 앞 도어매트에 발이 걸려 비틀거렸다. 미나는 화가 나서 도어매트를 발로 찼다. 그리고 나서 보니 매트에 동물 모양이 수놓아진 것이 보였다. 아주 오래돼 보이는 매트였다. 미나는 공포에 질려 건물을 슬쩍 올려다보았다. 건물 입구에는 어떤 차양도 없었고, 건물 이름도 적혀 있지 않았다. 단지 매트와 똑같은 그림이 그려진 나무 간판이 위태롭게 매달려 있었다. 황소와 수사슴 그림이었다.

'이건 뭐지? 그리모어가 있는 곳일까? 아니면 스토리가 벌이는 또 다른 게임일까?' 미나는 경계를 늦추지 않았다. 사실 미나는 그냥 지나치기에는 너무 먼 길을 와버렸다. 미나는 주저하면서 낸의 팔을 당겼고 낸을 건물로 이끌었다. 문은 열려 있었다. 그들이 좁고 어두운 가게에 들어서자 작은 종이 딸랑거리며 울렸다.

"안녕하세요! 아무도 안 계세요?" 미나는 나와서 반겨주는 사람이 없자 큰 소리로 외쳤다.

"아직 안 연 게 아닐까?"

"낸, 문이 열려 있었잖아."

"주인이 잠시 나갔나봐. 내가 밖에 나가서 전화번호가 붙어 있나 볼게."

미나는 낸에게 떠나지 말라고 하려다가 어쩌면 그게 더 낫

겠다는 생각이 들었다. 여기에 뭔가 위험한 게 있을 수도 있는데 낸이 다치는 것은 결코 원하지 않았다. "옆 건물 로지네 꽃집에 가봐. 여기를 누가 운영하는지 한번 알아봐." 미나가 제안했다.

낸이 밖으로 나가자 미나는 누군가 자신을 쳐다보고 있다는 강렬한 느낌을 받았다. 미나는 그 자리에서 한 바퀴 돌며 주위를 둘러보았다. 짙은 오크재 장식장, 페이즐리 문양 벽지, 그리고 희미한 조명이 눈에 들어왔다. 금전출납기가 있는 계산대는 한쪽 구석에 떨어져 있었는데 오랫동안 사용하지 않은 것처럼 보였다. 가게 안은 먼지 없이 깨끗했지만, 오랫동안 비어 있었던 것 같았다. 적어도 살아 있는 존재는 여기에 없는 느낌이었다. 그런데 멀리서 아이들의 웃음소리가 났다. 미나는 한쪽 구석에 거다란 의자가 놓여 있는 곳을 향해 걸어갔다.

"여보세요? 거기 누구야?" 미나는 소리가 난 방향으로 머뭇거리며 걸음을 옮겼다.

"나와도 괜찮아. 나는 어떤 책을 찾고 있거든. 어쩌면 너희들이 나를 도와줄 수도 있을 것 같은데?"

가게의 안쪽에서 불빛이 보였고, 아이들의 웃음소리가 더 가까이 들렸다. 미나는 침을 꿀꺽 삼키고 불빛을 따라갔다. 안쪽에 있는 벽에 불빛이 있었다. 불빛이 더 밝아졌고, 마치 맥박이 뛰는 것처럼 깜박였다. 미나가 벽에 가까이 가자 불빛은 사라졌고, 그녀는 어둠 속에 갇히고 말았다. 미나는 눈을 깜박이며 어둠에 눈을 적응시키고 몸을 돌리다 붉은빛의 화난 눈 한 쌍과 마주쳤다. 그녀는 놀라서 뒤로 펄쩍 뛰다가 등 뒤로 무언가 털로 뒤덮인 물체와 부딪혔다. 그 물체는 뒤로 밀려났고, 미나는 비명을 질렀다.

하지만 어떤 것도 미나를 공격하거나 가까이 다가오지 않았다. 미나는 손을 뻗어서 조금 전에 보았던 화난 유리 눈을 만져보았다. 그것은 실물 크기의 거대한 황소에 달린 눈이었다. 아마도 박제된 것이거나 가짜일 것이었다. 그녀는 별로 알고 싶지 않았다. 미나 뒤로는 또 다른 실물 크기의 동물이 있었다. 그것은 두 앞다리를 든 채 서 있는 커다란 수사슴이었다.

수사슴과 황소는 진짜처럼 살아 있는 듯했지만 천장이나 바닥에 닿지 않고 떠 있는 모습은 마치 마법 같았다. 그것들은 정교하게 그린 숲 속 벽화 앞에서 서로 약 2미터 정도 떨어져 있었다. 수사슴은 앞다리를 들고 서 있었고, 머리는 황소에게 도전하는 듯 뿔을 내밀고 있었다. 미나는 수사슴의 부드러운 털을 만졌다. 실물 크기의 모형에서 열이 뿜어져 나왔다. 벽에 머리를 기대고 살펴보니 동물들이 벽에 있는 슬라이더에 부착되어 있었다. 아마도 이 모든 것이 어떤 퍼즐인 듯했다.

미나는 몇 발자국 뒤로 물러나서 두 동물을 바라보았다. 그들은 전투를 하려고 다가가기 직전이었다. 황소는 화가 나 보였지만, 수사슴은 완전히 다른 표정이었다. 그것은 두려워하는 동시에 결의에 찬 모습이었다. 정말 재능 있는 박제사의 작품이 분명했다. 미나는 먼저 육중한 검은 황소에게로 다가가 그것을 있는 힘껏 세게 밀었다. 황소는 금방이라도 살아날 것만 같았다. 미나는 입술을 깨물고 끙끙대면서 황소와 씨름했고 결국 벽의 중앙까지 옮겼다.

황소가 더 이상 밀리지 않자 이제는 거대한 수사슴을 밀기 시작했다. 놀랍게도 수사슴은 황소를 향해 쉽게 밀렸다. 마치 앞으로 나가고 싶어 안달하는 듯싶었다. 미나는 수사슴을 밀면서 지금 그대로 간다면 황소의 뿔 앞의 위험한 위치에 서게 되겠다고 생각했다. 그러한 생각이 들자 마음이 불편해졌다. 그래서 미나는 수사슴이 벽화 정중앙에서 황소와 결투하기 직전에 이르렀을 때 수사슴을 위로 밀어 올려서 앞발을 든 수사슴이 유리한 위치에 서게 했다. 미나는 일을 마치고 몸을 돌렸고, 등 뒤에서 딸깍하는 소리가 들렸다. 그리고 이어서 불길하게 삐걱대는 소리가 들렸다.

거대한 황소가 벽에서 떨어졌다. 황소의 뿔이 미나의 심장을 겨냥하며 떨어지는 찰나 미나는 왼쪽으로 껑충 뛰어 육중한 황소를 잽싸게 피했다. 황소는 수사슴 아래의 돌바닥에 떨어져 반으로 깨졌다. 먼지가 가라앉자 황소가 있던 자리에 문하나가 나타났다. '말도 안 돼'라고 미나는 생각했다. 조금 전까지만 해도 그 자리에는 벽화 말고는 아무것도 없었기 때문이다.

미나는 손에 묻은 먼지를 털면서 수사슴을 보려고 고개를 돌렸지만, 눈앞의 광경에 깜짝 놀라 눈을 깜박였다. 수사슴은 사라지고 없었다. 하지만 그 자리에는 어떤 문도 생기지 않았다. 미나는 패배한 황소가 있던 자리에 생긴 문을 열어보는 수밖에 없었다. 그녀는 천천히 문을 열면서 어깨 너머로 낸을 찾았다. 하지만 역시 낸은 이 일에 관여하지 않는 편이 나을 거라고 생각했다. 문을 열자 커다란 돌로 된 벽돌이 둘러싼 원형으로 된 막다른 방이 나왔다. 미나는 어떤 단서라도 있을지 몰라 벽 주위를 살펴보았지만 단단한 돌 외에는 아무것도 없었다. 순간 눈에 띄는 것이 있었다.

발밑 바닥에 뭔가가 조각되어 있었다. 미나는 손과 무릎으로 기면서 수백 년 동안 쌓인 듯한 먼지를 열심히 닦아냈다. 가게를 청소하는 사람이 아마도 이 장소는 신경 쓰지 않은 모양이었다. 손가락에 어떤 형태의 외곽선이 느껴졌다. 미나는 흥분해서 조각된 부분을 후 하고 불었고 먼지 입자들이 사방으로 흩어졌다. 미나는 온몸에 먼지를 뒤집어쓰고 재채기를 해댔지만 이런 일이 미나를 멈추게 할 수는 없었다.

"네가 여기로 왔구나!" 미나는 수사슴의 윤곽을 손으로 더듬으며 조용히 말했다. 여러 갈래로 뻗은 완벽한 뿔을 가진, 용감한 수사슴이 바닥에 조각되어 있었다. 그 조각은 마치 뭔가를 봉인한 인장이나 뚜껑처럼 보였다. 미나는 자리에서 일어나 봉인물을 깨뜨릴 뭔가를 찾으려고 방을 둘러보았다. 아무것도 발견하지 못하자 미나는 방향을 돌려 방을 나가려다가 그 원형 석판을 밟았다. 그러자 발아래의 땅이 움직였고 그녀는 무릎을 꿇고 넘어지고 말았다.

그 원형 석판은 미나의 발아래에서 암흑만이 존재할 듯한 공간으로 떨어졌다. 미나는 석판에서 위로 뛰어올라 위쪽 바닥으로 기어올랐고, 돌 벽돌 틈을 손가락으로 파며 애써 매달렸다. 그러자 원형 석판은 움직이는 것을 멈추고 미나가 포기할 때까지 참을성 있게 기다렸다. 결국 미나는 손가락에 힘이 풀려 아래로 미끄러져 꼴사납게 엉덩방아를 찧으면서 석판 위로 떨어졌다. 일단 자리를 잡고 앉자 원형 석판은 다시 하강하기 시작했고, 미나를 더 겁주지 않으려는 듯 천천히 내려갔다. 하지만 미나는 여전히 겁에 질려 있었다. 마침내 크게 쿵 하는 소리와 함께 바닥이 내려가는 것을 멈추었다. 갑자기 공기가 밀려드는 것을 보아 더 넓은 공간으로 내려온 듯했다. 하지만 암흑에 가까운 방에 눈이 적응하는 데는 몇 분이 걸렸다.

미나는 여기서 어떻게 나가야 할지 전혀 알 수가 없었다. 도와달라고 소리를 지를까 생각했지만, 그 순간 어떤 마법의 힘이 모이는 것이 느껴졌고 곧 무슨 일이 생길 거라는 것을 알았다. 그녀는 빛이 비추고 있는 원형 석판 위를 절대로 떠나지 않고 서 있었다. 원형 석판 위를 벗어나면 안 될 것 같은 생각이 들었기 때문이다. 만약 그게 다시 천장으로 오르기라도 하면 미나는 영원히 이 어둠 속에 갇히게 될 게 분명했다. 황소를 맞닥뜨리면 어떻게 하나 등등의 두려움이 밀려들어 미나는 석판 위를 떠날 수가 없었다. 그러다 미나의 눈에 투명한 유리 관(棺)이 들어왔다.

미나는 관(棺) 안에 무엇이 있을지 몰라 두려워서 눈을 돌렸다. 어린아이나 동물의 뼈가 있을지도 몰랐다. 마음이 농간을 부리는 것이 끝나자 미나는 용기를 내어 한 번 더 힐끗 쳐다보았다. 그것은 유리로 된 관(棺)이 아니라 유리함이었다. 그것은 누군가의 유해를 보관하고 있는 게 아니라 누렇게 바랜 두루마리 족자를 품고 있었다. 갑자기 기대감으로 심장이 쿵쾅댔다. '저게 그리모어일까?' 심장이 더욱 두방망이질을 쳤다.

이 순간 미나에게 모든 것이 꿈처럼 비현실적이고 흐릿하고 몽롱해졌다. 미나는 석판 위를 벗어나 유리함을 열러 가는 수밖에 없었다. 다행히도 미나의 손이 뚜껑에 닿자마자 유리함이 열렸다. 두루마리가 저절로 풀렸고 노랗게 바랜 종이가 마법의 힘으로 웅웅거리고 있었다. 두루마리 안에는 다양한 언어와 방언들로 적힌 글들이 아름답고 정교하게 그려진 그림들과 함께 있었다.

미나가 경외심에 차서 바라보는 동안 두루마리 안의 그림들이 움직이고 걷고 말하기 시작했다. 사람들의 목소리와 노랫소리, 위층에서 들었던 아이들의 웃음소리가 들렸다. 이 모든 것이 두루마리 안에서 나오고 있었다. 미나가 두루마리를 만지려고 주저하며 손을 뻗으려는 순간, 그것이 저절로 움직여 관 바닥으로 쿵 떨어져서 미나는 움찔했다. 이제 그것은 가죽

장정된 책으로 변했다.

'와, 정말 크다. 저걸 어떻게 들고 다니지?' 미나는 속으로 생각했다. 책은 마치 미나의 생각을 읽은 것처럼 서서히 더 작고 얇은 책으로 줄어들기 시작했고, 그녀는 놀라워하며 바라보았다. 미나는 환호하고 싶었다. 그녀가 해낸 것이다. 그녀가 그리모어를 찾아냈고, 심지어 그리모어는 미나가 원하는 대로 변신하고 있었다. 미나는 그것이 자신을 도와줄 거라고 생각했다.

"고마워." 미나는 책에게 속삭였다. 하지만 미나는 다시 곰곰이 생각을 했고 "아직도 좀 눈에 띄는 걸" 하고 소리 내어 말했다. 다시 책이 밝은 빛을 발하더니 다시 수학교과서로 변했다.

미나는 크게 깔깔거렸다. "나아졌어. 하지만 아직 완벽하지는 않아. 나는 수학을 정말 못하거든." 미나는 책에게 더 해보라고 재촉했고 마침내 책은 다시 변했다. 이번에는 얇은 빨간색 스프링 노트였다.

"완벽해. 아무도 공책을 의심하지는 않을 거야."

미나는 공책을 들고 너무 가벼워서 놀랐다. 미나를 더 놀라게 한 사실은 공책이 텅 비어 있다는 것이었다. 안에 있던 그림들이 사라지고 없었다. 글들, 공책 안에 있던 모든 것이 완전히 사라져버렸다.

"이제 너는 나를 어떻게 도와줄 거니?" 미나는 대답을 기다리는 듯 책을 들어 빛에 비추었다. 아무 반응이 없자 미나는 약간 실망했고 커버를 살짝 건드리며 속삭였다. "너는 네가 해야 할 일을 잘 알길 바래. 나는 잘 모르거든." 책은 대답이라도 하는 듯 따뜻하게 달아올랐다.

미나는 공책을 겨드랑이에 끼워 넣었고, 수사슴 그림이 새겨진 석판 위로 올라갔다. 그리고 석판이 그녀를 저 위 세상으로 다시 데려다주길 빌었다. 석판은 미나를 태운 채 공중으로 올라갔고, 미나는 안도의 한숨을 내쉬었다. 석판이 부드럽게 쿵 하는 소리를 내며 제자리로 돌아왔다. 미나는 이제 지상으로 돌아왔다. 하지만 미나가 석판 위를 벗어나자마자 방 전체의 색깔이 희미해지는 듯했다. 마치 미나가 가게 전체를 살아 있게 하는 전원 플러그를 뽑아버려서 이젠 에너지가 빠지고 있는 것 같았다. 미나는 상점 입구를 향해 빠른 걸음으로 걸었고, 그러다 카펫에 발이 걸려 넘어졌다. 가게 전체가 줄어들고 있었다! 장식장들이 점차 한데 모였고, 카펫은 미나의 발아래에서 움직였다.

미나는 달리기 시작했다. 장식장에 있던 책들, 작은 조각상들, 다양한 도자기들이 천천히 떨어졌고 미나는 그것들을 휙휙 피해야만 했다. 처음에는 물건 몇 개가 떨어졌지만 곧이어 사방에서 쿵쾅대는 소리, 유리가 산산이 부서지는 소리가 들렸다. 벽면이 휘어지기 시작했고, 종이 몇 장이 미나의 몸에 부딪히며 날아갔다. 미나는 서둘러 밖으로 나와야 했다.

제10장 마침내 그리모어를 발견하다

이제 미나는 가게 입구를 바라보며 뛰고 있었다. 하지만 입구는 처음 들어왔을 때보다 60센티미터는 더 작아져 있었다. 미나는 빨간 문 사이로 어깨를 던졌지만 몸이 살짝 끼어버렸다. 그녀는 두 발로 힘차게 뛰어 가게 밖으로 몸을 던졌고, 몸을 웅크린 채 보도로 떨어졌다. 팔꿈치와 무릎이 딱딱한 시멘트 바닥에 긁혔다. 미나는 '그림가의 저주'가 이렇게 몸이 힘든 일일 줄은 생각도 하지 못했다.

그녀는 신음을 하며 팔꿈치에 묻은 모래를 털어내고 몸을 돌려 가게를 쳐다보았다. 놀랍게도 그 자리엔 벽돌로 된 벽만이 있었다. 건물이 사라져버린 것이다. 미나는 일어나 앉아 왼편을 쳐다보았다. 그릇 가게와 로지의 꽃집이 보였다. 하지만 그 가게들 사이에 있던 간판 없는 상점은 더 이상 자리에 없었다. 그냥 평범한, 벽돌로 된 벽뿐이었다. 미나는 사람들의 관심을 더 끌지 않으려고 얼른 일어섰다. 이미 지나가던 사람들 몇 명으로부터 불편한 시선을 받은 터였다.

그런데 낸이 보이지 않았다. 하늘에 있어야 할 해도 그 자리에 없었다. 거의 저녁이 다 되어 있었다. 미나가 손목시계를 확인해보자 시간은 오후 1시 11분에서 멈춰 있었지만, 광장 시계는 저녁 7시가 다 되어 있었다. '내가 그 가게에 6시간이나 있었다고? 말도 안 돼. 낸은 왜 다시 들어오지 않은 거지? 지금 어디에 있는 거야?' 미나는 여기서 기다리지 말고 집에 가봐야겠다고 생각했다.

미나는 도로들 사이로 난 뒷골목을 택했다. 수백 번도 넘게 다녔던 길이었다. 빨리 가서 친구에게 전화를 걸 작정이었다. 하지만 어두운 그림자가 벽에서 나와 미나를 따라갔고, 미나는 그것을 전혀 알아채지 못했다.

제 11 장

의문의 소년과의 만남

그 남자가 미나에게 다가갔을 때 미나는 공포로 등골이 오싹했다. 순식간이었다. 미나는 뒤로 펄쩍 뛰어 피했지만, 그 남자는 두 손으로 미나의 후드점퍼를 붙잡았다. 미나의 옷이 그의 손아귀에 잡힌 채 찢어져나가는 소리가 났다.

"작은 소녀야. 어두운 뒷골목을 혼자 걷는 일은 어리석은 짓이란다. 쯧쯧쯧."

낯익은 목소리에 미나는 공포에 질려 몸서리를 쳤다. 어떻게 자신을 찾아낸 건지 알 수 없었다. 도서관 건물 뒤에서 미나를 공격했던 늑대 문신을 한 그 남자였다. 남자는 킥킥대며 미나의 옷에서 찢어진 천을 쿵쿵거렸다. 그러고는 마치 미나의 냄새를 기억하려는 것처럼 천을 얼굴에 비비기 시작했다.

그의 손은 인간의 것이라 할 수 없을 정도로 길었고, 손톱은 검고 더러웠다.

"날 내버려 둬. 안 그러면 소리를 지를 거야." 미나가 말했다.

"우우우. 나는 인간들이 비명을 지를 때가 좋더라." 늑대 남자는 한 걸음 더 앞으로 다가왔다. 그는 칼로 버터를 자르듯 기다란 손톱으로 옷 조각을 쉽게 찢어버렸다.

순간 미나는 달아났다. 미나는 공책을 꼭 쥐고서 미친 듯이 골목을 달렸다. 이 남자에게 잡히기 전에 큰 길에 닿을 수 있기를 마음속으로 빌었다. 하지만 미나를 공격한 남자는 너무 빨랐다. 갑자기 미나의 옷에 달린 후드모자가 홱 잡아당겨졌고, 미나는 길바닥에 엉덩방아를 세게 찧으며 넘어졌다.

남자가 공책을 잡아채려는 순간 미나는 획 몸을 피했다. 미나는 그의 손을 물었고, 그는 비명을 질렀다. 공책이 바닥에 떨어져 활짝 펼쳐졌다. 미나는 비명을 지르려고 했지만, 그가 달려들어 미나의 목을 잡고 조르기 시작했다.

"제발, 누가 좀 도와줘요!" 미나는 숨이 막혔지만 간신히 소리를 냈다. 늑대 문신을 한 남자가 미나를 손등으로 때리려는 찰나였다. 흐릿한 형체가 남자에게 뛰어들었고, 미나에게서 그를 떼어냈다. 미나는 콜록거리며 기어가 공책을 붙잡았고, 그것을 들고 도망치려고 했다. 마음 한편에서는 아무 생각도 하지 말고 도망쳐야 한다고 우선 나부터 살고봐야 한다고 말했지만, 또 다른 한편에서는 확인을 해야 한다고 자신을 도와준 사람이 누구인지 봐야 한다고 말하고 있었다. 미나는 목을 빼고 그 사람을 보았고, 숨이 턱 막혔다. 열일곱 이상은 안 되어 보이는 소년이었다. 미나는 혼자서 도망칠 수 없었다. 하지만 어떻게 도와야 할지 몰랐다. 소년은 분명 그 남자보다 힘이 약했고 덩치에서도 밀렸다. 하지만 소년은 단호해 보였다.

늑대 문신을 한 남자가 달려들었고, 소년은 오른쪽으로 가는 척하면서 옆으로 몸을 피했다. 그 소년은 자신보다 나이가 많고 더 힘이 센 남자를 향해 몸을 획 돌려 옆차기를 날려 그의 명치를 때렸다. 남자는 끙끙 앓는 소리를 내며 고개를 숙이고 무방비 상태인 척했다. 검은 머리의 소년이 달려가서 그의 얼굴을 발로 차려고 하는 순간, 남자는 진짜 늑대처럼 입을 딱딱거리며 앞으로 달려와 파리를 찰싹 때리듯 소년을 공중으로 날려버렸다.

소년이 바닥에 나가떨어졌다. 소년은 몸을 굴려 피하려고 했지만, 늑대 문신의 남자는 너무 빨랐다. 곧 소년은 남자의 거대한 양팔을 피할 수 없는 상황에 몰렸다. 남자는 사악하게 낄낄거리며 소년의 몸통을 붙잡고 공중으로 들어 올리더니 소년을 으스러뜨리려고 했다.

"책을 이용해!" 소년이 소리를 질렀다.

"뭐라고?" 미나가 물었다.

"페이지를 넘겨." 소년은 몸부림쳤고, 힘이 빠지고 있었다.

"네가 무서워하는 것을 떠올려."

미나는 펼쳐진 채 바닥에 떨어져 있던 공책을 들고 페이지를 넘겼다. 어린 시절의 공포가 번개처럼 머리를 스쳤다. 갑자기 밝은 불빛이 골목을 가득 채웠고, 공책에서 열이 나기 시작했다. 미나는 숨이 턱 막혔다. 윙윙거리는 소리가 점점 커졌다. 빛을 발하는 황금색 벌들이 책에서 나와 늑대 문신을 한 남자를 향해 곧장 날아갔고, 미나는 놀라서 공책을 떨어뜨렸다. 남자는 고통스러운 모양이었다. 그는 비명을 질렀고 뒤로 넘어지기도 했다. 또 달려드는 벌을 피하려고 기어 다녔다. 비명을 몇 번 더 지른 후에야 남자는 결국 포기하고 골목 밖으로 도망쳤다. 골목을 환하게 밝히던 불빛도 그를 따라가 희미해졌다.

미나는 놀란 표정으로 소년을 바라보았다. 소년은 허리를 굽힌 채 숨을 고르고 있었다. "그레이 테일은 다시 돌아올 거야. 그건 의심할 여지가 없어. 너는 더 조심해야겠어." 소년은 이렇게 말하고는 미나를 훑어보았다. "운명은 대체 무슨 생각을 하는 거야. 너를 고르다니? 그리고 꿀벌들이라니? 세상에? 그게 네가 생각할 수 있는 최선이니?"

미나는 소년을 향해 몸을 돌렸다. "무슨 말을 하고 있는 거야?" 미나는 거의 울부짖듯 말했다. 미나는 불안해서 목소리가 커졌다. "너는 누구야? 그레이 테일은 또 누구고? 책에 대해서는 어떻게 아는 거야?"

"그건 중요하지 않아." 그가 어깨를 으쓱이면서 말했다. "우리는 모두 그 책에 대해서 알고 있어. 중요한 것은 내가 여기에 왔고 그놈은 도망쳤다는 거야." 소년은 그 자리에 서서 양손을 바지주머니에 찔러 넣은 채 말했다. 미나에게 가까이 오려는 기색은 전혀 없었다. 미나는 그를 머리부터 발끝까지 살폈다.

미나는 소년에게서 몇 발자국 뒤로 물러섰다. "그것만으로는 충분하지 않아. 나는 이 책을 보호해야 할 의무가 있어. 나는 네가 누구인지, 나를 어떻게 찾았는지 알아야겠어."

소년은 미나를 경계하듯 바라보았고 이렇게 말했다. "걱정 말아, 아가씨. 나는 그리모어에는 전혀 관심 없어. 너도 내 타입은 전혀 아니고."

미나는 충격으로 입이 떡 벌어졌다. 미나는 그렇게 심한 무시를 당한 것은 처음이었다. 뭐 학교에서 한두 번 있었을지는 모르겠지만, 완전히 처음 보는 사람에게서는 아니었다.

"너는 그리모어를 알고 있구나?"

"내가 원하는 것보다 더 많이." 소년이 말했다. 그의 입술이 경멸하듯 비죽거렸다. 소년이 몸을 돌려 자리를 뜨려고 했다. 하지만 미나는 이 소년이 미나가 답을 얻을 수 있는 유일한 기회일지 모른다고 생각했다.

"잠깐만! 너도 그림의 후손이니?"

그가 웃었다. "어림도 없는 소리."

"그럼 너는 누구니?"

"누구냐가 아니라 무엇이냐고 물어야 할 것 같은데." 그가 말을 멈추고 미나를 바라보았다.

알 수 없는 오싹한 느낌이 미나의 피부를 타고 흘렀다. 미나는 긴장하여 침을 삼켰다. "좋아, 그럼 너는 무엇이니?"

소년은 미소를 지으며 가슴 앞에 팔짱을 꼈다. "그럼 너무 쉬워지잖아. 안 그래? 네가 생각해내야지."

"그냥 말해주면 안 되니? 나는 스무고개를 할 시간이 없어." 미나는 자신의 목소리에 묻어나온 절박함에 놀랐다. 소년은 분명 늑대 문신을 한 남자를 알고 있었고, 그림가의 저주에 대해서도 알고 있었다.

"그럴 수도 있겠지만 말해주지는 않을 거야." 그가 고개를 들며 씨익 웃었다. "얘야, 너 혼자 힘으로 해야지."

"넌 정말 무례해." 미나가 양손을 허리에 짚으며 말했다. "그럼 애초에 왜 여기에 나타난 거야?"

"아니지. 정말 무례한 것은 고맙다는 인사도 하지 않는 거지."

미나는 깜짝 놀라서 눈을 깜박이며 생각했다. '내게 못됐게 구는 이유가 단지 고맙다는 인사를 하지 않아서였나?' "미안해. 네 말이 맞아. 나를 구해줘서 고마워."

소년은 아주 조금, 기분이 풀린 듯했다. "내가 말해줘야 할 정도라면 그렇게 고마운 것은 아니겠지." 그는 고개를 옆으로 돌렸고 검은 머리가 두 눈 위로 경쾌하게 떨어졌다. 소년은 눈에 띄게 잘생긴 얼굴에, 우울한 짙은 회색빛 눈, 완벽한 턱, 말랐지만 강한 어깨와 우아한 자세를 하고 있었다.

"너는 일주일도 못 버틸 거야." 이번에는 소년이 눈으로 미나를 훑으며 이렇게 말했다. "스토리가 네게 던져주는 천 번째 이야기가 네 마지막이 될 거야."

"아니, 살아남을 거야. 네가 도와주기만 한다면."

그는 천천히 고개를 저었다. 그러고는 미나에게 등을 돌리고 걸어가기 시작했다. 미나는 그의 어깨를 손으로 잡았고 소년은 즉시 휙 돌아섰다. 그들은 골목 한가운데 서 있었지만, 순식간에 소년은 미나를 벽돌로 된 벽으로 밀어붙인 채 한 손으로 미나의 목을 잡고 있었다.

"내 몸에 손대지 마!" 그가 앙다문 이 사이로 으르렁거렸다.

미나는 두려워해야 할 상황이라는 걸 알았지만 이상하게 두렵지가 않았다. "왜 나를 안 도와주려는 거야?" 미나는 그의 눈을 똑바로 바라보며 애원했다.

"나는……. 그럴 수 없어."

"못하는 거야, 안하는 거야?"

"둘 다야." 그는 미나를 풀어주었다. 미나는 벽 아래로 미끄러져 내렸고, 흙바닥에 무릎으로 떨어졌다. "못 하는 이유는 이 일이 네가 감당할 수 있는 일이 아니기 때문이야. 안 하는 이유는 네가 가망이 없는 아이니까. 너는 노력을 할 가치가 없어. 오늘 그것을 증명해 보였지." 그는 뒤로 몇 걸음 물러나서 흙바닥에 쭈그리고 앉은 미나를 바라보았다.

눈물이 볼을 타고 철철 흘러내렸다. 소년은 미나가 가장 두려워하는 악몽을 확인시켜주고 있었다. 하지만 미나는 반드시 살아남아야 했다. "네 말은 틀렸어."

"나는 절대 틀리지 않아." 소년이 무릎을 꿇고 미나를 자세히 들여다보며 말했다.

"틀려야만 해. 나는 그 저주를 풀어야만 해. 나는 동화들을 끝내야만 한다고!"

"왜? 그게 너한테 무슨 이득이 된다고? 그들이 너한테 뭘 약속했기에 네가 생명을 걸 정도로 단호한 거지?"

"무슨 말을 하는 거야? 나는 어떤 것도 약속받은 게 아니야! 나는 내 동생, 찰리를 지키려는 거야. 그 아이는 아직 너무 어려. 나는 내 동생이 다음번 희생자가 되게 하지는 않을 거야." 미나가 이를 갈며 말했다. 미나는 분노로 손가락으로 땅을 긁고 있었다.

미나는 이렇게 심하게 화가 난 적은 평생 처음이었다. 미나는 보통 화를 삼키고 표현하지 않는 성격이었고, 상대와 대적하는 것을 피했다. 하지만 이번에는 그녀 안의 뭔가가 터져버렸고 다시는 이전으로 돌아갈 수 없을 것 같았다. "나는 살아남을 거야. 동화들을 완성하고 살아남는 그림(Grimm)이 될 거야. 나는 스토리를 이길 거야." 미나는 자리에서 일어나 성난

177

제11장 의문의 소년과의 만남

눈빛으로 소년을 노려보았다. "네가 도움을 주든 말든 상관없이 말이야." 미나는 자신에게 있는 줄도 몰랐던 강한 힘으로 소년의 가슴을 아주 세게 밀었다. 소년은 뒤로 비틀거리기는 했지만 넘어지지는 않았다.

소년은 미나가 지나가도록 뒤로 물러섰다. 그는 고개를 갸우뚱하며 말했다. "음, 어쩌면 너한테도 기회가 있을지 모르겠네."

"나를 내버려 둬!" 미나가 소리쳤다. 미나는 화를 내며 소년을 향해 몸을 돌렸지만 소년은 이미 사라진 뒤였다.

미나는 집에 도착할 때까지 계속 달렸다. 현관문을 벌컥 열지 울어서 눈이 빨개진 낸이 소파에 앉아 있는 것이 보였다. 낸은 미나를 보고 달려왔고, 미나의 목을 움켜쥐었다.

"살아 있었구나. 정말 미안해. 절대 네 곁을 떠나지 말았어야 했는데. 전화번호가 있는지 보려고 밖에 나갔는데 다시 돌아보자마자 문이랑 창문 모든 것이 사라져버린 거야. 그냥 벽돌로 된 벽만이 있었어." 낸은 미나에게서 떨어져 이제는 열정을 다해 양손을 휘두르면서 일어났던 일들을 설명하기 시작했다. "그릇가게에 들어가서 그 건물에 대해 물었더니 사람들이 나를 멍하게 빤히 쳐다보는 거야. 보아하니 거기에는 가게가 있던 적이 없었던 거야. 로지네 꽃집에서도 똑같았어. 미나, 그들은 내가 미쳤다고 생각했지만 내가 그렇게 바보는 아니야. 나는 건물이 그 자리에 있었고 너를 삼켜버렸다는 것을 알고 있었어!" 낸은 긴장해서 딸꾹질을 했다.

"낸, 나는 괜찮아." 미나는 자신의 제일 친한 친구를 달래면서 다시 소파에 앉혔다.

"나는 기다렸어. 보도에서 몇 시간을 기다렸다고. 하지만 너는 나타나지 않았어. 그 동네와 골목을 다 뒤졌지만 너를 찾을수가 없었어." 낸은 울기 시작했다. "나는 집에 돌아와서 너를 기다리는 일 말고는 뭘 해야 할지 몰랐어. 네 엄마랑 동생이 아직 집에 안 와서 감사할 뿐이야. 건물이 너를 집어삼킨 일을 설명하고 싶지는 않았을 거야." 낸은 불안감이 점점 심해져서 양손이 공중에서 정신없이 움직였다. 낸은 마음이 진정되고 나자 미나를 경계하는 눈빛으로 보며 물었다. "너한테 무슨 일이 일어났던 거야?"

"그리모어를 찾았어." 미나는 환하게 웃으며 빨간색 스프링 노트를 꺼내 낸에게 보여주었다.

낸은 공책을 보며 얼굴을 찡그렸다. "정말로 그리모어처럼은 안 보이는데. 하지만 내가 뭘 알겠어?"

"그리모어가 그 건물 안에 있었어. 깊은 지하실에 있는 것을 찾기 위해서 퍼즐 몇 개를 풀어야만 했어. 하지만 그리모어는 마치 내가 그것을 찾길 바라는 것 같았어. 너는 믿지 못할 거야."

"봐도 될까?" 낸이 공책 표지를 가리키며 물었다. 미나가 고개를 끄덕이자 낸은 조심스럽게 표지를 열고 공책을 휙휙 넘기기 시작했다. "좋아. 안에는 동화가 딱 하나 있네."

"뭐라고! 조금 전까지는 없었던 거야." 미나는 공책 안을 가리키며 말했다. "처음에 발견했을 때는 삽화들과 동화들이 있었어. 하지만 내가 책을 들자 모든 것이 저절로 지워져 버렸어. 그게 무슨 의미라고 생각해?"

"책이 완성된 게 아니라는 것? 그림 형제들이 모든 동화를 끝내지는 못했다는 것? 어쨌든 황소 이야기는 끝낸 것 같네."

"이리 줘봐!" 미나는 낸에게서 공책을 낚아챘다. "낸, 이건 내가 말했던 그 방이야. 모든 게 다 여기에 있어. 모든 것이. 심지어 내가 그 방을 달려 나오는 장면까지."

"우와 짱이다. 나도 그 안에 있어?"

"낸, 이게 무슨 의미인지 모르겠니?" 미나는 낸의 말을 무시하며 말했다. "내가 동화 하나를 해결했다는 거야. 이제 이 여정이 공식적으로 시작되었다는 것이지."

"좋아! 이제 끝날 때까지는 동화가 몇 개나 더 남은 거야?"

"음, 나도 잘 모르겠어."

"미나?" 낸이 물었다. "만약 끝이 없다면 어떻게 하지?"

제12장

미지 소년의 등장

다음 날 미나는 하루 종일 수업에 집중하는 척했지만, 사실 생각은 멀리 딴 나라에 가 있었다. 낸이 한 말이 여전히 머릿속에서 맴돌았다. "만약 끝이 없으면 어떻게 하지?" 미나는 계속 그리모어를 확인하면서 동화가 여전히 그대로 있는지 보았다. 미술 시간이 되었을 때 미나는 또 다른 공포의 기운이 슬금슬금 밀려오는 것을 느꼈다. 아이들이 수군대고 어딘가로 손가락질하고 있었다.

미나는 고개를 들고 낯익은 회색 눈의 소년이 교실을 가로질러 미나를 쳐다보는 것을 보고 깜짝 놀랐다. 골목에서 미나를 구해주었던 그 소년이 바로 이 교실에서 미나의 미술 선생님에게 말을 걸고 있었다. 에임즈 선생님은 소년에게 빈자리에 가서 앉으라고 손짓했다.

"여러분, 이 친구는 제라드예요. 새로 전학 온 학생이에요. 편하게 지낼 수 있게 도와주세요."

교실 안의 여자애들과 남자애들이 수군댔다. 마침 유일하게 비어 있는 자리는 미나의 옆자리였다. 미나는 제라드가 옆자리에 앉을 때 모든 아이의 눈이 그들을 향해 있다는 것을 알면서 마음을 진정시키려고 애썼다.

"여기서 뭐하는 거야?" 미나는 아무도 보지 않을 때 화난 어조로 낮게 말했다.

"자유 국가잖아, 안 그래?" 제라드가 말했다.

미나는 화가 나서 씩씩거리며 생각했다. '왜 저 아이는 나를 자꾸 괴롭히는 거지?' 다행히도 미술 수업은 강의보다는 실습을 하는 시간이 더 많았다. 그래서 미나는 혼자서 생각을 정리할 시간을 가질 수 있었다.

에임스 선생님이 첫 번째 과제를 발표했고, 미나는 제라드를 무시한 채 자리에서 일어나 교실 건너편에 있는 돌림판에 가서 앉았다. 미나는 한 덩이의 점토가 돌림판 위에서 만져지고 형태가 잡혀서 뭔가 유용하고 예쁜 것으로 변하는 과정을 사랑했다. 미나는 젖은 찰흙을 한 덩이 떼어내어 돌림판 위에 떨어뜨렸고, 돌림판 아래로 손을 넣어 전원을 켰다. 미나는 양손을 물에 적신 채 찰흙의 탄력을 느끼면서 돌림판 위에서 중심을 잡게 했고, 찰흙덩이는 모양을 잡아가기 시작했다.

"뭘 만드는 거야?" 제라드가 옆자리의 비어 있는 돌림판에 앉으면서 물었다. 그도 역시 붉은 찰흙덩이를 가지고 와서 돌림판 위에서 찰흙이 중심을 잡게 했다.

"나를 괴롭히려고 여기 온 거야?" 미나가 물었다.

"아니, 나는 꽃병을 만들려고 왔는데." 그가 냉랭하게 대꾸했다.

미나는 제라드의 돌림판을 흘깃 보았고 제라드의 양손이 찰흙 위에서 얼마나 능숙하게 움직이는지를 보고 놀랐다. 하지만 지난밤 일 때문에 여전히 화가 났기 때문에 그를 무시했다.

"넌 나를 영원히 무시할 수는 없을 거야." 제라드가 말했다. 그의 손이 찰흙과 하나가 된 것처럼 움직였다.

"두고 봐." 미나는 이를 앙다문 채 말했다.

"무례한 질문은 아니었는데. 나는 너와 예의 바른 대화를 나누려고 하는 거라고."

"너한테는 예의라는 건 없어. 나는 너랑 더 이상 말하고 싶지 않아." 미나는 돌림판에서 눈을 떼고 제라드를 정면으로 바라보면서 화를 냈다. 미나의 찰흙덩이가 균형을 잃고 한쪽으로 폴싹 주저앉았다.

"저런." 제라드가 말했다. "집중을 방해하는 일들 때문에 목표에서 눈을 떼어서는 안 돼. 그럼 항상 불행한 결말로 이어지거든."

"내가 뭘 만드는지 궁금해?" 미나가 물었다. "바로 이거야."

미나는 돌림판을 멈추고 한쪽으로 주저앉은 찰흙덩어리를 주먹으로 내리쳤다. "재떨이." 미나는 작품을 손으로 떠내어 찰흙 양동이에 다시 던져 넣은 다음 교실을 걸어 나갔다. 그리고 가장 가까운 화장실에 들려 손과 손톱에 묻은 붉은 찰흙을 씻어냈다.

미나는 자신이 왜 그렇게 화가 났는지 알 수 없었다. 하지만 그 소년이 가진 어떤 면이 미나를 화나게 했다. 미나에게 솔직하게 말하지 않으려는 태도도 이유 중의 하나였다. 미나는 교실로 다시 돌아가지는 않았다. 이미 많은 과제를 완성해서 이번 학기에 필요한 점수를 충분히 채웠기 때문이다. 에임스 선생님은 예술에 있어서는 꽤 관대했다. 그는 예술가들은 절대로 답답한 생활을 해서는 안 된다고 생각했다. 그래서 학생들은 그 학기에 필요한 점수를 채울 만큼 많은 작품을 완성하면 언제든지 자유롭게 수업 시간에 드나들 수 있었다.

미나는 기다렸다가 종이 울리자마자 낸의 사물함을 향해 달려갔다. "낸, 그 아이가 여기에 있어."

낸은 사물함에 책을 밀어 넣고는 미나를 바라보았다. "누가 여기에 있다고?"

"골목에서 만났던 그 소년." 미나는 주말에 있었던 일을 낸에게 설명할 때 제라드에 대해서는 단 두 문장으로 짧고 무뚝뚝한 설명을 했었다.

"말도 안 돼!" 낸은 휴대폰을 들어 미나에게 보여줬다. "이게 그 아이야? 얘가 학교 문턱을 넘은 이후로 계속 이 아이에 대한 문자가 오고 있어. 세상에. 되게 귀엽게 생겼다. 그렇지 않니?"

낸은 몸을 기울여서 사물함 거울을 보았고, 립글로스를 더 바르려고 입술을 모았다. 오늘 낸은 에어로스미스(수많은 히트 곡을 낸 미국을 대표하는 록밴드) 티셔츠에 병뚜껑들이 박힌 벨트를 하고 있었고, 부드러운 금발 머리는 웨이브진 채 어깨 바로 아래까지 흘러내리고 있었다. 어떤 의상이든, 어떤 스타일로 옷을 맞춰 입든 낸은 항상 아름다웠다.

미나는 잠시 생각했다. '좀 귀여운 것 같긴 하네. 그렇게 무례하지만 않았더라면 분명 좋아할 만하겠어.'

낸과 미나는 구내식당으로 들어갔고 미나는 자신에 대한 관심이 다른 사람에게로 넘어간 것을 보고 안도했다. 낸은 미나의 재킷을 당기며 평소에 두 사람이 앉는 테이블로 가려고 했지만, 미나는 그 자리에 제라드가 앉아 있는 것을 보고 걸음을 멈추었다.

미나는 낸에게서 떨어져서 브로디와 그의 친구들이 있는 테이블로 가서 앉았다. 브로디는 놀라서 미나를 쳐다보았고, 낸은 침울하게 미나를 따라와 옆에 앉았다. 낸은 새로 전학 온 매력적인 남자애를 만나지 못해 실망했지만, 수구팀의 저스틴이 낸과 시시덕거리기 시작하자 금방 마음이 풀렸다.

"네가 괜찮은 것 같아서 다행이야." 브로디는 미나에게로 몸

을 숙여 그녀만이 들을 수 있도록 속삭였다. "네 걱정을 많이
했어. 네가 오길 기다렸는데 나타나지 않는 거야. 나는 너무
걱정이 돼서 미쳐버리는 줄 알았어."

"걱정할 일은 없어. 이것 봐. 나는 말짱해." 미나는 자신의
몸을 가리켰다. 그녀는 정말로 다친 데 없이 말짱했다.

브로디는 미나의 얼굴을 바라보았고, 미나의 볼에 난 희미
한 멍 자국을 바라봤다. 미나는 화장으로 노란 멍을 잘 가렸지
만 화장이 점점 희미해지고 있었다. 미나는 브로디가 바라보
는 것을 알아차리고 반사적으로 얼굴을 손으로 가렸다.

"아파?" 그가 물었다.

"이제는 안 아파. 내가 말했잖아. 나는 괜찮다고."

"그것 때문에 학교에 안 왔던 거야?"

"이 꼴로 학교에 왔으면 온갖 질문을 다 받았을 거야. 집에
있는 편이 나았어."

브로디는 이해한다는 듯 고개를 끄덕였다. "엄마한테는 뭐
라고 말했어?"

"아직은 아무것도. 엄마한테는 말할 게 없어."

브로디의 얼굴이 굳어졌다. 미나는 자신이 엄마에게 그날 있
었던 일을 말하지 않아서 브로디가 화가 났다는 것을 알았다.

"왜 엄마한테 말을 안 해?"

"엄마가 걱정하실 거야."

"너희 어머니는 걱정을 하셔야 해. 너도 걱정을 해야 하고!"

브로디는 단호한 태도로 말했다.

"브로디. 이 논쟁을 다시 하고 싶은 거라면 나는 다른 자리에 가서 앉을 거야." 미나는 일어나려고 몸을 돌렸다.

"아니, 기다려. 다시는 그 얘기를 꺼내지 않을게." 브로디는 손을 뻗어 미나의 한쪽 팔을 붙잡았다. "나는 그냥 네가 무사한 것만으로도 기뻐."

미나는 초조하게 입술을 핥았다. "네 덕분이야. 그날 그렇게 행동해서 미안해."

"아니야." 브로디가 말을 끊었다. "너한테 경찰서에 가라고 강요해서는 안 되는 거였어. 나는 그저 네가 무사한 모습을 봐서 기뻐. 나는 너무 걱정했거든. 너한테 전화할 방법도 없고 너는 학교에도 나오지 않았으니까."

미나는 구내식당 건너편에 앉은 제라드가 미나를 관찰하고 있는 것을 느낄 수 있었다. 그래서 미나는 일부러 브로디와 계속 대화를 했다. 어떤 이유에선지 이 행동이 제라드를 화나게 만든 것 같았다. 멀리서도 그가 노려보고 있다는 것이 느껴졌다. 보통은 한산하던 낸과 미나의 테이블이 지금은 제라드의 관심을 얻으려는 소녀들과, 경쟁자를 평가하려는 소년들로 붐비는 모습을 보니 재미있었다. 하지만 제라드는 여전히 미나를 향해 어두운 눈빛을 쏘아댔고 미나를 소름 끼치게 했다.

점심시간은 정말 빠르게 지나갔다. 제라드는 미나가 듣는 수업에 두 번이나 더 나타나서 미나를 경악하게 했다. 낸도 미나의 시간표에 맞춰서 수업을 짜지 못했는데 어떻게 한 건지 알수가 없었다. 다행히도 제라드는 더 이상 미나와 대화를 하려고 애쓰지 않았다. 어쩌면 미나가 제라드를 계속 노려보고 또만리장성처럼 공책을 들고 벽을 만들었기 때문인지도 몰랐다.

마지막 수업 시간이었다. 마치는 종이 울리기 직전에 제라드가 마침내 말을 걸었다.

"너 그거 안 가져왔어?" 제라드가 속삭였다.

"뭘 가져와?" 미나는 읽고 있던 문장에 눈을 계속 고정한 채물었다. 사실 열 번은 더 읽은 문장이었다. 미나는 제라드가옆에 앉은 이후로 공부에 집중할 수가 없었다.

"뭔지 알잖아. 가져 왔다고 말해줘." 제라드는 미나가 갖고있지 않을지도 모른다는 생각에 살짝 겁먹은 듯했다.

"아니, 안 가져왔어." 미나가 제라드를 노려보았다. "그것때문에 습격을 당했고 거의 죽을 뻔했어. 나는 내가 가는 곳마다 그걸 들고 다니지는 않을 거야. 나는 안전하지 못할 테니까."

제라드의 얼굴이 굳어졌다. 그가 분노로 이을 악물었다. "너는 그 책이 없으면 안전하지 못해."

"네가 무슨 상관인데? 나는 이번 주말도 못 넘길 텐데 뭐. 기억 나? 네가 한 말이야."

이때 종이 울렸고 미나는 자리에서 일어나 교실을 박차고나갔다. 제라드는 입을 딱 벌린 채 뒤에 남겨졌다. 그는 미나의 이름을 불렀지만 미나는 무시했다.

미나는 곧장 사물함으로 직진했고, 브로디가 자신을 용서하고 그 옆에서 기다리고 있길 바랐다. 다행히도 그가 있었다. 브로디가 팔을 뻗어 미나에게서 가방을 받아들었고 미나는 씨익 웃었다. '여자애들은 정말로 이런 일에 길들여지겠어.' 미나는 생각했다. 그녀는 집으로 가는 차 안에서 너무 골똘히 생각에 잠긴 나머지 브로디가 자신의 집 바로 앞에다 차를 대는 것도 알아채지 못했다.

"내가 어디에 사는지 어떻게 알았어?" 미나가 물었다.

브로디는 황금궁전 식당을 고개로 가리켰다. 미나의 사진들이 전면을 채운 신문기사들이 앞유리를 도배하고 있었다. 왕씨 부부는 이런 식으로 그들의 중국식당 위층에 이 동네의 영웅이 세 들어 산다는 것을 광고하고 있었다.

"내가 혼자서 조사를 좀 했지. 그래, 너는 중국식당에 사는구나?" 브로디가 물었다. 웃음을 참느라 볼이 실룩거렸다.

미나는 창피해서 얼굴이 달아올랐다. "아니, 중국식당 위층에 살아. 정말 큰 차이가 있다고. 정말이야." 미나는 자신의 썰렁한 농담에 어색하게 웃었다.

브로디는 양손을 바지 주머니에 넣은 채 자동차 반대쪽으로 몸을 기울이며 비스듬히 섰다. "어쨌든 부러워. 나는 중국 음식을 정말 좋아하거든."

"여기 군만두를 한번 먹어봐. 정말 끝내줘." 미나는 별생각

없이 말했다.

"좋은 생각이야. 그럼 이건 데이트인 거다." 브로디는 황금
궁전 식당으로 걸어가서 문을 열고는 미나에게 들어오라고 손
짓했다.

"데이트하자고 한 게 아닌데……. 난 그런 뜻이 아니었어."
미나는 말을 더듬거렸다.

브로디는 미소를 지었다. "알아. 그러지 않다는 것을. 내가
한 거야. 내가 데이트 신청을 하는 거야. 진짜 데이트. 드라이
브스루 식당에서 사 먹는 햄버거 따위 말고."

"그건 좋은 생각이 아닌 것 같은데." 미나는 세상이 무너져
내리는 기분이었다. 그녀는 이것이 불가능한 꿈같은 이야기를
스토리가 만들어낸 것은 아닐까 라고 생각하며 이 상황이 끝
나지 않길 바랐다.

브로디는 황금궁전 입구에 잠시 멈춰서 미나의 사진과 기사
들이 조잡하게 붙어 있는 유리를 유심히 살폈다. 브로디는 신
문에서 오려낸 기사들과 미나를 번갈아 보았다. "있잖아. 사진
이 너무 별론데. 실물이 훨씬 나아."

미나는 식당 안쪽으로 브로디를 밀어서 신문기사로 도배된
유리창에서 떨어지게 했다. 왕부인은 신나서 손을 흔들었고,
자리에 앉으라고 손짓했다. 미나는 자리에 앉은 채 손을 어떻
게 해야 할지 몰라 테이블 위의 젓가락을 만지작거렸다. 왕 부
인이 얼음물을 가지고 나왔을 때 미나는 너무 긴장한 나머지

자신의 물을 테이블 위에 쏟았고 물이 브로디의 무릎으로 흘러내렸다.

"정말 미안해!" 미나는 찌그러진 냅킨꽂이에서 냅킨들을 잡아당겨서 브로디에게 던졌다. 그녀는 너무 정신이 없어서 냅킨꽂이의 뚜껑을 잡아당겼고 뚜껑은 식당을 가로질러 날아가 바닥에 떨어져 뱅글뱅글 돌았다. 눈이 동그래진 왕 부인이 달려와 잡고 나서야 뚜껑은 멈추었다.

브로디는 벌떡 일어나 냅킨으로 허벅지를 가볍게 두드렸다. 테이블이 더 이상 나이아가라 폭포처럼 보이지 않게 되자 브로디는 씻으려고 화장실로 자리를 떴다. 브로디는 그러는 동안 내내 웃음을 멈추지 않았다.

미나는 신음하며 이마를 테이블 위에 쿵쿵 내리쳤다.

왕부인은 브로디가 자리를 뜨자마자 테이블로 달려와서는 자신의 의견을 말했다. "우우우. 섹시하다. 저 아이. 미이나, 저 놈 꽉 잡아. 더 자주 데려와! 우리 장사 잘될 거야."

미나는 고개를 들고 왕 부인을 보려고 했지만 젖은 테이블에 있던 냅킨 한 장이 미나의 이마에 붙어서 시야를 가리고 있었다. "장난하지 마세요. 쟤는 다시는 사람들 앞에서 나랑 있고 싶지 않을 거예요. 나는 말하고 걸어 다니는 재앙 그 자체라고요."

왕부인은 미나의 이마에서 냅킨을 잡아채 미나의 얼굴 앞에서 흔들며 설교를 하기 시작했다. "내 말 잘 들어어. 쟤는 착한 아이. 키스 해주면 금방 용서할 거야." 왕 부인은 양 눈썹을 치켜 올리며 미나를 향해 격려하듯 고개를 끄덕였다.

미나는 신음소리를 내며 테이블 위에 다시 머리를 쿵쿵 찧었다. 브로디가 자리에 돌아오자 그들은 주문을 했고, 왕부인이 배 터지게 먹을 만큼의 군만두를 그릇에 채워주는 동안 둘은 조용히 앉아 있었다.

"네 말이 맞아. 정말 끝내주는구나." 브로디가 한 입 더 베어 물면서 말했다. "그런데 아주머니는 항상 저렇게 서성이시니?" 브로디가 미소를 짓고 있는 왕부인 쪽을 고개로 가리키며 말했다. 왕부인은 브로디가 등을 보일 때마다 키스하고 애무하는 표정을 계속 짓고 있었다.

"음, 아니. 아마 병원에서 처방한 약이 달라져서 그런가봐." 미나는 왕부인을 보지 않으려고 필사적으로 애쓰면서 거짓말을 했다. 곧 왕부인의 남편이 흰 앞치마를 두르고 나왔고, 몸짓으로 미나에게 조언을 해주는 놀이에 동참했다. 왕부인이 남편에게 미나가 저지른 창피한 사건을 말한 게 분명했다. 그는 아내를 바라보며 고개를 저었고 냅킨을 떨어뜨리는 동작을 했다. 두 사람 모두 서로 다른 몸짓을 흉내 내고 있었다. 아마도 미나를 웃기려고 작정한 듯싶었다.

미나는 그들을 향해 그만하라고 계속 고개를 저었다. 브로디는 미나가 고개를 젓는 것을 보고선 어깨 너머 뒤를 보았고, 부부는 마침내 하던 행동을 멈추고 카운터를 맹렬히 청소하기 시작했다. 하지만 브로디가 다시 돌아보자마자 그들은 다시 시작했다.

"이제 나갈까?" 미나는 브로디의 어깨 너머를 보면서 절박하게 물었다.

깔깔대는 부부를 향해 미나가 눈을 부라리는 동안 브로디는 테이블에 돈을 던져놓았고 그들은 상쾌한 오후 공기가 반겨주는 밖으로 나왔다.

브로디와 미나는 목적지를 정하지 않은 채 이민자들이 사는 동네 이곳저곳을 걸어 다녔다. 미나는 지난밤에 그들에게 있었던 일에 대해서 대화를 나눠야 한다는 것을 알고 있었지만, 말할 준비가 되었는지를 확신할 수 없었다. 미나는 그리모어를 찾았지만 제라드나 늑대 문신을 한 남자가 어떻게 등장했는지 알지 못했고, 자신이 어떻게 해야 하는지도 몰랐다. 무엇보다도 브로디를 믿어도 되는지 알 수 없었다.

브로디는 마치 미나의 마음을 읽은 듯 말을 꺼냈다. "나한테는 다 말해도 된다는 거 알지? 나는 네 편이야."

미나는 길바닥에 떨어진 돌멩이를 발로 찼다. "어떻게 말해? 나는 너를 잘 알지도 못하는데."

"알아. 그래서 나는 지금 그 부분을 개선하려는 중이야." 그가 조용히 속삭였다. 그는 손을 아래로 내려 미나의 작은 손을 자신의 손으로 감쌌다. 미나는 손을 빼려고 했지만 그는 놓아주지 않았다. "그 일이 일어난 뒤에 네게 경찰서에 가라고 강요해서 미안해. 나는 네가 너무 걱정이 돼서 그랬던 거야. 나는 너를 보호하고 싶었어."

미나는 고개를 저었다. 하지만 브로디는 계속 말했다. "네 말이 맞아. 나는 네게 무슨 일이 일어나고 있는지 몰라. 하지만 너를 돕고 싶어. 네 곁에 있어주고 싶어."

"나는 그 일을 네게 말해줄 수가 없어. 아직 말할 준비가 안 되었어. 나는 아직도 상황을 이해하려는 중이야. 하지만 내가 더 많이 알게 되고, 또 말할 준비가 되면 네게 말해 줄게." 이 것이 미나가 약속할 수 있는 최선이었다.

그들은 언덕길을 내려가 강변 산책길을 향했다. 브로디는 강에 있는 거위들에게 먹이를 주려고 빵을 좀 샀다. 미나는 거위들을 보고 화가 치밀었고, 그것들을 노려보며 빵을 던져주는 것을 거부했다.

"거위한테 원한이라도 있는 거야?" 브로디가 농담을 던졌다.

"물론이야. 멍청한 새들." 미나가 코웃음을 쳤다.

미나는 자신을 위험에 몰아넣었던 그 거위 때문에 모든 거위가 싫었다. 미나는 손에 빵을 들고 있지도 않았고 거위들에게 빵을 던져주지도 않았지만, 거위들은 강에서 뒤뚱거리며 밖으로 나와 미나를 향해 바닥을 부리로 쪼며 다가왔다. 미나는 놀라서 뒤로 펄쩍 뛰었고 계속해서 뒷걸음질 쳤다. 하지만 거위들은 마치 미나가 멍청한 새들이라고 말한 걸 들은 것처럼 계속해서 미나를 따라왔고, 결국 미나는 발이 걸려 풀밭에

엉덩방아를 찧었다. 거위 떼가 미나 위로 기어오르려고 하자 미나는 양손으로 밀며 비명을 질렀다.

"미나한테서 비켜. 썩 꺼져!" 브로디는 미나에게서 거위 무리를 떼어내려고 발로 차고 손으로 밀면서 소리를 쳤다.

그는 미나의 팔을 잡고 미나를 일으켜 세웠고, 거위들과 떨어진 곳으로 데려갔다. 하지만 거위들은 포기하지 않고 따라왔다. 브로디는 낄낄대며 거위가 미나를 건들지 못하도록 미나를 들어 감자 자루처럼 어깨 위에 멨다. 미나의 두 다리가 공중에서 대롱거렸고, 머리카락이 거꾸로 떨어져 미나의 얼굴을 가렸다. 브로디는 강변에서 떨어진 곳으로 가서 거위 떼를 따돌리려고 했다.

브로디는 뒤를 돌아보고는 웃음을 터뜨렸다. 꽥꽥대는 거위 떼들이 V자 대형으로 부지런히 따라오고 있었다. "네가 이 거위들을 과소평가한 것 같은데. 이놈들은 절대 멍청하지 않아." 브로디가 낄낄거렸다.

"그놈들도 멍청해. 나를 내려줘!" 미나가 장난스럽게 브로디의 등을 때리며 말했다.

"절대 안 돼. 네가 위험에서 벗어나기 전까지는. 나는 다시는 널 혼자두지 않겠어." 그는 미나를 더 단단히 잡고 더 빨리 걸었다.

미나는 거위들을 향해 눈을 부라렸다. 사실 거위들은 미나를 물지는 않았지만 놀리는 것은 분명했다. 미나는 브로디의

제12장 미지 소년의 등장

등 뒤로 거위들을 쫓는 시늉을 했지만 소용이 없었다. 결국 미나는 이를 앙다문 채 조용히 말했다. "지금 꺼지지 않으면 해피엔딩은 없을 줄 알아. 마침 내가 잘 아는 식당 주인이 신선한 거위 고기를 좋아하거든."

거위들은 그 즉시 방향을 틀어 강으로 돌아갔다. 미나는 놀라며 쳐다봤다. 반면 브로디는 위협이 사라진 것을 깨닫고 미나를 내려놓았다. "저건 내가 이제껏 본 일들 중에서 가장 이상한 일이었어."

미나는 콧방귀를 꼈다. "나한테는 아니야."

"네 주위에는 이상한 일들이 많이 일어나니?"

"내가 저주에 걸렸다는 것을 몰랐어?" 미나는 농담처럼 말했지만 이 말을 내뱉자마자 불안감으로 뼛속까지 찌릿찌릿했다. 그것은 너무 진실에 가까운 말이었다.

브로디는 못 말리겠다는 듯 고개를 저었다. 그들은 강변 산책로에서 저녁 시간을 보냈다. 다양한 거리 예술가들과 음악가들이 사람들을 즐겁게 해주는 것을 구경했다. "여기는 한 번도 와 본 적이 없어."

"너희 같은 부류의 사람들이 올 곳은 아니니까."

"너희 같은 부류라는 말이 무슨 뜻이야." 브로디가 걸음을 멈추고 미나를 조심스럽게 바라봤다.

"음, 너도 알잖아……." 미나가 어깨를 으쓱했다.

"아니, 잘 모르겠어."

"부유한 사람들."

브로디는 눈을 흘겼다. "미나, 너는 정말 나를 이해하지 못하고 있어. 나는 돈이나 명예, 사회적 지위 따위에는 관심 없어. 나는 애초에 그런 것 없이 태어났으면 좋았을 것 같아. 내 가족은 그런 것들 때문에 집에 있는 날이 별로 없고, 내 친구들은 내가 그들에게 뭔가 해주기를 바라면서 내 곁에 있지. 모든 사람이 나를 바라보고, 평가하고, 내가 그들이 정해 놓은 틀에 들어맞는지 확인하려고 해. 버릇없는 부잣집 도련님이든 제멋대로 날뛰는 상속자이든 말이야. 어떤 면에서는 부자인 것 자체가 저주이기도 해."

미나는 브로디가 한 말을 이해될 때까지 곰곰이 생각했다. 그들은 많은 면에서 비슷했다. "미안해, 브로디. 네 말이 맞아."

"아니야. 사과하지 마. 나도 예전에는 그런 사람이었어. 한 동안은 말이야. 돈이 만들어 준 모습대로 살았어. 하지만 더 이상은 아니야. 나는 변화할 거야. 나는 네게 걸맞은 사람이 되려고 노력하고 있어."

미나는 놀라서 얼굴이 창백해졌다. "이상하지. 나는 그 반대로 생각했어. 나는 볼을 꼬집어보고 싶을 정도야. 내가 무슨 꿈을 꾸는 건 아닌지 말이야. 왜냐하면 나는 네가 왜 나랑 친구가 되고 싶어 하는지 이해가 안 가거든."

"너는 정말 모르는구나, 그렇지?" 브로디는 미나의 몸을 돌려 품에 꼭 안았다. "나는 너랑 친구가 되고 싶은 게 아니야."

제13장

짧은 행복

    미나는 심장이 쿵 하고 떨어지는 것 같았다. 미나는 당황해서 땅만 바라봤다. 사실이라고 하기에는 너무 꿈같은 일이었다. 미나는 브로디를 뿌리치려 했지만 브로디는 미나의 어깨를 더 세게 붙잡았다. 브로디가 미나의 이마에 살짝 키스를 했고, 미나는 놀라서 고개를 들었다. "나는 더 많은 것을 원해."

    미나는 다리가 후들거렸다. 이번만은 퉁명스럽게 대꾸할 말이 없었다.

    "하지만 이런 느낌이 들어. 내가 너무 밀어붙이면 너는 멀리 도망가 버릴 것 같아." 브로디가 계속해서 말했다. "그래서 나는 네가 받아들일 준비가 될 때까지 기다릴 작정이야." 브로디는 미나를 당겨 품에 안았고, 미나의 부드러운 갈색 머리에 대고 속삭였다. "이것 봐. 너는 벌써 떨고 있잖아." 브로디가 미나에게서 몸을 떼어내자 미나는 즉시 상실감을 느꼈다. 그 짧은 순간 모든 것이 완벽하게 느껴졌기 때문이다.

미나는 아쉬워하며 한숨을 쉬었다. 하지만 브로디가 잡은 손을 놓지 않았기 때문에 완전히 버림받았다는 느낌은 들지 않았다. 브로디는 같이 계단을 올라가서 미나를 집 현관 앞까지 데려다주었다. 미나는 더듬거리며 열쇠를 찾다가 바닥에 떨어뜨렸다. 그녀는 수줍게 열쇠를 집어 들었고, 문 열쇠구멍에 집어넣으려는 순간 문이 저절로 열렸다.

"이상하네." 미나가 말했다. 미나는 브로디 옆에서 몸을 기울이면서 문을 밀었고, 문은 뭔가 단단한 것에 걸린 듯 도중에 멈춰버렸다. 좁게 열린 문 사이로 보이는 광경은 미나의 가슴을 공포로 마구 뛰게 하기에 충분했다. 미나네 집 부엌은 난장판이 되어 있었다.

미나는 겁에 질려 허둥거리며 문을 더 세게 밀었지만 문은 꼼짝하지 않았다. 브로디는 미나가 공포에 질린 것을 알아차리고 미나를 도와 문을 밀었다. 문이 열리고 미나가 위험 속으로 무작정 달려들려고 하자 브로디는 미나의 팔을 붙잡았다. 현관문 앞에는 의자 하나가 쓰러져 있었다.

브로디는 손가락 하나를 입술에 갖다 대며 고개를 저었다. 그는 먼저 조심스럽게 안으로 들어갔고, 모든 방과 커튼 뒤, 침대 아래, 옷장 안까지 샅샅이 살폈다. 브로디는 안전하다는 확신이 들자 미나에게 집으로 들어오라고 손짓했다.

몇 개 안 되는 가구들이 넘어져 있었고, 서랍 안 내용물은 다 쏟아지고 누군가 집을 샅샅이 뒤진 것처럼 보였다. 하지만 실제로 심하게 망가진 것은 하나도 없었다. 가진 것이 많이 없어 꼼꼼히 살펴보는 일은 오래 걸리지 않았다.

"안에는 아무도 없어."

미나는 직접 확인해야 했다. 그녀는 브로디가 걸었던 동선을 그대로 따라 확인했고, 심하게 망가진 것은 없다는 것을 알아차렸다. 아마도 가족들이 집에 도착하기 전에 다시 정리해 놓을 수 있을 것이다. 미나는 자신의 방으로 들어가려고 했지만 브로디가 막았다. "미나, 저 방만 제외하면 다른 곳은 심해 보이지 않았어. 하지만 저 방은 완전히 파괴됐어."

미나는 자신의 방을 흘깃 보았고, 창피함에 얼굴이 화끈거렸다. 방은 그 전과 완전히 똑같아 보였다. 옷장 서랍이 열려 있고 옷들이 나와 있는 것만 빼면 그랬다. 물론 사실을 인정하지는 않을 작정이었다. 미나는 조용히 방문을 닫고 부엌으로 돌아와서 서랍과 내용물을 제자리에 넣기 시작했다.

브로디는 거실로 가서 쓰러진 화분들을 세웠고 쏟아진 흙을 쓸기도 했다. 미나는 브로디가 경찰에 전화하라는 재촉을 한 번도 하지 않는 것에 은근히 감동받았다. 미나는 제라드한테 말한 것과는 달리 그리모어를 학교에 가져간 사실에 이제는 두 배로 감사한 마음이 들었다.

그런데 갑자기 이 일이 제라드의 짓은 아닐까 라는 생각이 들기 시작했다. 제라드가 집까지 따라와서 미나와 브로디가 밖에 나가 있는 사이에 집을 엉망으로 만든 것일 수도 있었다. 제라드는 미나가 누구인지도 알았고 그리모어에 대해서도 알고 있었다. 제라드는 미나가 그리모어를 집에 두고 왔는지를 구체적으로 묻기까지 했다. 어쩌면 그는 그레이 테일과 작당해서 미나의 신뢰를 얻으려고 한 걸지도 몰랐다.

브로디는 미나가 정리하는 것을 멈추고 몸을 떠는 것을 알아차렸다. 브로디가 미나를 바라보았고, 이번에는 미나가 스스로 다가와서 브로디의 가슴에 얼굴을 묻었다.

"괜찮아. 내가 너를 지켜줄게." 브로디가 속삭였다.

미나는 브로디에게 정말 기대고 싶었다. 하지만 브로디는 자신이 어떤 일에 직면하고 있는지도 전혀 알지 못하는데 자신과 가족을 어떻게 보호한단 말인가? 현관문이 열리고 사라가 식료품이 든 갈색 종이가방들을 안은 채 집으로 들어왔을 때, 미나는 여전히 브로디의 팔에 안겨 있었다. 사라는 자신의 딸이 처음 보는 소년의 팔에 안겨 있는 모습을 보고 놀라서 짐들을 바닥에 떨어뜨렸다.

미나는 죄를 진 것처럼 뒤로 펄쩍 물러났다. 브로디는 아쉬워하며 미나를 놓아주었고 허리를 굽혀 미나의 엄마가 떨어뜨린 식료품 봉지들을 주웠다.

"죄송합니다, 그라임 부인." 브로디는 식료품 종이봉지들을 부엌 테이블 위에 올려놓았다. 그러고는 잽싸게 몸을 돌려 찰리가 들고 다니는 가방을 들어올렸다. 그다음 사라가 놀라서 벌린 입을 다물고 정신을 차리기 전에 바닥에 떨어진 캔들을 집어 들었다.

"그런데 너는 누구지?" 사라가 물었다.

미나는 엄마가 저렇게 항상 사람들을 경계하지 좀 않았으면 좋겠다고 생각했다.

"브로디 카마이클이에요." 브로디는 몸을 기울이며 손을 내밀어 악수를 청했다. "미나의 학교 친구예요."

사라는 브로디의 이름을 기억하고는 눈이 동그래졌다. "오, 맞아. 네가 미나가 노트를 빌려줬던 그 아이구나. 정말이지, 브로디. 네 필기는 네가 해야지. 친구들한테 동정심을 사서 도움을 받으려고 하는 것은 좋지 않아." 사라가 설교를 했다.

브로디는 놀라서 눈이 커다래졌다. 브로디는 대답을 하기 전에 얼굴이 하얗게 질린 미나를 힐끗 쳐다보았다. "정말 맞는 말씀이에요, 그라임 부인. 하지만 말이죠, 제가 따님한테 공책을 빌려달라고 하지 않았더라면 데이트 신청할 핑계도 만들 수 없었을 거예요." 브로디는 거짓말을 했다.

미나는 차라리 그 자리에서 죽어버리고 싶었다. 브로디는 미나를 향해 양 눈썹을 치켜 올리고는 심술궂은 미소를 지었다. 브로디는 나중에 분명히 이 일에 대해 물어볼 것이 확실했다.

하지만 사라는 아직도 안심하지 못했다. "그리고 네가 미나의 자전거를 차로 친 아이구나."

"네. 안타깝게도 그것도 맞아요. 정말 이렇게 창피할 수가 없네요. 저는 미나가 저희 집 현관 앞에 있는 것을 보고 너무 놀라서 앞을 보지 못했거든요. 그 일을 만회하려고 미나가 등교할 때와 집에 가는 길에 차를 태워주려고요."

"오. 오 알겠다." 사라가 미소를 지었다. "사라 아줌마라고 부르렴. 그라임 부인은 너무 나이든 것 같아." 그리고 사라는 식료품을 정리하기 시작했다. "회사 팸플릿을 전하는 일에서 착오가 생겨서 미안하구나. 내 상사가 너희 집에 전해달라고 해서 내가 미나를 대신 보낸 거였거든. 어디서 혼동이 생겼는지, 어느 집에 보내야 했던 것인지는 아직도 찾지를 못했단다. 하지만 어쩌면 그게 운명이었는지도 모르지." 사라가 이렇게 결론을 맺자 미나는 쥐구멍에라도 들어가 숨고 싶었다. 미나는 브로디와 눈도 마주칠 수 없었다.

브로디는 스파게티와 미트볼을 차린 저녁 식사에 남았다. 하지만 저녁 식사를 하는 동안 살짝 어색한 상황이 일어났다. 브로디가 찰리에게 질문들을 했고, 찰리가 대답을 하지 않자 브로디는 찰리가 청각장애인이라고 생각했는지 더 큰 소리로 말했다.

"네 말을 들을 수 있어." 미나가 식탁 밑으로 동생의 발을 차면서 말했다. "그냥 말을 안 하는 거야."

찰리는 아무렇지 않은 척했지만, 웃음을 숨기지는 못했다.

찰리는 브로디를 괴롭히는 것을 즐기고 있었다.

브로디는 저녁 식사 내내 부엌을 두리번대며 미나에게 눈빛을 보냈고, 도서관에서 일어났던 일을 엄마에게 말하라고 신호를 보냈다. 하지만 미나는 계속해서 입모양으로 "아직은 아니야" 또는 "지금 말고"라고 말했다.

하지만 브로디는 그냥 넘어갈 생각이 없는 모양이었다. "여기가 안전하다고 느끼시나요, 사라 아줌마?"

미나는 다리가 정말 길었다면 식탁 밑으로 브로디를 찼을 것이다.

"아유 그럼. 물론이지. 그런데 왜 그런 질문을 하는 거야?" 사라가 물었다.

"아줌마 혼자서 이 오래된 동네에서 두 아이를 데리고 사니까요. 저는 그냥 이주머니가 이민자들이 사는 동네에 살면서 아이들을 위험한 상황에 빠뜨리고 있다고 생각해본 적은 없는지 궁금해서요."

"무슨 질문이 그러니?" 사라가 언성을 높이며 물었다.

브로디는 분노로 이를 꽉 물었다. "저는 따님이 안전하길 바라는 거예요. 하지만 아주머니는 미나가 어떤 위험에도 처해 있지 않다고 생각하는 것 같네요." 브로디는 모든 속내를 털어놓았다. 그러고는 도전하듯 미나를 바라보았다.

미나는 지금 자신이 엄마에게 말하지 않는다면 브로디가 다 말할 것이라는 것을 알았다.

"엄마, 내가 지난주에 알게 됐던 우리 가문의 일 있잖아요? 그 일 때문에 내가 어떤 어려움들을 맞게 될 거라고 그랬었죠. 그리고 내가 그 일에 도전하는 것을 엄마가 허락해주었고요."

미나는 말을 돌려서 말하려고 애썼다. 남동생을 놀라게 하고 싶지도 않았고, 브로디에게 너무 많은 정보를 주고 싶지도 않았기 때문이다.

"그런데?" 사라가 경계하며 물었다. 그녀의 눈이 걱정스럽게 브로디와 찰리를 오갔다.

"음, 어떤 남자가 찾아와서 나한테 없는 어떤 물건을 달라고 했어요. 지난주에 도서관건물 밖에서 그를 만났고, 이틀 전에는 골목에서 맞닥뜨렸어요. 몇 시간 전에도 우리 집에 왔던 것 같아요."

"뭐라고?" 브로디와 사라가 동시에 말했다. 브로디는 미나가 골목에서 공격당했다는 사실은 모르고 있었다.

사라는 브로디를 바라봤다. "뭐야, 너도 몰랐던 거야?"

"전부 다는 몰랐어요. 저는 도서관에서 일어난 일은 알고 있었어요. 제가 거기에 있었거든요. 하지만 골목에서 일어난 일은 몰랐어요. 이래서 내가 네 안전을 걱정하는 거야." 브로디도 찰리가 알아듣지 못하게 미나처럼 모호한 말로 말하기 시작했다.

"알겠어." 사라는 침착하게 식탁에 앉았고 마음을 진정시키려 했다. 찰리는 엄마를 조용히 쳐다보았다. 사라는 찰리에게 몸을 기울여 속삭였고, 찰리는 엄마의 말에 얼굴이 밝아져 냉장고로 달려갔다. 그러고는 아이스크림 한 통을 꺼내 자신의 방으로 갔다. 찰리 방의 문이 닫히고 TV 만화 소리가 문 건너편에서 들리자 사라는 몸을 돌려 브로디를 바라보았다.

브로디는 사라가 말을 하기 전에 먼저 말했다. "여러분은 지금 어떤 어려운 상황에 처해 있는 건가요? 누군가에게 쫓기고 있나요? 내가 어떻게 도와주면 될까요?" 브로디는 자리에서 일어나 부엌을 서성였다.

사라는 저녁 식사를 계속했고, 냅킨으로 꼼꼼하게 입을 닦았다. "이건 정말로 우리 가족의 문제야, 브로디. 하지만 걱정하지 않아도 돼. 우리는 불법적인 일을 한 적도 없고, 또 나는 다시는 누구도 내 딸을 해치게 하지는 않을 거야. 나는 미나를 쫓는 것으로부터 보호하려고 국토를 횡단하면서 6번이나 이사를 했어. 해야 한다면 나는 대륙을 건널 준비도 되어 있어."

브로디는 사라의 말에 얼굴이 굳었다. "아주머니는 미나를 쫓는 것이 뭔지 알고 있으면서도 경찰에게 가지 않은 건가요?" 그는 사라를 비난했다. "만약 하신 말씀이 사실이라면 경찰이 그 사람을 찾을 수 있을 거예요. 그들이 이 남자를 그만두게 할 수 있을 거예요."

"내가 말했잖니. 이건 우리 가족의 문제야."

브로디는 당황하여 미나를 바라보았다. "네가 도망가게 내버려두지 않을 거야. 내가 도와줄게. 내가 너를 도와주게만 해준다면……."

사라는 브로디가 자신에게 질문을 한 것처럼 말했다. "네가 우리를 저주로부터 구해줄 수 있니?"

"네? 무슨 말씀인지 이해가 잘 안 되네요." 브로디는 더 말하려고 했지만 사라가 말을 끊었다.

"브로디, 너는 2년 동안 미나와 같은 학교에 다녔어. 그런데도 미나에게 말을 건 적도 없었고 심지어 미나가 있는지도 몰랐지. 그러다 미나가 내 말을 안 듣고 미친 짓을 저질러버린 거야. 미나는 자신의 생명을 걸고 너를 구한 거지." 사라의 얼굴이 아주 평온해졌다. "이제 미나가 저지른 일들 때문에 우리 가족이 대가를 치러야만 해. 너는 미나를 도와줘야 한다는 의무감을 느끼는 걸 거야. 미나가 너를 구했던 것처럼. 이해는 한단다. 정말이야. 하지만 네가 무슨 권리로 우리 가족이 사는 방식과 행동에 문제를 제기하는 거지?"

부엌에 침묵이 흘렀다. 미나는 숨을 죽이며 꼼짝 않고 있었다. 브로디는 자세를 똑바로 했고 천천히 침을 삼켰다.

사라는 자포자기한 듯 두 손으로 이마를 쓸었다. "너는 사랑에 홀린 거야. 그뿐이야. 다음 주나 다다음 주면 너는 정신을 차릴 것이고, 이 모든 것은 꿈이 될 거야. 너는 미나가 네 생명을 구해줬다는 사실조차 잊어버리겠지. 미나는 다시 사람들의 관심에서 잊힌 덤벙대고 서투른 내 십 대 딸로 돌아갈 것이고, 너는 다시 치어리더와 데이트를 하면서 학교를 주름잡는 삶으로 돌아갈 거야."

눈물이 미나의 볼을 타고 흘러내렸다. '어떻게 엄마는 이런 말들을 할 수가 있지?' 미나는 엄마가 원망스러웠고, 엄마나 브로디 두 사람 모두 보기 싫었다. 미나는 먹다 남은 파스타 접시를 바라보면서 엄마가 했던 말을 곰곰이 생각하고 받아들였다. 그 말들은 모두 사실이었다. 미나는 엄마가 말하는 것을 멈추게 할 수도 있었지만, 엄마가 자신을 보호하려고 그런다는 것을 잘 알고 있었다.

사라는 비난하듯 브로디의 얼굴을 포크로 가리키며 말했다. 포크 끝에는 큼지막한 미트볼이 꽂혀 있었다. "예전에도 이런 일을 본 적이 있어. 이 일은 곧 잊힐 거야. 오래가지는 않을 거야. 너는 곧 다른 여자애를 쫓아 미나를 떠날 거야. 우리는 너희 같은 부류와는 달라. 너희 둘은 물과 기름과 같지. 하지만 우리가 삶을 사는 방식은 너나 네 가족들이 상관할 바는 아니야. 내 딸이 네 행동이나 삶의 방식에 대해 뭐라고 하지도 않잖니. 그러니 우리에게도 그러지 말아줘. 네겐 그럴 권리가 없어. 네가 우리에게 그럴 가치가 있는 사람이라는 것을 보여주지도 못했고." 사라는 일단 하고 싶은 말을 다 하고 나자 포크를 내려놓고 미트볼을 한입 크기로 자르기 시작했다. 사라는 미트볼 한 조각을 입에 넣은 채 브로디를 도전적인 눈빛으로 바라보며 천천히 씹었다.

미나는 브로디가 이 이야기를 얼마나 잘 받아들이는지를 보고 놀랐다. 그는 귀를 기울여 들었고, 사라의 정신 상태를 의심하지도 않았다. 어쩌면 이 상황을 설명한 사람이 미나가 아니라 미나의 엄마였기 때문인지도 몰랐다.

대신 브로디는 말이 없었고 생각에 잠긴 모습이었다. "많은 것이 이해가 되네요." 마침내 브로디가 입을 열었다. 브로디는 자리에서 일어났고 식사 중에 자리를 뜨는 것에 대해 양해를 구했다. "저녁 식사 감사했습니다. 많이 배운 시간이었어요, 사라 아줌마 그리고 미나." 브로디는 두 사람 모두에게 고개를 끄덕여 인사를 하고 현관 밖으로 나갔다.

"방금 무슨 일이 일어난 거죠, 엄마?" 미나가 물었다. 미나의 입술이 떨렸고 눈물이 철철 흘러내렸다. 심장이 두 개로 찢어지는 듯했다.

"네가 방금 차인 것 같구나."

제 14 장

미나의 실연

사라는 망연자실한 미나를 보고 즉시 다정한 말투로 말했다. "정말, 미안해, 아가야. 내가 그 아이를 잘못 판단했어. 나는 그 아이가 힘든 진실을 잘 받아들일 줄 알았어. 그 아이가 네 운명일 수 있다고 생각했어."

"무슨 말이에요, 엄마. 내 운명이요? 나는 내 운명을 원하는 게 아니라 그냥 남자친구를 원해요."

"너는 그럴 수 없는 운명을 타고났어, 미나. 네가 진지한 마음으로 만나지 않는 사람은 상처를 받게 돼. 진지하게 생각하는 사람들조차 힘든 일인걸. 생각해보렴. 동화들 속에는 여주인공을 구하려고 끝까지 싸우는 주인공들이 반복적으로 나오잖니. 나는 그 아이가 너를 위해 더 열심히 싸우기를, 내게 도전하고 내가 틀렸다고 말하기를, 네 기사가 되어주길 바랐어. 네 아빠가 그랬던 것처럼. 하지만 내가 잘못 판단했어. 미안하구나." 미나의 손을 잡으려고 했지만 미나는 홱 뿌리쳤다.

"그냥…… 날 좀 내버려둬요. 잠시만이라도. 브로디를 쫓아냈는데 그 정도는 해줄 수 있지 않나요?"

미나는 엄마가 상처받은 모습을 무시하려고 애쓰면서 창문으로 가서 거리를 내려다보았다. 당연히 브로디의 차는 없었다. 미나는 여전히 눈물을 흘리며 현관으로 가서 문을 잠그고 현관문 앞에 의자를 두었다. 그리고 모든 창문을 확인하고 모두 다 잠갔다. 그러고 나서 미나는 방으로 갔고 담요를 챙겨들고 창문을 열고 비상계단을 기어올라 옥상으로 갔다.

옥상은 세상에 단 하나밖에 없는 미나의 피난처였다. 작은 건물에 미나네가 유일한 세입자였기 때문에 미나는 그 공간을 혼자서 차지할 수 있었다. 미나는 그곳을 재미있는 물건들로 마음껏 꾸미면서 자신만의 공간으로 만들었다. 해질 무렵이었기 때문에 미나는 작은 콘센트로 가서 전원을 눌러 하얀 크리스마스 전구들이 달린 전선과 여러 가지 테라스 조명을 켜서 공간을 밝혔다. 지난여름 미나는 야외용 접이식 의자 두 개를 끌어다 놨고, 심지어 빈 화분들에 가짜 플라스틱 꽃도 심었다.

이탈리아 음악이 거리 아래쪽 레스토랑에서 잔잔하게 들려왔고, 미나는 접이식 의자에 털썩 앉았다. 미나는 몸을 담요로

감싼 채 건너편 건물들 옥상의 다양한 환기구와 굴뚝에서 김
이 올라오는 것을 바라보았다. 미나는 잠이 들 때까지 울었다.
누군가 자신을 바라보고 있다는 것은 전혀 눈치채지 못했다.

제15장

다시 찾아온 행복

　다음 날 아침 미나는 사람들을 피해 다녔고, 학생지원부에 가서 수업 시간표를 바꾸려고 했지만 성공하지 못했다. 수업을 바꾸면 낸과 같은 학급에 있지 못하게 되겠지만, 그만큼 미나는 절박했다. 브로디한테 차인 데다 제라드마저 쫓아와서 괴롭힌다면 정말 감당할 수 없을 것 같았다. 미나는 학교에 오는 길에도, 또 주차장에서도 브로디의 차를 찾았지만 보이지 않았다. 브로디는 심지어 점심시간에도 나타나지 않았다. 미나는 쟁반 위의 음식을 요리조리 밀면서 낸이 오기를 기다렸다.

　아까 사물함을 열었을 때 미나는 또 쪽지를 발견했고 죄책감을 느끼고 우울해졌다. 사실 쪽지가 꽤 많았다. 미나의 사물함은 쪽지들로 넘치고 있었다. 어떤 것들은 '루저, 가짜, 꽃뱀'

이라고 적혀 있었다. 하지만 미나를 가장 겁먹게 한 것은 빨간 색 펜으로 쓰인 쪽지였다.

나는 네가 누군지 알아! 너는 죽었어!

미나는 자신이 뭘 그렇게 잘못했기에 이런 욕을 먹는지 알 수가 없었다. 미나는 그동안 눈에 띄지 않는 조용한 삶을 살려 고 노력했고, 현장학습 날까지는 비교적 성공적이었다. 그 사 건이 일어난 이후로 미나는 이틀간 유명인이 되었지만, 사건 에 대한 흥미가 사라지자 다시 지루한 아이로 돌아갔다. 오히 려 이제는 누군가 미나에게 쪽지를 주면서 위협하고 괴롭히려 고 하고 있었다. 미나가 할 수 있는 최선의 방책은 현재 미나 가 어떤 동화 속에 있든지 간에 그 이야기를 어서 끝내고 가능 한 빨리 다른 동화로 넘어가는 것이었다. '스토리가 내게서 뭘 원하는지 알 수만 있다면……. 동화를 끝내기 위해 나는 어떤 일을 해야 하는 걸까?' 미나는 스스로에게 물어보았다.

미나는 자기연민에 너무 깊이 빠진 나머지 누군가 옆자리에 앉은 것도 알지 못했다. 갑자기 말소리가 들려왔다.

"우리 사이가 이럴 필요는 없잖아." 미나는 고개를 들었다. 제라드는 테이블에 팔을 기대고 앉아 있었다. 그는 검은색 진 바지, 검은색 신발, 검은색 재킷으로 머리부터 발끝까지 온통 검은색차림이었다.

"네가 누군지 알려고 하지 않는 게 나을 것 같아. 너는 내게 상황들을 설명해주지도 않고 나를 도와주고 싶어 하지도 않잖아. 이 두 가지 일 중 어떤 것도 해주지 않는다면 너는 나한테는 그냥 불편한 가시 같은 존재야. 그러니 제발, 다른 데로 가버려." 미나는 프라이드 치킨식 스테이크를 포크로 맹렬히 찌르기 시작했다.

제라드는 미나의 점심을 보고 소리 내어 웃었다. 제라드는 아주 매력적인 미소를 가졌고, 그것을 보니 미나는 더 기분이 나빠졌다. '나는 이렇게 우울한데 쟤는 왜 저렇게 유쾌한 거지?' 미나는 속으로 생각했다.

"이것 봐." 그가 말했다. "네가 한 주를 살아남았으니까 너를 도와줄게."

미나는 화난 얼굴로 제라드를 마주보았다. "네가 우리 집을 뒤집어엎었니?"

"뭐라고? 아니야." 제라드의 얼굴에서 미소가 사라졌다. "내가 한 일이 아니야. 네 집에는 들어간 적도 없어. 하지만 누가 그랬는지는 알 것 같아." 제라드는 곰곰이 생각했고, 그의 짙은 눈썹이 일그러졌다. "이상하네. 그놈이 그런 짓을 할 정도로 똑똑하다고는 생각하지 않았는데."

"누구 말이야, 제라드?" 미나는 제라드와 있으면 시시때때로 좌절감을 느꼈다. 제라드는 한순간에는 매력적이었다가 다른 순간 베테랑 정치인처럼 알기 어렵고 모호하게 행동했다.

"그레이 테일은 혼자서 그런 일을 하지는 않았을 거야. 늑대 무리를 통제할 수 있는 큰 힘을 가진 누군가가 시킨 걸 거야." 제라드는 크게 걱정하는 듯했다.

"늑대 무리라고! 제라드, 그게 대체 무슨 말이야?" 미나는 공포에 질려 팔 뒤쪽 털이 쭈뼛 서는 것을 느꼈다.

바로 그때 프리와 사반나가 급식쟁반을 들고 와서 미나 옆에 앉는 바람에 미나는 대답을 듣지 못했다. 그들은 마치 오랜만에 만난 친구처럼 재잘대기 시작했다. 제라드는 뒤로 기대 앉아서 눈을 가늘게 뜨고 그들이 하는 대화를 지켜봤다.

"그런데 미나, 너는 올해 댄스파티 주제를 어떻게 생각하니?" 사반나는 머리를 어깨너머로 찰랑 넘기며 물었다. 사반나의 밝은 금발머리에 시선이 쏠렸다.

"무슨 주제?" 미나가 짜증을 숨기시 않고 물었다.

"사람들이 '마법에 걸린 무도회'라고 부르더라. 학생들은 모두 유명한 동화책에 나오는 등장인물로 옷을 입어야 해."

"나는 처음 듣는 얘기야. 요즘 꽤 바빴거든." 미나가 말했다. 미나는 댄스파티의 주제를 듣고 너무 놀랐지만 움찔하지 않으려고 안간힘을 썼다. 그동안 미나는 자신의 운명에 너무 정신이 팔려 댄스파티에 대해선 까맣게 잊고 있었다. 그 순간, 낸이 여러 가지 드레스와 의상을 입은 사람들의 사진을 문자로 주고받았던 것이 생각났다.

"그럼 브로디 카마이클은 너한테 같이 가자고 안 한 거야?"

사반나는 무심코 말하는 척했지만, 대답을 기다리는 동안 그녀의 몸은 긴장하고 있었다. 미나는 사반나가 숨을 참고 있음을 분명하게 느낄 수 있었다.

"아니, 난 춤을 안 춰. 내 건강에 안 좋다고 들었거든." 미나는 무심하게 말했지만, 사반나는 눈에 띄게 안심하는 모습이었다. 미나가 한 말은 거짓이 아니었다. 미나는 댄스파티에 참석할 때마다 예외 없이 드레스가 찢어지거나 구두굽이 떨어지거나 발목이 삐거나 했다..

"너는 어때, 제라드? 같이 가는 사람 있어?" 프리가 물었다. 프리가 던진 의미심장한 질문이 원자폭탄처럼 공중에 떠 있었다. 프리는 마치 암사자가 먹잇감의 숨통을 끊어놓을 기회를 기다리는 것처럼 제라드를 바라보았다.

"아직 결정 못했어." 제라드가 아무렇지 않게 대답했다. "아직 학교에 적응 중이야. 알다시피 전학생이잖아." 훌륭한 대답이었다. 미나는 그의 핑계가 부러웠다.

"음, 나는 라푼젤로 하려고. 그래서 왕자님이랑 같이 가야지." 사반나는 정말로 공주님처럼 멋 부리는 척했다.

미나는 사반나의 뻔뻔함에 놀라 양 눈썹을 치켜 올렸다.

"라푼젤은 너한테는 맞지 않는 것 같아." 제라드가 상냥한 목소리로 말했다. "라푼젤은 너무 고지식하고 순진하잖아. 내 생각에 너는 더 성숙하고 노련한 사람이면 좋을 것 같은데."

"정말?" 사반나는 앞으로 몸을 기울여 제라드의 팔에 기대고 아양을 떨었다. "그럼 누구로 하면 좋을까?"

제라드는 싫어서 몸을 옆으로 떨어뜨리면서 말했다. "너는 질투심 많은 계모가 좋을 것 같아."

사반나의 얼굴이 분노로 빨개졌다. 사반나는 너무 화가 나서 말도 하지 못했다.

"그래! 그럼 미나 양은 뭘 하면 좋을까, 음⋯⋯. 못생긴 이복 언니? 내 왕자님을 쫓아다니는 욕심 많은 꽃뱀?" 사반나는 테이블을 떠났고 프리도 추종자처럼 뒤를 따랐다.

미나는 두 손으로 얼굴을 가렸고, 자신을 괴롭히기 시작하는 두통을 완화하려고 마사지를 했다. "정말 왜 그런 거야?" 미나가 제라드를 꾸짖었다. "너 때문에 내 삶이 더 힘들어졌잖아. 잘했다." 미나는 자리에서 일어났다. 점심 식사가 담긴 쟁반은 테이블에 남겨두었다. 포크가 치킨프라이드식 스테이크 중앙에서 차렷 자세로 꽂혀 있었다.

미나는 구내식당의 양문 도어를 열고 로비로 나갔고, 복도에서 브로디가 걸어오는 것을 보았다. 미나는 다른 쪽 복도로 서둘러 갔고, 브로디가 자신을 보지 않았길 바랐다. 브로디를 보는 것만으로도 감당하기 힘든 감정들이 밀려왔다. 사실 미나는 그날 학교에서 브로디가 모습을 보이지 않아서 안도했었다.

브로디가 미나의 이름을 불렀을 때 미나는 체육관의 무대 출입구 안으로 잽싸게 몸을 숨겼다. 미나는 브로디가 코너를 돌아서 그냥 지나쳐 가기를 바랐다. 미나는 조용히 무대 위로 계단을 올라갔고, 댄스파티를 위해 학생위원회가 만들고 있는 무대 장식들 사이에 앉았다.

조명들이 달린 줄로 반짝이게 장식해 놓은 벤치가 하나 있었다. 거대한 진저브레드하우스(생강빵으로 만든 집으로 헨젤과 그레텔 동화에 나온다)가 사람 크기만 한 사탕, 넝쿨이 덮인 소원 들어주는 우물, 커다란 돌탑 옆에 서 있었다. 미나는 벤치에 앉아 무릎을 가슴까지 당겼다. 미나는 얼굴을 무릎에 묻고 부드럽게 몸을 앞뒤로 흔들었다. 미나는 시간을 돌릴 수 있기를 간절히 바랐다. 엄마가 그 바보 같은 학부모동의서에 사인을 하지 않았더라면 미나는 현장학습에 가지 않았을 것이다. 그 랬다면 브로디의 생명도 구하지 않았을 테고, 그럼 그림가의 저주에게도 절대 눈에 띄지 않았을 것이다.

미나는 낯선 사람에게서 공격을 당하는 일 없이 고등학교를 마쳤을 것이다. 좀 전에 제라드가 한 말을 듣고 나서 미나는 이 저주에서 살아남는 것이 더 불가능한 것처럼 느껴졌다. 한 마리도 아닌 여러 마리의 늑대 무리가 존재한다는 것은 문신을 한 미친 오토바이족들 여럿이 미나를 쫓고 있다는 뜻이었다.

미나는 무대 위에 자기 혼자 있는 줄 알았지만 무대장치 레버가 당겨지는 소리가 나자 놀라서 고개를 들었다. 무대는 이제 환한 불빛으로 넘쳤다. 무대 위의 댄스파티 전시물들이 제각각 아름다움을 뽐내고 있었다. 그것들은 반짝거렸고 빛이 났다. 미나는 할 말을 잃을 정도로 눈이 부셨다. 미나는 누가 불을 켰는지 보려고 손으로 눈을 가렸다.

어두운 형체가 그림자 속에서 걸어 나와 미나 앞에 섰다. 키가 크고 잘생긴 사람이었다. 브로디였다. 미나의 몸이 떨렸다. 오랫동안 물 없이 살다가 바로 앞에 그녀의 갈증을 풀어줄 해답을 찾은 듯했다. 깎아놓은 것 같은 강인한 턱에 금발머리와 푸른 눈이 브로디의 얼굴에 부드러움을 더하고 있었다. 브로디는 양손을 디자이너브랜드 청바지 주머니에 찔러 넣은 채 벤치에 앉아 있는 미나를 향해 우아하게 걸어왔다. 미나는 마치 마법에 걸려서 브로디의 움직임에 넋을 빼앗긴 것 같았다. 미나는 눈을 감고 브로디의 눈부시게 멋진 모습을 차단하려고 했다. 브로디를 보지 않으면 그가 사라질 것 같았다.

"미나." 브로디의 목소리는 허스키하게 들렸다.

"가버려." 미나가 힘없이 말했다. 심장이 쿵쾅거렸다. 마치 터질 것만 같았다.

"너랑 얘기를 하고 싶어."

"너는 충분히 말했어. 어젯밤에 이 상황에 대해 네 의견을 다 말했잖아."

"아니, 아니야." 브로디는 미나 앞에 무릎을 꿇었고 미나의 깃털같이 부드러운 갈색 머리 뒤쪽을 가볍게 두드렸다. "미나, 제발 내 말 좀 들어봐." 브로디는 양팔을 뻗어 미나 몸에 둘렀다. 브로디가 벤치로 올라가 앉아 미나를 안았을 때 미나는 몸집이 너무 작아서 브로디의 무릎 사이에 들어갔다. 미나는 처음에 몸부림쳤지만 브로디는 미나를 꼭 안고 미나의 귀에 코를 비볐다. 미나는 얼어붙었다. "어젯밤에 네 어머니가 말씀하신 것들은……. 나를 겁먹게 했어."

"알아. 너를 겁줘서 쫓아낼 만했지." 미나는 몸을 빼내려고 했지만 브로디는 다시 미나에게 얼굴을 갖다 대었고, 미나는 얼어붙었다. 브로디의 숨결은 정신을 혼미하게 하는 동시에 강렬한 감정이 밀려들게 했다.

"네가 생각하는 것처럼은 아니었어. 나는 집에 갔고 클래식 기타를 몇 개 부숴버렸어. 그리고 오토바이를 타고 한참을 달렸고 결국 다른 주까지 가버렸어. 그랬는데도 나는 여전히 내 생각들을 억누를 수가 없었어. 내 머릿속에는 네 생각밖에 없었어. 지난밤 내 안에는 통제할 수 없는 분노가 날뛰었어. 나는 너를 위해서 이 전투에서 싸우고 싶어. 물론 이것이 내 싸움은 아니라는 것을 알아. 너는 준비가 되면 네가 두려워하는 것이 무엇인지 내게 말해주겠지. 네 어머니 말이 맞아. 나는 너희 가족을 판단할 자격이 없어. 나는 아직 나 자신이 그럴 만한 사람이란 것을 입증하지 못했어. 그리고 어젯밤 그렇게 자리를 뜨면서 상황을 더 나쁘게 만들었지. 미안해. 그렇게 떠나지 말았어야 했는데."

미나는 기분이 하늘로 날아오를 것 같았다. 브로디는 미나가 창피하거나 미나와의 관계에서 희망을 볼 수 없어서 도망친 것이 아니었다. 그는 미나를 보호하고 싶었기 때문에 도망친 것이었다. 이번에는 미나가 브로디를 보호해주고 싶었다. "미안해. 너를 의심해서." 미나가 조용히 말했다. "나는 혼란스러웠어."

"혼란스러울 게 뭐가 있어?" 브로디가 물었다.

"나는 네가 그게 우정이든 어떤 것이든 우리 관계를 끝낸 거라고 생각했어." 미나는 브로디의 깊고 푸른 눈을 들여다보았다. 미나는 그 안에 빠져버릴 것만 같았다.

"그래서 우리 사이에 또 벽을 쌓기 시작했구나. 나는 알 수 있어. 너는 그 벽 뒤에 숨기를 좋아하지. 높은 탑 안에서 숨어서 문을 잠그고 있지." 브로디는 두 손으로 미나의 얼굴을 감싸고 부드럽게 속삭였다. "내가 그 벽을 무너뜨릴 수 있게 노력할게. 벽돌 하나……." 브로디는 미나의 눈꺼풀에 키스를 하며 말했다. "…… 하나……." 이번에는 미나의 앙증맞은 작은 코에 키스를 했다. "…… 하나." 브로디는 계속 미나의 볼 여기저기, 그리고 턱에 키스를 했고 마침내 입술에 키스를 했다.

예상한 일이었지만 브로디의 입술이 그녀의 입술에 닿자 미나는 깜짝 놀랐다. 환희로웠고 달콤했으며 아름다웠다. 미나는 행복감에 머리가 몽롱해졌다. 브로디가 부드러운 키스를 끝내고 몸을 떼어내자 미나는 브로디와 떨어지는 것이 슬펐다. 하지만 브로디는 다시 미나의 입술에 짧은 키스를 했다. "하나." 그가 속삭였다.

남은 하루 동안 미나의 마음은 하늘을 둥둥 떠다녔다. 그렇게 기분이 좋았던 적은 없었던 듯했다. 지금은 어떤 것도, 심지어 제라드조차도 미나의 기분을 망칠 수 없었다. 제라드는 미나가 달라진 것을 알아차리고 미나를 짜증나게 하는 말을 하려고 했지만, 미나는 아무렇지 않은 듯 무시해버렸다. 미나는 브로디가 곁에 있으니 모든 일이 잘될 거라 믿었다.

미나는 방과 후에 사물함 옆에서 브로디를 만날 예정이었다. 종이 울리자마자 미나는 브로디가 있는 곳을 향해 말 그대로 깡충거리며 복도를 뛰어갔다. 하지만 거친 손이 미나의 팔을 잡아 미나를 멈추게 했다.

"너는 지금 뭘 하고 있는 거야?" 미나는 몸을 돌렸다. 팔을 잡은 손은 제라드의 것이었고, 미나는 전혀 놀랍지 않았다.

"놔 줘." 미나는 팔을 흔들어서 제라드를 떼어내려 했지만 그는 더 세게 쥐었다.

"나를 따라와. 네가 알고 싶어 하는 것들을 알려 줄게."

"왜?"

제라드는 말이 없었다.

"안 돼." 미나는 제라드를 바람맞히는 게 신났다. "브로디가 집에 태워주기로 했어. 다음에 할까?" 미나는 미소를 지으며 말했다.

그 말이 제라드를 화나게 한 게 분명했다. 그의 눈빛이 무섭게 어두워졌다. "너는 내가 네게 얼마나 중요한 사람인지 모르고 있어. 지금 나는 너를 도와주려고 하고, 네가 살아남을 수 있게 해줄 정보를 주려고 하는데 너는 네 생명보다 모델 남자친구를 선택한 모양이구나." 제라드는 미나의 팔을 놓고 성큼성큼 앞으로 걸어갔다.

미나는 10초 간 자신이 선택할 수 있는 사항들을 생각했다. 그러고는 제라드를 쫓아서 주차장으로 갔다. 제라드는 미나가 올 거라고 생각한 게 분명했다. 이미 검은 오토바이에 올라타 기다리고 있었다. 오토바이는 날렵하면서 위험해 보였다. 꼭 제라드 같았다. 미나는 망설였다. '이게 정말 현명한 일일까?' 제라드는 여분의 헬멧을 미나에게 건넸다.

"내가 올 줄 알고 있었지?" 미나는 화가 나서 따졌다. "적어도 브로디가 걱정하지 않게 내가 어디 가는지 말하게 해줄 수도 있었잖아."

제라드는 고개를 저었다. "이번 한 번밖에 없는 거래야. 기한이 곧 만료된다고." 그는 오토바이를 밀면서 시동을 걸었다. "바로 지금."

미나는 한숨을 쉬었고 브로디에게 자신이 위험한 상황에 처한 게 아니라고 문자를 보낼 휴대폰이 있었으면 하고 간절히 바랐다. 하지만 제라드가 오토바이를 타고 주차장에서 나와 도로에서 속력을 내자마자 미나는 오토바이에서 날아가지 않게 제라드의 허리를 꽉 붙들면서 자신이 조금 전에 했던 생각이 틀렸다고 생각했다. 어쩌면 위험에 처했는지도 몰랐다.

제 16 장

제라드의 정체

제라드는 고속도로를 따라 속력을 냈고 15분 뒤 에메랄드 호수에 오토바이를 세웠다. 제라드는 시동을 끄고 헬멧을 벗어 좌석 위에 두었고, 몸을 돌려 미나의 헬멧도 받으려고 손을 뻗었다.

"우리 여기서 뭐하는 거야?" 미나가 가방을 내리면서 물었다.

"연습." 제라드가 대답했다.

"뭘 연습하는데?"

"살아남는 방법."

미나는 제라드가 농담을 하는 거라고 생각했지만, 그의 진지한 표정을 보고 농담이 아니란 것을 알았다. "좋아. 그런데 왜 하필 지금이야?" 미나가 따졌다.

"다른 계획이라도 있어?" 미나가 입을 열려고 했지만 제라드는 말을 끊었다. "나는 있어. 바로 이 일이야. 그래서 지금 아니면 절대 안 돼."

미나는 짜증이 났지만 제라드를 따라 물가로 갔다. 그는 단풍나무 옆에 멈췄고 짧은 나뭇가지를 하나 부러뜨렸다. 제라드는 눈을 감았고, 제라드가 손에 쥔 나뭇가지가 빛을 발하기 시작했다.

미나의 눈이 휘둥그레졌다. 미나는 경외하며 바라보았다. 미나는 이미 제라드가 '페이(Fae)'일 거라고 짐작했었지만, 제라드가 초능력으로 나뭇가지를 다른 형태로 만들어내는 장면은 정말 놀랍고 잊을 수 없을 정도로 아름다웠다. 제라드는 집중하느라 눈을 감고 있었고 마치 나뭇가지와 소통하는 듯했다.

'이건 진짜 마법이야.' 미나는 알 수 있었다. 그것은 아름답고 순수했다. 미나는 미소를 지으며 제라드를 바라봤다. 학교에서 보았던 짜증나는 소년은 찾아볼 수 없었다. 미나의 눈에 보인 것은 이 세상 사람이 아닌, 초능력으로 빛을 발하는 존재였다. 미나는 흥분해서 숨이 막힐 지경이었다. 제라드를 완전히 믿지 못하고 있다는 사실도 잠시나마 잊을 정도였다.

제라드가 나뭇가지를 이용해서 만들고 있는 물체가 형태를 드러내자 미나의 얼굴에서 미소가 사라졌다. 그것은 무기, 기다란 목검이었다. 동생 찰리가 가진 것들보다 훨씬 더 위험해 보였다. 미나가 자신이 저지른 실수를 깨닫자 아름다운 순간은 사라졌다. 미나는 가장 가까운 동네에서도 수 킬로미터나 떨어진 곳에 있었고, 휴대폰도 없었다. 미나는 지금 초능력을 가진, 방금 나뭇가지를 검으로 변형시킨 이상한 소년과 함께 있었다. 제라드는 미나에게 자신이 정확히 누구편인지 말한 적도 없었다. 목검이 빛을 발하는 것을 멈추자 미나는 공상에서 재빨리 깨어나 그에게서 물러섰다.

제라드는 의아한 표정으로 미나를 보았고 그녀에게 검을 건넸다.

"이건 뭐하려고?" 미나는 제라드의 입에서 나올 대답을 두려워하며 물었다.

"이건 무기야, 멍청아."

"내가 그걸 갖고 뭘 해야 하는 거지?"

"정말로 그 정도로 멍청한 것은 아니지?"

미나는 혀를 내밀었다. 미나는 제라드가 두 번째 나뭇가지에 정신을 집중하는 동안 검을 몇 번 휘둘렀다.

"그런데 너는 어디에서 온 거야? 네버—네버랜드(피터팬에 나오는 피터팬이 사는 세계)?" 미나가 농담으로 물었다.

제라드는 여전히 나뭇가지에 집중한 채 한쪽 눈을 뜨며 미나에게 말했다. "뭐 그 비슷한 데지."

"페이들은 내 적들이 아닌가?"

"어떤 페이들은 그렇지. 여기로 너를 데려온 것도 나쁜 페이들을 피하기 위해서야.”

두 번째 검이 완성되자 제라드는 미나에게 따라하라고 손짓하면서 신발을 벗고 물가로 향했다.

“그건 안 되겠는데.” 미나는 물을 바라보는 것만으로도 피가 차가워지는 것 같았다.

“신발을 벗든가, 아님 옷을 벗으면 더 좋지.” 그가 협박했다.

미나는 재빨리 팔짝 뛰면서 신발을 벗다가 엄지발가락이 나무뿌리에 채였고, 다친 오리처럼 뒤뚱거리며 호수까지 가야 했다. “아야, 아야, 아야!” 미나는 몸의 중심을 한 발 한 발 번갈아 옮기며 투덜거렸다. 미나는 호수 안으로 들어갔고 짜증이 나서 제라드를 노려보았다. 제라드는 미나에게 더 깊이 들어오라고 손짓했다.

눈 깜짝할 사이 제라드가 경고도 않고 미나에게 달려들었고, 검으로 미나를 찔렀다. 미나는 뒤로 펄쩍 뛰었고, 검에 내장이 뜯기는 일을 간신히 피했다.

“대체 뭐하는 짓이야!” 미나는 소리쳤다.

제라드는 다시 미나를 향해 섰고 발을 획 움직여 미나의 무릎 뒤를 때렸다. 미나는 뒤로 넘어가 물에 빠졌다. 물을 들이마시자 차가운 물이 폐로 들어와 폐가 타는 듯이 아팠다. 미나는 양팔을 마구 휘저었고, 겨우 무릎을 꿇었다. 그리고 강가로 기어가서 기침을 해댔다.

“왜 그런 거야!” 미나가 소리쳤다.

"진정해. 그냥 물일 뿐이야." 제라드가 말했다. "네 본능을 따라야 해. 공포심을 버려. 그럼 내가 방금 한 것을 어떻게 하는지 보여줄게."

미나가 숨을 고르고 나자 그들은 다시 시작했다. 제라드는 미나에게 막기, 찌르기와 상대를 넘어뜨리는 몇 가지 기술도 가르쳤다. 대부분의 경우 제라드가 미나를 물속에 넘어뜨리고 미나는 물에 빠진 오리처럼 기어나왔다. 하지만 마침내 제라드는 미나가 허리매치기를 해서 그를 강물 속으로 던지게 해줬다. 미나는 환호했고, 자신의 이름을 연호하고 승리의 춤을 추면서 원을 그리며 뛰어다녔다.

제라드는 씨익 웃고는 물을 헤치며 걸어 나와 신발이 있는 곳으로 갔다. 그는 바닥에 떨어진 죽은 나뭇가지들을 신중하게 모았고, 호숫가에 모닥불을 피웠다. 그런데 라이터를 써서 불을 붙였다. 미나는 제라드가 마법으로 곧장 불을 불러오지 못하자 약간 실망했지만 모닥불의 열기가 물에 흠뻑 젖은 몸을 따뜻하게 데워주자 실망감은 까맣게 잊어버렸다.

제라드는 미나 옆에 앉아서 미나가 알아야 할 중요한 사실들을 알려 주기 시작했다. "자, 네가 틀림없이 맞닥뜨리게 될, 페이 동화 속 생물들이 있어. 너는 이미 늑대 한 마리를 만났지"

"동화 속 사람들이 아니라 생물들? 내가 본 것은 남자였어. 늑대가 아니라."

"눈에 보이는 것에 속으면 안 돼. 너는 이 세계에 있는 것만을 본 거야. 다른 차원의 세계가 아니라."

"네 말은 다른 차원의 세계들이 존재한다는 거야?" 미나가 물었다.

제라드는 미나의 질문에 당연하다는 듯 눈알을 굴렸다. "당연히 여러 차원의 세계가 존재하지. 예를 들어 물질세계와 영적세계가 있어. 물질세계와 영적세계가 만나는 곳에는 경계가 형성되는데 그 경계가 얇아지고 희미해지고 계속 변하는 지점에 페이 세계가 존재해. 네가 말한 네버—네버랜드 같은 곳이지. 이곳이 스토리가 살고 있는 곳이고, 모든 페이 동화가 만들어지는 곳이야. 두 세계는 만나는 일이 거의 없는데 만나게 될 경우에는 영적차원과 물질차원이 합쳐지면서 정점 또는 게이트라는 것들이 만들어져. 그것들을 통해 페이가 다른 세상으로 건너갈 수 있는 거지. 오랫동안 수백이 넘는 페이들이 물질세계로 넘어갔고 인간 세상에서 제멋대로 날뛰어왔지."

"요정이나 마녀를 말하는 거야?" 미나가 물었다.

"맞아. 인간 세상은 페이들에게 너무 매혹적이어서 나방이 불에 달려드는 것처럼 페이들을 끌어당겨. 그림 형제는 이 사실을 깨달았지. 그들은 어떻게 했는지 페이 세계로 가는 문을 발견했고, 페이트(운명이라는 뜻)라고 불리는 페이의 우두머리들한테 맞섰어. 그림 형제는 페이들이 그들 세계로 돌아가게 해달라고 요구했어. 하지만 페이들은 그 무엇보다도 게임을

231

하는 것을 좋아하고 인간을 갖고 노는 걸 좋아하거든."

"음, 그것만은 확실한 사실이네." 미나가 말했다.

"고렇지." 제라드가 미나에게 윙크를 날리며 대답했다. "하지만 오래된 페이들, 그들이 네가 걱정해야 할 것들이야. 그들은 인간의 감정과 에너지를 먹는 것을 너무 좋아하거든. 그들에게 그것은 최상급 마약처럼 중독성이 있어.

"이 오래된 존재들이 페이 세상으로 쉽게 돌아가려고 하지 않을 거라는 것은 상상할 수 있겠지. 그렇지만 페이들은 이야기들을 너무 좋아했고, 그래서 형제들한테 도전장을 던졌어. 만약 그림 형제가 페이들이 좋아하는 동화를 바탕으로 한 과제들을 완수한다면 페이들은 그들의 세상으로 끌려가고 입구들은 영원히 봉쇄되는 거야. 하지만 실패한다면 입구들은 그대로 열려 있게 되는 거지."

"완수해야 할 과제들이 엄청나게 많았기 때문에 형제는 오랫동안 어떻게 할지 논의를 했어. 그들은 자신들이 살아 있는 동안 그 모든 과제를 완수하는 일은 불가능하다고 생각했어. 그래서 그들은 과제들을 다 완수하지 못하면 다음 후손에게 기회를 준다는 조건을 걸고 동의를 했지."

"그렇다면 아주 쉬워 보이는데." 미나가 말했다.

"물론 그렇지. 하지만 우두머리인 페이트들은 교활했어. 알다시피 페이는 거짓말을 못 해. 하지만 진실을 왜곡하는 것은 할 수 있어. 또 그렇게 잘하고."

"차이가 뭐야?" 미나가 물었다.

"네가 나한테 네가 못생겼냐고 물으면 나는 그렇다고는 말하지 않겠지만 졸업파티 여왕은 될 수 없을 것 같다고 말하는 거지."

"흥. 되고나 싶대."

"브로디 카마이클이 왕이 된다면 얘기가 달라지겠지."

미나는 얼굴이 화끈 달아올랐고 막대기를 제라드를 향해 던졌다.

"미나, 그러니까 내 말은 페이트들이 네 조상들을 속였다는 거야. 그림 형제는 과제들을 완수하지 못하면 처음부터 다시 시작해야 한다는 사실을 알지 못했어."

"그건 정말 부당해! 그림 형제가 끝내지 못한 일을 내가 짊어질 필요는 없었던 거잖아. 그림 후손들이 이전 세대의 그림들이 남겨둔 과제를 끝내면 되는 거였다면 우리 가족이 저주를 받는 일은 없었을 거야. 그 문은 오래 전에 닫혔을 거고 내겐 여전히 아빠가 있었을 거야! 이 저주를 증오해. 나는 페이들이 싫어!" 미나는 좌절하여 고함을 질렀다.

미나의 말에 제라드의 표정이 어두워졌다. 미나는 후회하며 입을 다문 채 입술을 비틀었다.

"그래, 페이들은 교활해. 그들은 문들이 닫히는 것을 원하지 않아. 그렇게 되면 그들의 놀이터를 잃게 되고 인간들을 갖고 놀 수 없게 되니까. 그래서 페이들은 그림들이 여정을 완수하는 일을 끊임없이 방해하려고 해. 그들은 인간 세계에서 자신의 실체를 숨기고 인간처럼 평범한 모습으로 나타나는 법을 터득했어. 하지만 네가 만약 다른 세계에 있는 그들을 본다면 그들의 진짜 모습을 볼 수 있지."

"그러니까 그레이 테일이 인간이 아닌 모습을 볼 수 있단 말이지."

제라드가 고개를 끄덕였다. "그레이 테일은 페이 늑대야. 늑대들이 그렇듯 그들도 무리를 지어 다니지."

미나는 몸을 떨었고 모닥불에 대고 손을 비볐다.

"그럼 너는 다른 세계에서는 어떤 모습이야?"

"지금의 내 모습에서 두 배 더 잘생긴 모습을 상상해봐."

"그래. 어련하시겠어." 미나는 잠시 미소를 지었다. 하지만 그레이 테일과 같은 다른 존재들과 싸워야 한다는 생각에 두려움이 밀려왔다. 미나는 침을 삼키며 제라드가 하는 말에 주의를 기울이려 애썼다. 저주를 깰 수 있게 도와줄 단서는 제라드한테 있음을 미나는 알고 있었다. "그러면 스토리는 뭐야? 너나 우리 엄마, 모든 사람이 스토리를 마치 살아 숨 쉬는 존재처럼 말하고 있잖아."

"처음에는 아니었어. 하지만 지금은 맞아. 그리고 아주 위험하지."

"무슨 말인지 모르겠어."

"음, 우두머리들인 페이트는 제이콥 그림과 빌헬름 그림에게 과제들을 제시했고 형제가 과제를 얼마나 완수했는지를 확인하려는 그들만의 방법으로 동화들을 기록해 두었어. 페이들이 동화를 사랑한다고 말했었지. 그들은 형제가 각각의 동화를 완수할 때마다 완성된 동화를 읽는 것을 좋아했어. 하지만 페이 세계에는 무엇이든 그렇게 오랫동안 머무르게 되면 마법의 힘을 얻게 돼. 그것도 힘을 얻게 됐어. 그것은 스스로를 자각하게 되었고, 스토리라고 불리는 독립적인 하나의 페이가 되었어. 스토리는 페이들로부터 받는 관심을 좋아했고, 그래서 힘을 더 많이 얻으려고 그림들의 여정에 직접 개입했고, 그림 후손들이 완수해야 할 동화의 상황들을 직접 설치하기 시작했지."

"믿기 어려워. 거짓말 같아." 미나는 볼 안쪽을 깨물었다.

"정말이라니까. 얼마나 믿기 힘든지 알아. 오랜 세월에 걸쳐 스토리는 스스로 힘을 키웠어. 스토리는 페이 동화들을 재창조하는 일에 사로잡혔고, 더 강력해지기 위해서 다른 동화들에 나오는 등장인물들까지 이 일에 참여하게 만들고 있어."

"그런데 페이트들은 상관하지 않아?"

"별로. 페이트들은 그림 형제가 죽고 나자 지루해졌고 그림의 후손들은 거의 신경 쓰지 않았어. 네가 그림가의 저주라고 부르는 이것을 누군가 깨기 직전까지 간다면 그제야 왕실에서 고개를 내밀고 볼지도 모르지. 하지만 그럴 가능성은 적어."

"우리 아빠도 이 사실들을 전부 알고 있었어?" 미나가 물었다.

"아니."

"왜 아니야?"

"그는 도움을 청하지 않았으니까."

"나는 청했고? 내가 언제 도움을 청했어?"

"골목에서. 네가 도와달라고 외쳤고 내가 나타났지."

"그럼 너는 누구야?"

"그건 중요하지 않아. 네가 예뻐서 운이 좋았다는 것만 알면 돼. 그래서 내가 도와주기로 한 거니까."

"하지만 졸업파티 여왕이 될 정도는 아니겠지."

"절대 아니지."

그들은 둘 다 미소를 지었다. 하지만 미나는 제라드가 자신의 질문에 답하지 않았다는 것을 깨달았다.

"그리고 그리모어는 말이지……." 제라드가 말했다. "처음에는 어떤 요정이 그림 형제에게 던져준 징표 같은 것이었어. 그 요정은 페이들이 인간 세상에서 제멋대로 날뛰는 것에 동의하지 않았어. 알다시피 우리들 전부가 동의하는 것은 아니야. 그래서 그녀는 다른 페이들처럼 그림형제를 방해하는 게 아니라 그림형제의 협력자가 되었지. 그녀는 스토리의 힘이 아직 커지지 않았을 때 스토리를 훔쳐서 최대한 손상을 줄이면서 반으로 나누었어. 그녀는 사실상 스토리의 분신을 만든 거야. 그리고 그것을 그림형제에게 안내서로 쓰라고 주었지. 하지만 강력한 힘이 깃든 물체를 나눌 때면 선과 악이 똑같이 분리되지가 않아. 항상 부작용이 생기기 마련이지."

"한번 정리해보자. 그러니까 네 말은 그리모어는 인간 세계에 있는 동쪽에 사는 착한 마녀 같은 것이고, 내게 도움을 주고 길을 안내해주려 한다는 거지. 반면에 스토리는 본질은 같지만 서쪽의 나쁜 마녀 같은 것이란 말이지. 단 마법의 힘이 더 강력하고 사악한 데다 나를 죽이려 하는?"

"대략 그렇게 정리될 수 있지."

"어이구. 나는 정말 죽었구나."

"스토리는 네가 죽기를 원하지는 않을 거야. 스토리는 네가 동화를 가능한 많이 완성하기를 원해. 기억해. 네가 더 많은 동화를 완성할수록 스토리의 힘은 더 강해진다는 것을. 단지 네가 동화들을 전부 완성하는 일을 바라지는 않을 거야."

"그럼 내가 어떻게 이 동화들을 완성할 수 있을까?"

"어떤 일들은 직감을 이용해야 해. 옛날부터 그림의 후손들은 똑똑한 사람들이었어. 뭐 그렇다고들 하더라고. 그리고 오랜 세월 동안 동화에 참여하면서 자신들만의 마법을 갖게 된 것 같아. 너는 여러 가지를 배우게 될 거야. 우선 우연히 일어나는 사건들을 살펴봐. 우연의 일치는 종종 페이 세계의 무엇인가가 인간 세계와 교류하고 있다는 것을 보여주는 신호야."

미나는 카마이클 씨네 집에 가게 되었던 일과 브로디가 자신의 자전거를 차로 친 일을 떠올렸다. 우연의 일치였는지 아니면 페이들이 미나의 연애생활에 장난을 치는 것인지 알 수 없었다. 몇 분 뒤 제라드는 자리에서 일어났다. 그리고 기다란 목검을 작은 칼로 바꿔서 칼을 쥐는 다양한 방법들과 상대가 아래로 찌르는 공격을 막는 방법에 대해 설명했다. 제라드는 미나에게 몇 가지 동작을 미리 연습하게 했고 그런 다음 그를 공격하라고 했다.

"못하겠어." 미나가 징징거렸다.

"아니, 넌 할 수 있어."

"아니, 더 이상은 못 할 것 같아. 너무 춥고 지쳤어. 그리고 너를 다치게 하고 싶지 않아."

"미나, 너는 해야만 해. 네 생명이 여기에 달려 있다고." 제라드가 강력한 어조로 말했다.

"말했잖아. 못 하겠다고."

"네 동생을 위해서 해. 찰리를 위해 하라고!" 제라드가 소리를 질렀다. "네 아버지를 위해 해!"

이 말에 놀라서 미나는 한 걸음 물러나 눈을 깜박였다. '제라드는 어떻게 아빠에 대해 그렇게 잘 알고 있는 거지? 이건 무슨 고약한 장난이야?' 미나는 바보 같은 칼을 손에 쥐고 공격할 태세를 갖추고 몸에 힘을 주었다. 제라드는 미나에게 거짓말을 하고 있었다. 아니 제라드의 말을 빌리자면, 진실을 왜곡하고 있었다. 그는 미나에게 말하는 것보다 더 많은 것을 알고 있었다.

"우리 아빠에 대해 얼마나 알고 있는 거야?" 미나가 화난 목소리로 소리쳤다. 뜨거운 눈물이 눈에서 솟아올랐다.

"그가 자만하는 사람이었다는 것은 알아. 그는 준비도 되지 않은 상태에서 자기 방식대로 스토리와 맞서려고 했어. 그리고 그렇게 고집을 부린 대가로 최악의 결과를 맞았지. 너도 싸울 준비를 하지 않는다면 네 아빠처럼 끝나게 될 거야." 제라드가 소리를 질렀다.

미나는 용수철을 꽉 눌러놓은 것처럼 몸에 힘이 들어간 채 부들거렸다.

"너는 약해빠졌어." 제라드가 계속했다. "만약 네가 더 강해지지 않는다면 네 엄마는 자식을 하나가 아니라 둘이나 잃고 슬퍼하게 될 거야."

이 말이 마지막 결정타였다. 미나는 칼을 집어 들고 제라드를 향해 달려들었다. 물론 제라드를 칼로 찌르려고 한 것이 아니라 밀쳐내려고 한 것이었다.

하지만 제라드는 미나를 쉽게 밀어버렸고 미나는 모래밭에서 휘청거렸다. "자, 너는 할 수 있어. 덤벼 봐."

미나는 창피해서 고개를 떨어뜨렸다. 심장이 미친 듯이 방망이질 쳤다. 미나는 가족을, 남동생을 지키고 싶었다. 하지만 제라드의 신병훈련소 같은 격려 방법은 정반대의 효과를 낳았다. 미나는 엄마가 괴로워하는 모습을 더는 보고 싶지 않았다. 어쩌면 엄마 말이 맞을지 몰랐다. '우리는 도망쳐야 해. 가능한 여기서 가장 먼 곳으로. 우리는 스토리를 피해 달아나야만 해.'

이런 생각들이 미나의 머릿속에 밀려들기 시작했다.

미나는 마법으로 만든 칼을 호수를 향해 있는 힘껏 던졌고, 그것이 깊은 물속으로 사라진 뒤 수면에 소용돌이를 일으키는 것을 바라보았다. 미나는 재킷의 소맷부리로 눈물을 닦았고 제라드에게 등을 돌리고 도로를 향해 걸어갔다.

"어디 가는 거야?" 제라드가 물었다.

"멀리. 아주 멀리." 미나는 큰 도로를 향해 멈추지 않고 걸었다. 도로는 너무 멀게 느껴졌고 모래 위를 걷는 종아리는 타는 듯이 아팠다.

"너는 스토리에게서 벗어날 수는 없어." 제라드가 외쳤다. 제라드는 미나를 자극해서 다시 싸우게 하려고 했다.

"그래, 못하지. 하지만 도망칠 수는 있어."

제라드는 천천히 뛰어와서 미나를 따라잡았고, 미나의 어깨를 붙잡고 몸을 돌려 자신을 바라보게 했다. 하지만 미나는 그를 밀어내고 때리기 시작했다.

"가버려. 나를 건드리지 마!" 미나는 엉엉 울었다. "너를 만나고 나는 고통스럽기만 했어. 나는 네가 미워." 미나는 반항하며 제라드의 얼굴을 똑바로 쳐다봤다. 미나의 갈색 눈이 눈물로 반짝였다.

제라드는 애써 분노를 참았고 그의 조각 같은 턱이 부르르 떨렸다.

미나는 팔을 마구 휘둘렀지만 제라드는 미나의 양 손목을 잡고 그를 때리는 것을 막았다. 결국 미나는 몸부림치는 것을 그만두고 가만히 자리에 섰다. 미나는 제라드와 눈이 마주치는 걸 피하며 조용히 호수를 바라보았다. 미나의 작은 눈물방울이 제라드의 손에 떨어지자 제라드는 마치 손이라도 덴 것처럼 미나의 손을 놓았다.

제라드가 미나의 손목을 놓자마자 미나는 몸을 돌려 큰 길을 향해 당당하게 걸어갔다.

미나는 아무 생각 없이 도로로 나섰지만 뜻밖에도 익숙한 녹색 소형트럭이 도로에서 질주하는 것을 발견했다. 미나는 양팔을 미친 듯이 흔들었고, 곧 녹색 트럭의 어리둥절해하는 동양인 부부가 뒷문을 열고 미나를 태웠다. 미나는 트럭이 속력을 내며 떠날 때도 제라드가 있는 창밖을 보지 않았다.

제 **17** 장

댄스 파티

미나는 2층 계단을 오르면서 집에 가면 브로디에게 전화를 해서 방과 후에 아무런 말없이 사라졌던 것을 사괴해야겠다고 생각했다. 하지만 그럴 필요는 없었다. 층계참 꼭대기에 큼지막한 빨간 리본이 달린 멋진 선물이 놓여 있었기 때문이다. 미나는 기뻐서 비명을 질렀고 사라는 현관문을 열고 나와 활짝 웃었다.

"몇 시간 전에 도착했단다. 네가 빨리 와서 보길 기다렸지." 사라는 리본을 살짝 만졌고 갈색 카드 봉투를 손으로 더듬었다. "카드도 있구나, 미나."

미나는 빨간색 핸들을 손끝으로 쓸었다. 완전히 복원된 구형 자전거였다. 미나가 타던 것과 똑같은 연식이었지만 미나의 것과는 달리 작동되는 브레이크와 외발스탠드가 있었다. 미나는 이름을 확인하지도 않고 봉투를 찢어 빨간 카드를 열었다.

미나,

어제 그렇게 도망친 나를 용서해줘. 너무 많은 생각으로 머리가 복잡했어. 대부분은 네 생각이었지만 말이야. 네가 목숨을 걸고 나를 구해줬던 그날 이후로 나는 네 생각을 멈출 수가 없고 멈추고 싶지도 않아.

나는 네게 친구 이상이고 싶어. 나는 언제든 너에게 달려가서 너를 구해주고 싶어. 나는 너의 왕자님이 되고 싶어. 이 선물을 받아줘. 그리고 '마법에 걸린 무도회'에 나와 함께 가줘.

영원한 너의 것.

브로디 카마이클이.

P.S. 제발 간다고 해줘.
P.P.S 승낙하지 않아도 자전거는 가져도 돼.
P.P.P.S. 그래도 승낙해줘!

아래에는 브로디의 휴대폰 번호도 적혀 있었다. 미나는 신나서 팔짝팔짝 뛰었고 엄마에게 카드를 보여주었다. 미나는 집 안으로 달려 들어가서 냉장고 옆에 걸려 있는 무선 전화기를 잡아챘다. 미나는 손이 너무 심하게 떨려서 번호를 두 번이나 다시 눌러야 했다.

수화기 너머로 브로디의 깊은 저음이 들리자 미나는 겁을 먹고 말을 하지 못했다.

"미나, 너니?"

"응, 나야." 미나는 더 그럴듯한 말을 떠올리지 못한 것을 후회하며 손으로 머리를 쥐어박았다.

"학교 끝나고 네가 안 보였어. 괜찮은 거야?"

"응, 괜찮아. 미안해. 그게 음⋯⋯. 집안일 때문이었어. 하지만 걱정 마. 위험한 일이 있었던 건 아니니까."

"아!" 브로디는 안심한 듯했다. "그래서 전화한 거야?"

미나는 전화기에 대고 미소를 지었다. "자전거가 너무 마음에 들어서 전화한 거야. 고마워. 그런데 내 자전거랑 똑같은 자전거를 찾을 시간이 어디 있었어?

브로디는 조용히 웃었다. 그의 부드러운 숨소리가 너무 달콤해서 미나의 몸이 떨렸다. "사실 내가 네 자전거를 차로 치던 날 그 자전거를 주문했어. 차 안에서 얘기할까 하다가 너를 놀래주려고 생각했지. 그래, 댄스파티에는 갈 거야?"

미나의 얼굴에서 미소가 떠나지 않았다. "내 생일을 춤을 추면서 보내는 게 좋을지 잘 모르겠네."

"금요일이 네 생일이야? 몰랐어. 네가 하고 싶은 게 있으면 다른 것을 해도 좋아."

"아니야. 생일을 너랑 같이 보내면 그게 완벽한 선물일 거야." 미나는 전화기에 대고 미소를 지었다.

"그럼 어떤 동화 속 커플로 가고 싶은지 결정해서 내게 전화해줘. 나는 개구리 왕자는 아니었으면 좋겠어. 이해하지? 초록색이랑 끈적거리는 것은 나한테 안 어울리거든."

미나는 제일 좋아하는 동화 캐릭터들을 떠올리면서 방을 서성거렸다. 거울 앞을 지날 때 미나는 거울에 비친 자신의 모습을 보았고, 입고 있던 빨간 후드점퍼를 만졌다. 바닥에 널브러져 있는 빨간 옷 더미가 떠올랐다. 미나는 어떤 다른 동화 속 공주나 캐릭터로 분장을 하려고 한다 해도 결국은 스토리가 미나를 계속 똑같은 캐릭터로 만들어버릴 것이라는 것을 깨달았다.

"빨간 모자는 어때?" 미나가 서글픈 목소리로 체념한 듯 말했다.

브로디의 목소리가 밝아졌다. "그럼 나는 너를 구해주는 사냥꾼이 될게. 절대 두려워 마, 미나. 커다란 나쁜 늑대는 내가 쫓아줄게."

그 말에 미나는 공포로 온몸이 찌릿찌릿했다. 미나는 스토리의 마법이 일어나고 있는 것이 느껴졌고, 바로 그 결말이 일어날까봐 두려웠다.

★
★ ★

전화를 끊고 난 뒤 미나는 창문 밖으로 기어나가 자신의 옥상 은신처로 올라갔다. 미나는 해 질 무렵에야 빨간 공책을 꺼냈다. 미나는 엄마가 안 보는 곳에서만 그리모어를 볼 생각이었다. 엄마에게는 보이지 않으면 잊힌다는 말이 최고의 처방이었다. 미나는 안락의자에 몸을 기댔고, 공책을 획획 넘겼다. 여전히 동화 한 개만 있었다. 미나는 문장들을 손으로 어루만지면서 그리모어에게 말을 걸었다.

"댄스파티가 열리는데 어떤 남자애가 같이 가자고 했어. 나는 정말 가고 싶거든. 그런데 무슨 일이 일어날지 두려워. 나를 좀 도와줄래? 나는 정말 어떤 도움이라도 간절해. 제발."

미나는 대답이 나올 것처럼 기다렸다. 하지만 그 순간 바람이 불었고 옥상 바닥에 떨어진 낙엽들이 떠올라 소용돌이쳤다. 미나는 공책을 떨어뜨렸고 바람이 공책을 덮어버렸다. 미나는 마법의 힘이 일어나는 것 같은 찌릿한 느낌이 머리에서 팔로 퍼지는 것을 느꼈다. 무언가가 미나 옆에 있었다.

"싫다는 대답 같은데." 미나의 뒤쪽에서 남자다운 목소리가 들렸다.

미나는 그리모어를 집어 들고 가슴에 꼭 품은 채 돌아보았다. 옥상 다른 편에 제라드가 서 있었다.

"여기서 뭐하는 거야?" 미나가 쏘아붙였다.

"그 책한테 도움을 청하다니 놀라운 걸. 나는 네가 도망치기로 결심한 줄 알았거든. 분명 그게 네 전문이니까." 제라드는 미나를 지나쳐서 걸어갔고 미나에게는 눈길을 주지 않은 채 벽돌 벽에서 자란 장미덩굴을 감탄하며 감상했다.

"나도 영원히 도망칠 수는 없다는 것을 알아. 하지만 너한테서는 도망칠 수 있을 줄 알았지. 하지만 그것도 불가능한 것 같네." 미나는 제라드에게서 등을 돌렸고 후드점퍼를 들어 팔에 걸었다. 미나는 제라드가 움직이는 소리를 듣지 못했지만, 제라드는 다음 순간 미나 옆에 와 있었다. 제라드는 미나의 손목을 잡고 사라져가는 석양빛에 비추어 희미한 멍자국을 바라봤다. 제라드는 엄지손가락으로 조심스럽게 멍자국을 비볐다.

미나는 눈이 휘둥그레졌다. 너무 놀라 양손을 확 뺐다. 제라드가 미나를 부드럽게 어루만지는 것은 상상도 못한 일이었다. 제라드의 표정이 어두워졌고, 그의 표정을 읽을 수 없었다. 미나는 양 손목을 비볐다. 제라드의 손길을 지우고 싶어서인지 아픈 것을 진정시키려는 건지 미나도 알 수 없었다.

"너는 이제 도망갈 수 없어. 너무 늦어버렸어." 제라드는 미나에게 등을 진 채 이민자들이 사는 동네의 건물 옥상들을 바라보았다. 검은 머리가 바람에 살짝 날렸다. "네가 바부시카 빵공장에 발을 들여놓는 순간 너는 이미 돌아올 수 없는 강을 건넜어. 마법의 힘이 네가 동화 속에 들어가 행동하게 했어. 너를 그 상황에 밀어 넣었고 너는 브로디를 구하는 선택을 했지. 빌헬름 그림의 현손녀, 빌헬미나 그림. 너는 이미 너무 멀리 왔어. 그리고 너는 내 도움이 필요하게 될 거야."

제 18 장

빨간 모자 스토리

미나는 기절할 것 같았다. "너 정말로 여기에 왜 온 거야?" 제라드는 이제 정말로 미나를 겁나게 하고 있었다. "대체 너는 이 일과 무슨 상관이 있는 거야?"

제라드는 미나를 바라봤다. 제라드의 피부가 아주 짧은 순간 황금빛으로 빛났다. 미나는 눈을 깜박거렸고 아마도 석양 빛이 반사되어 보인 환영이었을 거라고 생각했다. 태양이 두 사람을 밝고 따뜻한 빛으로 감싸고 있었다.

제라드는 태양 빛에 몸을 흠뻑 적시고 있는 것처럼 두 눈을 감았고, 마치 처음 숨을 쉬는 것처럼 또는 마지막 숨인 것처럼 깊은 숨을 쉬었다. "나는 너만큼 이 일과 관련되어 있고, 너만큼 위태로운 상황에 처해 있어. 더하면 더했지 덜하지는 않아." 그는 한숨을 쉬고 미나를 바라봤다. "모든 일에는 때와 장소가 있어. 하지만 지금은 아니야. 아직은 아니야."

제라드가 갑자기 이상한 말을 하기 시작하자 미나는 알아들을 수가 없었다. '왜 갑자기 수수께끼 같은 말을 하는 걸까?' 미나는 생각을 정리하려고 머리를 흔들었고 좀 전에 제라드가 한 말을 기억했다. "네가 말했던 그 동화는 무엇을 말하는 거야? 공책 안에는 황소와 수사슴 이야기만 적혀 있어."

제라드는 미나에게서 등을 돌려 다시 옥상 가장자리로 걸어 갔다. 미나는 대답을 들으려면 그를 쫓아갈 수밖에 없었다.

"헨젤과 그레텔."

"아니 잠깐만. 어떻게?" 미나는 그날 있었던 일들을 하나하나 떠올렸다. "빵공장이 생강과자로 만든 집이라는 말이야?"

세라드가 코웃음을 쳤다. "당연하지."

"하지만 늙은 마녀는 없었는걸. 누구도 감금되지 않았고."

"없었다고? 정말 확신해? 다시 생각해봐. 누구도 사로잡히지 않았다고?" 제라드가 고개를 쳐들고 반박했다. 사실 놀란 표정이었다.

"음 그래. 우리는 모두 자유롭게 돌아다녔어. 가이드가 말을 할 때 남자애들이 이상하게 행동하긴 했어. 하지만……." 갑자기 미나의 눈이 기쁨으로 반짝였다. "잠깐만, 바로 그거야. 투어가이드는 아무도 잡아 가두지는 않았지만 소년들의 관심을 사로잡았어. 나중에는 브로디 한 명으로 만족하는 듯했지. 그 여자가 정말로 좋아했던 단 한 명은 브로디였어. 하지만 그녀는 고약한 노파도 아니었고 브로디를 오븐에 넣으려하지도 않았어. 또 동화에서처럼 학생들 중 누구도 먹으려하지 않았고, 안 그래?"

"정확히는 아니지. 하지만 너희 인간 세상에서 그런 여자들을 지칭하는 말이 있던데?"

"잘 모르겠어." 미나는 몸을 돌렸고 큰 돌멩이를 집어 들어 두 손에 들었다.

"어린 남자들의 관심을 먹고사는 나이든 여자. 어린 남자들을 이용하고, 단물을 빼먹고 뱉어버리는 사람. 이제 알겠어?"

"쿠거(퓨마의 다른 말로, 젊은 남자와 연애를 하는 중년 여성을 일컫는 신조어)?" 미나가 놀라워하며 물었다.

제라드는 다시 코웃음을 쳤다. "맨 이터(식인동물을 말하는 말로, 남자를 갖고 놀다가 버리는 여자를 일컫기도 한다)."

"아!" 미나가 말했다. 여전히 너무 놀라워 말이 안 나왔다. 미나는 빨간 하이힐을 신고 손톱에 화려한 매니큐어를 칠한 젊은 클레어의 모습을 떠올렸다. 엉덩이를 흔들며 뽐내듯 걷던 모습과 어린 남자애들의 관심을 즐기던 것도 모두 일리가 있었다.

"네 선생님은 너희를 돌보는 의무를 게을리해서 너희는 빵 공장에 보호자 없이 들어갔지. 동화에 나오는 무능한 아버지와 똑같아. 그리고 굶주린 식인종 여자가 너희를 반겼고, 그 여자는 아름다운 외모로 소년들을 유혹해서 손아귀에 넣었지. 사실 그 여자는 보기보다 나이가 좀 많아."

"얼마나, 서른?"

"더 많아."

"마흔 살?"

"백스무 살이라면?"

"어떻게 그게 가능해? 내 말은 내가 두 눈으로 봤다고. 그 여자는 절대 서른 살 이상으로는 안 보였어!"

"동화가 가진 마법의 힘 때문이야. 이 동화는 백 년 전부터 너를 위해 준비되고 있었어." 제라드는 뒤돌아서 미나에게 가까이 다가왔다. "다시 생각해봐. 그 여자가 눈에 익지 않니?"

"확실히 눈에 익긴 해. 내가 그 여자를 어디서 봤더라? 하지만 나는 백스무 실이나 된 사람은 한 명도 알지 못하는 걸."

"이것 봐, 미나. 너는 혼자서 알아낼 수 있어야 해. 내가 너를 위해서 모든 동화를 다 풀어줄 수는 없어. 잘 생각해봐."

미나는 곰곰이 생각했다. 미소를 짓는 클레어의 모습이 떠올랐다. 그런 다음, 사고가 일어난 뒤의 클레어의 얼굴이 뇌리를 스쳤다. 그녀는 더 이상 미소를 짓지 않았고 침울한 표정을 하고 있었다. 그 순간 미나는 그 여자를 어디서 봤는지 기억했다. "브림웰 부인이야. 빵공장 창립자인 래리 브림웰의 아내." 미나는 벽면에 걸린 사진에서 무표정한 얼굴의 금발 여성을 기억해냈다.

"아주 좋아. 또 다른 사람은?" 제라드가 기대하는 듯 미소를 지었다.

"음, B. J. 아저씨는 사진 속의 어린꼬마를 닮긴 했지만 조금 달라."

"그건 그가 그 아이가 아니기 때문이야. B. J는 브림웰 주니어야. 사실 그는 클레어의 증손자이지. 물론 그는 그 사실을 모르지만."

"어떻게 그럴 수가 있어? 아들은 나이가 들었는데 왜 클레어는 그대로지?"

"왜냐하면 이 동화를 위해서 두 사람 모두 영원히 살 필요는 없있거든. 한 사람만 있으면 되었으니까. 그래서 스토리는 클레어를 페이로 만들었고, 빵공장으로 오는 소년들과 소녀들한테서 에너지를 얻어서 나이를 먹지 않게 한 거지. 동화가 가진 마법의 힘이 클레어를 영원히 젊게 만들어 준 거야. 페이는 인간의 감정과 에너지를 먹는다고 말했잖아."

"그럼 이제 어떻게 되는 거지?"

"음, 네가 투어를 방해해서 헨젤이 식인종에게 잡아먹히는 것을 구한 거야. 브림웰 주니어는 소송이 두려워서 더 이상 견학을 허락하지 않을 거야. 미나 너는 동화 속 노파, 마녀를 이겼고 동화를 완성했어."

"하지만 동화에서는 노파가 오븐에 밀어 넣어져서 산 채 타버리는 걸로 끝나지 않아?" 미나는 생각만으로도 몸이 떨렸다. "나는 그런 건 못해."

"그럴 필요는 없어. 네가 동화를 완성시키는 특정 요건들을 완수하기만 하면 스토리는 만족할 거야. 여주인공이 소년을 구했고, 마녀를 물리쳤어. 동화가 가진 마법의 힘은 더 이상 효력이 없어졌어. 클레어를 늙지 않게 했던 마법은 사라져 버렸고, 그녀는 나이를 먹고 죽을 거야. 그녀가 죽을 때 동화가 정말 완성이 되는 거지."

"오." 미나는 슬펐다. 자신이 한 행동들 때문에 이제 클레어가 죽게 될 것이다.

"걱정 마, 미나. 그녀는 아주 오랜 세월을 젊음을 만끽하며 살았어. 이제는 아들과 남편의 뒤를 따를 차례야."

"소름끼쳐. 내가 뭔가 끔찍한 일을 저지른 것 같아." 미나는 배를 움켜쥐고 옥상 난간에 앉았다. 생각했던 것보다 더 끔찍하다는 사실에 견딜 수가 없었다. 미나는 자신 앞에 놓인 과제를 해낼 용기가 없었다.

"이제 왜 네가 도망칠 수 없는지 알겠니, 미나? 네 엄마는 더 이상 너를 보호할 수 없어. 너는 이미 동화 두 개를 완성했어. 헨젤과 그레텔 그리고 네가 그리모어를 발견했을 때 완성했던 짧은 동화 말이야."

"황소와 수사슴." 미나가 중얼거렸다. "하지만 그 이야기에서는 죽는 사람은 없었어." 미나는 고개를 저었다. "제라드, 나몸이 안 좋아. 이제 가줘."

제라드는 몸을 숙여 미나가 일어나는 것을 도왔다. 그는 한 손으로 미나의 팔을 부축해서 미나를 비상계단으로 데려갔다.

미나는 조심스럽게 비상계단을 내려갔다. 그녀는 너무 지쳐 있어서 제라드에게 어떻게 자신이 사는 곳을 알았냐고 따질 힘도 없었다. 미나는 그냥 제라드에게는 자신이 절대 이해할 수 없는 많은 것이 있다는 사실을 받아들이기로 했다. 사실 미나는 너무 피곤했다.

비상계단을 다 내려가서 창문으로 기어들어가려는 순간 다리가 풀렸고, 제라드가 손을 뻗어 미나를 붙잡았다. 다리에 감각이 없었다. 그러다 다리를 움직이자 갑자기 피가 돌면서 종아리 전체가 한꺼번에 콕콕 찌르듯이 아팠다.

제라드는 미나가 안전하게 창턱을 넘어가자 큰 소리로 말했다. "그리모어를 항상 네 곁에 갖고 있어야 해."

미나는 고개를 끄덕여 대답했지만 한 번도 제라드를 쳐다보지는 않았다.

"그리고 조심해. 네가 알고 있는지는 모르겠지만 너는 이미 또 다른 동화 속에 들어와 있어."

미나가 고개를 홱 들어 눈이 동그래진 채 그를 쳐다보았다. "그렇게 티가 나?"

제라드는 고개를 저으며 낮은 목소리로 "못 말리겠군" 하고 중얼거렸다. 그는 미나의 후드점퍼를 가리켰다. "네가 빨간 후드점퍼를 입지 않고는 밖에 나가지 못하는 거랑 계속해서 그레이 테일을 만나는 것에는 이유가 있어."

미나는 참고 있는 줄도 몰랐던 숨을 내뱉었다. "알아, 빨간 모자."

"아마도 네가 이 동화를 완성하고 나면 네 옷들은 정상으로 돌아갈 거야. 늑대와의 마지막 대면에서 살아남는다면 말이지."

제라드는 진지했다. 그는 미나에게 경고를 해 주었고, 미나를 보호하려고 했으며, 미나가 준비가 되게 하려고 애썼다. 미나는 제라드에게 용서를 빌고 다시 한 번 도움을 청하고 싶었다. 바로 그 순간 제라드는 작별인사로 마지막 말을 던졌고, 그 말이 미나의 간담을 서늘하게 했다. "너는 좀 더 조심하는 게 좋을 거야. 옥상은 울다가 잠들기에는 안전한 장소가 아니야."

미나는 놀라서 펄쩍 뛰었다. 미나는 쇄설하며 창문을 쾅 닫고 블라인드도 닫았다. 제라드가 창밖에서 웃는 소리가 들렸다. 미나는 심장이 진정되고 손이 떨리는 것이 멈추자 창문을 다시 열었다. 제라드는 사라지고 없었다.

제 19 장

운명의 시간이 다가오다

다음 날은 하루가 쏜살같이 지나갔다. 동물들이 따라오거나 설명할 수 없는 일들이 생기거나 늑대들이 갑작스럽게 공격하는 일 같은, 동화 속에서 나올 법한 이상한 사건들은 전혀 없었다. 댄스파티 날짜가 정해진 이후로 마법의 힘이 점점 모이면서 마지막 장을 준비하는 것이 느껴졌다. 미나는 《빨간 모자》를 읽으면서 자신이 할 수 있는 일들을 찾아보았지만, 그리모어는 너무 겁이 나서 만질 수도 없었다. 대신 미나는 그리모어를 책가방에 항상 넣고 다녔다. 손가락이 공책을 가볍게 스칠 때마다 그것은 흥분해서 웅웅거리는 듯했다. 특히 댄스파티 날짜에 더 가까워질수록 심해졌고, 그리모어가 더 웅웅거릴수록 미나는 더 긴장했다. 그래서 미나는 책을 방 서랍 속에

257

숨겨놓고 서랍을 잠가두었다.

제라드는 학교에서 미나를 거의 못 본 체했지만, 항상 미나 주변에서 서성거렸다. 그는 멀리서 기회를 노리면서 미나를 늘 지켜보는 듯했다. 제라드는 누가 말을 걸지 않으면 말을 거의 안했고, 제라드의 표정이 갑자기 무섭게 변하자 다른 학생들은 겁을 먹었다. 얼마 지나지 않아 브로디는 제라드의 오토바이가 매일 자신의 차를 쫓아오는 것을 백미러를 보고 알았고, 그 때문에 방과 후에 언쟁이 일어났다. 브로디와 미나는 브로디의 차가 주차된 곳으로 가고 있었다. 브로디는 주차장을 걸어가다가 자신의 차를 지나쳐서 눈에 익은 검은색 오토바이를 향해 걸어갔다. 미나는 브로디가 이를 꽉 문 모습을 보고 무슨 일이 일어날지 알아차렸다. 미나도 브로디와 차를 타고 가는 곳마다 제라드가 쫓아오는 것을 보았기 때문이다.

"브로디, 그러지 마. 그냥 가자."

"제라드한테 말을 해야 되겠어."

"그럴 가치가 없어."

"너와 네 안전을 위해서는 분명히 그럴 가치가 있어. 제라드한테 알아듣게 설명하기 전까지는 나는 한 발자국도 움직이지 않을 거야."

오래 기다릴 필요는 없었다. 곧 제라드가 코너를 돌아 나왔다. 제라드는 브로디와 미나를 보자마자 그 자리에서 딱 멈추었다. "지금 내 오토바이에 기대고 있는 것 같은데?" 제라드가 조용히 말했다. "흠집이라도 내면 사야 돼."

"그래야 할 것 같아. 그럼 네가 더 이상 미나를 스토킹하지 못할 테니까."

"말이 되는 소리를 해. 나는 미나를 스토킹하지 않아. 그런 일은 네게 맡길게, 사랑에 빠진 소년아."

"아니. 나는 계속 너를 봤어. 방과 후에도, 등굣길에도, 이 오토바이를 타고 미나를 따라왔잖아."

"얘들아 그만하면 안 될까?" 미나는 말리려고 애썼지만, 둘 중 누구도 미나를 보지 않았다.

"나는 니들이 가는 곳마다 따라다닌 적 없어." 제라드가 말했다. "정말 이 오토바이였어?"

브로디는 눈을 깜박이며 잠시 생각을 했다. "분명히 너였어. 검은색 오토바이와 헬멧, 맞잖아?"

"아니야. 맹세해. 나는 아니야. 너를 쫓아다니는 미친 팬들이겠지." 제라드는 별일 아닌 듯 대답했다.

그러나 미나는 제라드가 눈에 띄게 걱정하는 것을 알 수 있었다. 미나는 끔찍한 불안감이 밀려와 뱃속에 구멍이 뚫리는 듯한 느낌이 들었다.

"그럼 학교에서는?" 브로디가 말했다. 미나는 군중이 모이기 시작하는 것을 알아차리고 볼이 빨개졌다. "네가 항상 미나를 바라보고 있다는 것은 부정하지 못할 테지. 나는 너를 지켜봤어. 너는 미나를 불편하게 만들고 있어."

제라드는 두 사람을 번갈아 보며 눈을 깜박거렸고, 미나는 숨을 죽였다. 아마도 역사상 가장 긴 침묵이었을 것이다.

결국 제라드가 입을 열었다. "나는 미나한테 댄스파티에 같이 가자고 물어볼 기회를 찾고 있었어." 제라드는 이렇게 말했고 영리한 변명을 자랑하듯 미나한테 윙크를 했다. 하지만 브로디는 이 말을 기분 나쁘게 받아들였다.

"너무 늦었어. 미나는 나랑 함께 갈 거야. 그러니 미나는 놔두고 다른 사람이나 괴롭히란 말이야."

미나가 소리를 지르거나 말릴 새도 없었다. 브로디의 주먹이 제라드의 턱을 때렸고, 제라드는 오토바이 위로 나가 떨어졌다. 미나는 오토바이와 제라드가 시멘트 바닥에 부딪혀 박살이 나는 것을 보고 움찔했다.

브로디는 나가떨어진 제라드를 내려다보며 주먹을 비볐다. "이건 미나를 소름끼치게 한 대가야. 나는 네가 뭐라고 말했든 상관 안 해. 나는 지금도 미나를 따라다닌 게 너였다고 생각해!" 브로디는 현금 뭉치를 꺼내 제라드의 가슴에 던졌다. "그리고 이건 네 오토바이에 흠을 낸 값이다." 브로디는 자신의 차를 향해 주차장을 쿵쾅대며 걸어갔다.

미나는 눈에 눈물을 글썽이며 제라드가 일어나는 것을 도우려고 손을 내밀었지만 제라드는 손을 저었고 혼자 일어났다. 그는 한 번에 가볍게 오토바이를 일으켜 세웠고, 돈이 바람에 날아가는 것은 무시한 채 오토바이가 손상된 곳을 살폈다. 학생들 몇 명이 지폐가 바람에 뒹굴며 날아가자 뒤쫓아 갔다.

"정말 미안해, 제라드. 브로디가 그럴 줄은 몰랐어—."

"아니야." 제라드가 미나의 말을 끊었다. "대신 사과할 필요는 없어. 걔도 다 큰 남자인 걸. 사실 나는 이제 그놈이 더 마음에 드는걸." 제라드는 아무도 쳐다보지 않는다는 것을 확인한 다음에 오토바이의 찌그러진 부분들을 두 손으로 비볐다. 반짝이는 마법의 에너지가 찌그러진 부분이 저절로 돌아오게 했다. 상처 난 부분에 빛이 나면서 소용돌이가 일어났고 저절로 상처가 지워져 어떤 흔적도 남지 않았다. "하지만 미나, 너를 따라다닌 게 내가 아니라는 것을 너는 알지? 나는 그건 거짓말하지 않았어."

부르릉 하고 오토바이 시동이 걸리는 소리에 제라드와 미나는 도로를 향해 획 고개를 들었다. 머리부터 발끝까지 검은색 옷을 입은 한 남자가 두 사람을 보면서 오토바이에 앉아 있었다.

미나는 등에서 식은땀이 흘러내렸다.

"저 냄새를 기억해." 제라드가 조용하게 말했다. "그레이 테일이야." 번쩍이는 검은 헬멧을 쓴 남자는 제라드에게 고개를 끄덕이고는 바퀴자국을 남기며 도로를 향해 떠났다.

"이게 무슨 일이지, 제라드?" 미나는 최대한 떨지 않으려 애쓰며 물었다.

"시간이 다 되어가. 무리가 모여들고 있어.

댄스파티가 열리기 2주 전부터 제라드는 학교에서 잘 보이지 않았다. 제라드는 수업에도 참석하지 않았다. 미나는 제라드도 무언가 다가오고 있음을 느끼고 있다는 사실을 알았다. 제라드는 항상 겨우 분노를 억누르는 상태와 완전히 냉담한 상태 사이에서 아슬아슬 곡예를 하는 것처럼 보였다. 제라드는 브로디를 완전히 피했다.

놀랍게도 목요일 점심시간에 제라드가 모습을 드러냈다. 그는 곧장 미나를 향해 걸어왔고, 미나 옆자리에 슥 앉았다. 하지만 미나에게는 아는 척도 하지 않고 그녀의 제일 친한 친구인 낸 테일러에게 댄스파티에 같이 가자고 요청했다.

미나는 제라드가 자신을 보기를, 힐끗 눈길을 던져주길, 잘난 척하는 미소를 짓거나 얼굴을 찡그리면서 아는 체하길 기다렸다. 미나는 제라드로부터 자신이 혼자가 아니라는 확인이 필요했다. 제라드가 그녀의 편에 있고, 그녀 옆에서 도와줄 거라는 것을 알려 주길 바랐다. 미나는 제라드가 신랄한 비난을 하거나 농담을 던지며 자신을 짜증나게 하길 기다렸지만, 제라드는 아무것도 하지 않았다.

낸이 그의 제안을 받아들이자 제라드는 낸의 손을 꽉 쥐면서 전화하겠다고 말했다. 제라드는 등장할 때처럼 조용히 테이블에서 떠났고, 미나를 뒤로 흘긋 보는 것조차도 하지 않았다.

미나는 완전히 무너졌다. 제라드의 도움 없이는 혼자서 동화를 끝낼 수 없었다. 오직 옆에 앉아 있는 브로디의 존재만이 미나를 우울한 상태로 빠져들지 않게 할 뿐이었다.

"무슨 일이야?" 브로디가 낸에게 물었다.

낸은 환하게 빛나는 얼굴로 브로디에게 자신의 데이트 상대에 대해 신나게 이야기했다. 미소를 짓던 브로디의 얼굴이 일그러졌고, 낸은 남은 점심시간 내내 파티 의상에 대해 떠들어 댔다.

제 **20** 장

스토리가 선택한 빨간 드레스

미나가 엄마에게 댄스파티의 주제를 말했을 때 사라는 현명하게도 아무 말도 하지 않았지만, 딸을 근심 어린 눈으로 쳐다보았다. 그녀는 심지어 미나가 의상을 고르는 것을 도와주기까지 했다. 의상가게 안은 조명이 희미했고, 구두약과 체육관 탈의실 냄새를 합친 듯한 냄새가 났다.

"할아버지 냄새가 나요." 미나가 싫어서 코를 찡그리며 속삭였다.

사라는 웃음을 참았다. "애야, 그건 좀약 냄새야. 여기엔 오래된 옷들이 아주 많으니까. 결국은 빈티지인 거지."

미나는 얼굴에 미소를 지으려 애썼다. 사라에게 '빈티지'란 쇼핑몰보다 싸면서 중고할인매장보다는 한 단계 높은 것이었다. 점원이 그들을 반겼고, 미나는 신난 표정을 지으려고 애썼다. 미나는 드레스들이 이 가게 같은 냄새만 나지 않기를 바랐다.

미나는 재미삼아 여러 가지 르네상스 시대 드레스와 공주의상을 입어보았다. 아마도 오래전 학교 연극에서 사용하다 버려진 것일 터였다. 하지만 모든 의상에는 한 가지 문제가 있었다. 스토리가 원하는 각본에 맞지 않았던 것이다. 스토리는 미나의 댄스파티 의상을 조정하려는 듯했다. 드레스들은 전부 뭔가 결함이 있거나 미나의 몸에 맞지 않았다.

"이건 신데렐라 드레스로 딱이겠다." 사라는 지퍼를 올리려고 끙끙댔다.

"분명 뭐에 걸린 걸 거야." 사라는 지퍼를 올리려고 한참을 끙끙댔지만, 지퍼는 꼼짝도 하지 않았다. 미나가 엄마에게 스토리가 자신이 다른 동화 캐릭터로 댄스파티에 가는 것을 허락하지 않을 거라고 말했는데도 사라는 스토리의 마음을 돌리려는 의지가 확고한 것 같았다.

"그럼 이걸 입어봐." 사라가 하늘하늘한 긴소매가 달린 사파이어블루색 드레스를 들어 올리며 말했다. "잠자는 숲속의 공주를 하면 되겠다. 그 동화에는 늑대가 하나도 안 나오잖아."

사라는 희망을 갖고 얼굴에 미소를 지었지만, 스트레스를 받아 왼쪽 눈 아래가 떨리고 있었다. 이 드레스 역시 지퍼가 올라가지 않자 사라는 절망해서 눈물을 쏟았다. 가게 재봉사인 몰리가 다가와서 도와주려고 했지만, 누구도 그 지퍼를 움직이게 할 수는 없었다.

"정말 이상하네요." 재봉사는 얼굴을 찡그리며 말했다. 그녀는 지퍼를 만지작대며 확인했지만, 지퍼는 천이나 끈에 걸려 있는 것도 아니었다. 몰리는 다른 드레스를 골라서 먼저 지퍼를 확인한 다음에 미나에게 입어보라고 했다.

"더 큰 사이즈로 한 번 입어 봐요."

미나는 눈을 가린 앞머리를 훅 불어 넘기면서 한 사이즈 큰 드레스 안에 몸을 넣었다. 미나는 드레스를 입어보는 일에 이제 진저리가 났다. 물론 파란색 신데렐라 드레스를 입을 수 있다면 너무 좋겠지만, 그걸 기대할 정도로 바보는 아니었다.

"꼈어요!" 몰리가 헉 소리를 냈다. 그녀는 지퍼를 당기고 당겼다. 겨우 1분 전까지만 해도 완벽하게 움직이던 지퍼였다. "뭐라고 해야 할지 모르겠네요. 정말로 지퍼가 잘 움직였었거든요." 그녀는 허둥댔고 사라를 달래기 위해 어떻게 해야 할지 몰랐다.

사라는 이제 좌절의 눈물을 흘리고 있었다. "오, 불쌍한 내 딸!" 그녀는 울부짖었고 핸드백에서 티슈를 꺼내 코를 풀었다. 사라도 미나 못지않게 이 신호들이 무엇을 의미하는지 잘 알고 있었다.

형편이 안 돼서 기회가 많진 않았지만, 미나는 드레스 쇼핑하는 것을 좋아했다. 하지만 이번 쇼핑은 점점 우스꽝스러워지고 있었다. 미나는 드레스들이 걸린 행거를 쭉 훑었고, 짙은 빨간색 드레스에 눈을 멈추었다.

"저기요." 미나가 드레스가 걸린 행거를 가리켰고 몰리는 벌떡 일어나 다른 드레스들을 옆으로 밀어내고 자그마한 코르셋 허리 아래로 치마가 부풀어 오르면서 아래로 떨어지는 아름다운 빨간 드레스를 꺼냈다. 천을 전부 모아서 등 뒤쪽에서 주름을 잡은 후기 빅토리아 시대 스타일의 드레스였다. 허리의 코르셋 부분은 짙은 빨간색으로, 조명을 받아 반짝이고 광채를 내고 있는 다양한 종류의 천들로 만들어져 있었다.

드레스는 정말 아름다웠다. 다행히 스토리가 옷을 고르는 취향은 괜찮은 모양이었다. 빨간색만 아니었다면 미나가 스스로 골랐을 법한 그런 드레스였다.

"이 드레스는 본 적이 없는 것 같은데." 몰리가 놀라서 소리를 질렀다. 그녀는 드레스에 대해 찬사를 늘어놓다가 미나의 자그마한 몸매를 훑었다. "많이 작을 것 같은데요."

"맞을 거예요." 미나는 옷이 맞을 거라는 것을 마음 깊은 곳에서 알고 있었다. 이것은 미나가 입어야 할 드레스였다.

사라는 미나가 드레스를 입는 것을 도왔다. 지퍼를 올리려고 할 때 사라의 손이 떨렸다. "못하겠어." 사라는 뒤로 물러나서 거울 옆에 있는 등받이 없는 쿠션처리가 된 작은 핑크색 의자에 앉았다. 그녀는 두려움에 손을 떨면서 입을 가렸다.

몰리가 다가가서 가볍게 지퍼를 올렸고 조심스레 지퍼 위쪽에 있는 고리를 잠갔다.

"세상에나. 나는 두 사이즈나 작을 줄 알았는데 손님을 위해 만든 것처럼 꼭 맞네요."

미나는 거울에 비친 자신의 모습을 보고 눈이 휘둥그레졌다. 몰리는 코르셋 뒤쪽을 바짝 조였고 리본을 당기고 정리하기 시작했다. 미나는 꿈꾸는 게 아닌지 확인하려고 자신을 꼬집어봐야 했다.

미나는 달라 보였다. 더 어른스럽고 성숙해 보였고 아름다웠다. 미나는 자신이 평생 이렇게 눈부시게 아름다웠던 적은 없었다고 생각했다. 그녀의 짙은 갈색 머리가 등 뒤로 흘러내려 코르셋의 리본들 사이에 숨어들었다. 두 눈은 커다랗고 입술은 도톰하고 빨갰다. 미나가 항상 얼굴에 비해 너무 작다고 생각했던 코는 곧고 완벽해 보였다. 미나는 옷소매에 코를 대고 슬쩍 냄새를 맡았지만 좀약이 아니라 시나몬과 꿀 향이 나자 안도하며 한숨을 쉬었다.

몰리는 뒤로 물러나 감탄했다. "우와. 동화에서 나온 사람 같네요."

사라는 더 크게 울었다.

미나는 몸을 한 바퀴 돌려 다중거울의 모든 각도에서 드레스를 살펴보았다. 지금까지 미나가 입어봤던 어떤 공주 드레스보다도 더 예뻤다. 단 한 가지 걱정은 드레스 뒤편에 층층이 겹쳐진 천 때문에 도망쳐야 할 때 달리기가 힘들 것 같다는 것이었다.

"이걸로 할게요." 미나는 몰리에게 말했다. 가격을 묻지도 않았다. 스토리가 미나가 이 드레스를 입기를 바란다면 미나가 이 드레스를 갖게 해줄 것이었다.

몰리는 가격표를 두 번이나 확인해야 했다. "믿을 수가 없네요. 우리 가게에서 이 가격에 드레스를 파는 줄도 몰랐어요. 하지만 매니저한테 확인했더니 괜찮다고 했어요. 드레스가 주인을 찾은 것 같네요." 그녀는 손뼉을 쳤고 흥분해서 두 손을 모아 쥐었다.

미나가 단에서 내려오려는 찰나, 몰리가 미나의 드레스 주름 속에 감춰진 뭔가를 들어 올렸다. "와, 이것 봐요. 모자 달린 망토도 같이 있네요."

'어련하시겠어.' 미나는 속으로 냉담하게 말했다.

제 21 장

악당들에게 붙잡히다

미나는 브로디를 기다리며 카펫이 깔린 작은 거실을 조바심을 내며 서성거렸다. 찰리마저 창가에 앉아 유리창에 코를 누른 채 숨을 내쉴 때마다 창을 뿌옇게 만들고 있었다. 누가 더 신난 건지 알 수 없었다.

사라는 그날따라 유달리 조용했고, 댄스파티 시간이 가까워질수록 더 움츠러들었다. 사라는 댄스파티에 딸을 보내는 엄마가 할 일을 충실하게 다 했다. 딸이 머리를 하는 것을 도왔고, 잘못된 것들을 고쳐주고, 적절한 때에 감탄도 해주었다. 하지만 그 무엇도 사라가 이날 저녁을 기대하게 만들지는 못했다. 사라는 동화가 클라이맥스를 향해가는 것을 알고 있었다.

'빨간 모자'는 사라가 어렸을 때 오랫동안 그녀를 남몰래 두려움에 떨게 했던 동화였다. 할머니가 그녀에게 이 동화를 읽어준 뒤로 사라는 잠자리에서 늑대가 자신을 공격하는 악몽을 꾸다가 잠에서 깨곤 했다. 그런데 16년이 지난 지금, 딸의 생일날 그녀가 가장 두려워하는 공포가 현실이 되려고 했다.

이날 아침은 아주 평화롭게 시작되었다. 사라는 미나를 위해 딸기크림치즈로 속을 채우고 연한분홍색 꽃 장식을 한 하얀 2단 생크림 케이크를 만들었다. 사라는 낸 테일러와 왕 씨 부부를 초대했고, 왕 씨 부부는 중국식당의 일부를 밝은 분홍색과 하늘색 장식 리본으로 꾸며놓았다. 미나가 추측하건대 아마도 식당에서 베이비샤워를 하고 남은 장식물일 것이다.

왕 씨 부부는 생일축하 노래를 음정이 맞지 않게 불렀고, 낸과 찰리는 노래가 끝날 때까지 인상을 썼다. 낸은 "얼굴도 못생긴 게 왜 태어났니"라고 2절까지 불러 찰리를 킥킥거리게 만들었다.

왕 씨 부부는 중국음식 포장상자에 선물을 넣어주었다. 그 안에는 쇼핑몰 상품권이 들어 있었다. 낸이 준 선물은 예쁜 검은색 플랫슈즈였고, 낸은 즉시 다음 주에 빌려달라고 했다. 찰리는 학용품 세트와 일기장을 선물했다. 남자애 치고는 매우 사려 깊은 선물이었다.

갑자기 식당 문이 열리고 브로디가 들어왔고 미나는 깜짝 놀랐다. 미나는 브로디가 저녁때까지 기다렸다가 생일선물을 줄 거라고 생각하고 있었다. 미나는 그를 맞을 준비가 전혀 되어 있지 않았다. 그녀는 괴로워하며 엉성하게 묶은 포니테일 머리를 손으로 더듬다가 자신이 여전히 파자마 반바지에 지나치게 큰, 보기 싫은 빨간색 맨투맨티를 입고 있다는 사실이 떠올랐다.

하지만 브로디는 미나를 한 번 보고는 계속 싱글벙글 웃는 얼굴이었다. 그는 흰색 셔츠에 찢어진 짙은색 청바지—아마도 브로디네 회사 브랜드—를 입고 늘 그렇듯 멋진 모습이었다. 그의 금발머리는 셔츠 칼라 뒤쪽에 닿았고, 며칠 동안 면도를 하지 않은 듯했다. 하지만 전체적인 모습은 눈을 아주 즐겁게 해주었다. 미나는 즉시 낸 뒤로 숨어서 파자마 반바지를 숨겼다.

"안녕." 미나가 당황한 채 인사했다.

"안녕, 미나." 브로디는 그녀의 어색한 모습에 미소를 지었다.

미나는 자신이 바보 같다고 생각했다. 브로디가 자신이 어떤 옷을 입든지 신경 쓰지 않는다는 사실을 잘 알고 있었기 때문이다.

미나는 브로디에게 다가가 속삭였다. "여기서 뭐하는 거야? 오늘 저녁에야 올 줄 알았는데."

"음, 네가 생일파티를 한다는 소문을 들었지. 그런데 나는 초대받지 못한 거야. 그래서 찾아와서 파티를 망쳐버리려고." 브로디는 미나 뒤에 있는 낸을 보며 고개를 살짝 끄덕였다.

미나는 몸을 획 돌려 자신의 제일 친한 친구를 보았다. "오,

알겠다. 내가 한번 맞춰볼까. 아마도 작은 새가 네게 정확한 시간과 장소를 짹짹하고 알려줬겠지. 얼마나 똑똑한 새인지."

낸은 딴청을 피우며 휘파람을 불었고, 식당 천정에 달린 빨간색과 금색 종이로 만든 종이등에 갑자기 관심을 보였다.

미나가 다시 고개를 돌리자 브로디는 미나의 볼에 가볍게 입을 맞추고 예쁘게 포장된 선물을 건넸다. 깨끗한 새하얀 종이로 포장된 상자 위에 빨간 벨벳 리본이 포인트로 올라와 있었다. 미나는 브로디를 보고 수줍게 미소를 지은 다음 리본을 당겨 포장을 풀었다. 반짝거리는 빨간색 LG휴대폰 상자가 모습을 드러냈다.

"이게 뭐야? 브로디, 우리는 휴대폰을 쓸 형편이 안 돼." 미나는 당황했고 엄마를 바라보았다. 휴대폰 요금만으로도 많은 돈이 들 것이었다. 특히 이렇게 좋은 휴대폰이라면 말이다. "브로디, 고마워. 하지만 나는 이것을 받을 수 없어." 미나는 상자를 브로디에게 돌려주려고 했고, 브로디는 두 손을 들며 사양했다.

"이건 반품이 안 돼. 그리고 휴대폰 요금은 우리 가족들의 휴대폰 요금에 추가했어. 우리 집에서 사용하는 휴대폰 개수를 생각하면 하나쯤 더하는 것은 아무것도 아니야."

미나를 부담스럽게 하지 않으려고 한 말이었지만, 그 말은 정반대의 효과를 낳았다. 미나는 엄마에게 도움을 청하며 바라보았다.

사라가 나섰다. "정말 멋진 선물이구나, 브로디. 하지만 네 가족이 내 딸의 휴대폰 요금을 내는 것은 마음이 편치 않구나. 어쩌면 내년쯤엔 휴대폰 요금을 감당할 수 있을 거야. 하지만 지금은 안 돼."

"이해해요, 사라 아줌마. 저도 보통은 이런 선물을 잘 하지 않아요. 하지만 미나가 비상시에 우리에게 전화를 할 필요가 있지 않을까요? 만약 위험에 처하거나 도움이 필요할 때 도움을 청하려면 휴대폰이 필요할 거예요. 제 마음을 편하게 하고 싶어서 그래요. 밤에 편히 잘 수 있게요. 아줌마, 제발 미나가 선물을 받게 해주세요." 사라가 다시 반박하려고 했지만 브로디가 재빨리 덧붙였다. "그리고 내년에 휴대폰 요금을 내고 싶으시면 그때 다시 처리하면 되고요."

사라는 안심했고 고개를 끄덕여 동의했다.

미나는 순간 두려운 생각이 들어 브로디를 바라봤다. 미나의 얼굴에 걱정이 역력히 드러났다. "하지만 만약 우리가……. 아니 네가 나를 더 이상……." 미나는 말을 입 밖에 내는 것도 힘들었다. '만약 우리가 헤어진다면 어떻게 하지? 브로디가 핸드폰을 가져가야 하나?'

"그건 상관없어. 여전히 내가 제안한 건 그대로일 거야. 그리고 이미 내 번호랑 사라 아줌마 번호, 119번호를 저장해뒀어. 이제 중요한 것은 다 해결된 것 같은데." 브로디는 상자에서 빨간색 휴대폰을 꺼내 미나에게 건넸다.

휴대폰은 가벼웠고 섬세했다. 미나는 자신이 조만간 그것을 떨어뜨려 산산조각 낼 것 같아 두려웠다. '이것을 이마에 스테이플러로 붙여놓지 않고도 내가 잃어버리지 않는 게 가능할까?' 미나는 내심 걱정이 되었다.

"음, 네가 아주 중요한 번호를 잊어버린 것 같네." 낸이 끼어들어 미나에게서 휴대폰을 빼앗았다. "이게 뭐야?!" 낸은 휴대폰에 저장된 연락처를 손가락으로 내려 보다가 소리를 질렀다. "네 번호를 2번에 저장해 놓다니. '2'번 말이야! 이건 절대로 바꿔야 해. 119 번호 다음, 두 번째 번호는 미나의 '절친' 번호가 돼야지."

브로디가 낸에게서 다시 휴대폰을 뺏으려 하자 낸은 휴대폰을 멀리 들고 빼앗기지 않으려 했다. 그리고 둘은 단축 번호 2번에 누구 번호를 저장할 것인가를 두고 논쟁을 벌이기 시작했다.

"늦었어. 이미 내 전화번호가 저장되어 있는 걸. 너는 4번으로 해." 브로디가 키득거리며 말했다.

"절대 안 돼! 네가 4번으로 해. 너는 미나를 안 지 몇 주밖에 안 됐잖아. 나는 미나랑 2년이나 절친이었어. 그것 봐. 2년. 내가 2번이어야 해." 낸이 포기하지 않고 고집했다.

미나는 순간 엄마의 얼굴에서 희미한 미소를 보았다. '어쩌면, 정말 어쩌면 모든 게 다 잘될지도 몰라'라고 생각하는 미소 같았다.

브로디는 단축번호 2번을 차지하기 위해 낸과 가위바위보를 해서 이기고 난 뒤 곧장 자리를 떠났다. 브로디는 위로상으로 제라드와 낸 커플에게 댄스파티에 갈 때 차를 태워주겠다고 약속했다. 브로디는 미나의 입술에 가볍게 키스를 했고, "생일 축하해"라고 속삭이고는 작별인사를 하고 떠났다.

그게 여덟 시간 전의 일이었다.

지금 미나는 하이힐을 신은 지 한 시간밖에 지나지 않았지만, 벌써부터 신발을 벗어던지고 맨발로 댄스파티에 가서 사람들을 아연실색케 만들고 싶은 마음이 간절했다. 미나는 여자들이 하이힐에 집착하는 것을 절대 이해할 수 없었다. '물론 하이힐을 신으면 키가 더 커 보이고 날씬해 보이지만, 밤새 물집 때문에 절뚝거리고 다닐 정도로 가치가 있는 걸까?' 미나는 그렇다고 생각하지 않았다.

미나가 막 옷장에서 플립플롭 샌들을 찾으려는 순간 찰리가 밖으로 손을 흔들며 유리창을 때렸다. 미나는 창밖으로 거리를 내려다보았고, SUV 스타일의 스트레치 리무진(차체를 길게 늘린 고급 리무진)이 온 것을 보고 놀랐다. 리무진의 선루프에서 낯익은 금발머리가 고개를 내밀었다. 낸은 미친 사람처럼 손을 마구 흔들었고, 잠시 후에 검은머리의 제라드가 평소처럼 침울한 표정을 한 채 낸 옆에 나타났다.

창에서 내려다봤을 때 리무진 문이 열렸다 닫히는 것이 보였다. 브로디가 계단을 올라오고 있는 게 분명했다.

"엄마! 나 어때요?" 미나가 소리쳤다. 미나는 머리에 꽂은 실핀들 사이로 컬을 넣은 머리카락이 빠져나온 것을 마지막으로 고쳤다.

"아름다워." 사라가 다가와서 미나의 볼에 키스를 했다. "제발, 미나. 오늘 조심해야 해."

"그럴게요."

엄마는 걱정하고 있었다. 미나도 마찬가지였다. 오늘 미나는 코르셋과 몸통 사이, 즉 쉽게 손이 닿을 자리에 공책을 넣고 코르셋을 조이면서 그리모어가 얇다는 사실에 그 어느 때보다도 감사했다. 그리모어에게 드레스 안에 잘 들어갈 수 있게 더 작고 얇아지라고 속삭이며 구슬렸던 것이 도움이 된 듯했다.

현관에서 노크 소리가 났고, 찰리가 달려가서 문을 열었다. 찰리의 입이 놀라서 딱 벌어졌다. 찰리는 브로디가 들어올 수 있도록 문을 더 열고 뒤로 물러섰다. 미나는 걸어오다가 키가 큰 형체가 부엌으로 들어오는 것을 보고 얼어붙었다. 브로디는 눈부시게 멋졌다. 브로디는 의상을 준비하는 일을 대충하지 않았다. 팔에는 가죽으로 된 보호구를 꼈고, 몸에는 가죽조끼를 걸치고, 갈색바지를 기다란 가죽 부츠 안에 끼워넣었다. 미나는 그의 가슴팍에 매인 벨트에 작은 검들이 꽂혀 있는 것을 보았다. 그의 등 뒤에는 활과 화살이 있었다. 브로디는 말 그대로 완전무장 상태였다. 그리고 믿을 수 없을 정도로 섹시했다.

브로디는 빨간 드레스를 입은 미나의 모습을 보고 아찔한

제21장 악당들에게 붙잡히다

듯 비틀거렸다. 미나는 얼굴이 화끈거렸다. 곧 브로디는 마음을 진정시키고 손을 뻗어 미나의 손을 잡고 손등에 부드럽게 키스를 했다.

"그것들 진짜야?" 미나가 브로디의 가슴에 맨 단도들을 만지려고 손을 뻗으면서 말했다. 단도들이 쉽게 구부러지자 미나는 약간 실망했다.

"아니, 안타깝게도 아니야. 진짜를 갖고 오면 보안검사를 통과하지 못할 걸." 브로디가 키득거렸다.

갑자기 익숙한 찌릿찌릿한 느낌이 온몸에 퍼졌고 오늘은 어떤 식으로든 동화의 결말이 날 거라는 점을 미나에게 상기시켰다. 스토리는 이미 결말을 준비하고 있었다.

브로디와 미나가 집을 나와 문을 닫고 층계참에 섰을 때 브로디는 미나가 계단을 내려가려는 것을 잡았다.

"왜 안 내려가?" 미나는 한손으로는 브로디의 팔을 잡고 다른 한 손으로는 계단 아래로 발을 헛디뎌 넘어지지 않도록 드레스 자락을 붙들었다.

"너랑 단 둘이 있고 싶어서."

"뭐 잘못됐어?" 미나가 물었다. 미나는 브로디도 무엇인가가 다가오고 있다고 느끼는 것일까봐 걱정이 됐다.

브로디는 미나의 얼굴을 어루만졌다. "아니, 잘못된 것은 없어. 모든 게 완벽해. 하지만 낸이랑 계속 붙어 있을 테니 오늘밤에 우리가 단둘이 있을 시간은 지금밖에 없을 것 같아서. 제라드가 옆에 있는 것을 참아야 된데도 말이야."

미나는 브로디가 자신의 마음을 너무 잘 읽는 것 같아서 다시 한 번 놀랐다. 미나는 브로디와 막 사귀기로 한 상태에서 브로디와 리무진 뒷좌석에 단둘이 앉을까봐 긴장하고 있었다. 무엇보다도 쿨하고 침착할 수 없는 어색한 친구 사이로 돌아갈까봐 두려웠다.

"아니, 그건 괜찮아. 나는 네가 낸을 초대해줘서 기뻐." 미나는 제라드와 같이 있으면서 외면당할 생각에 어깨가 축 늘어졌다.

"제라드는 아니고?" 브로디는 미나의 목소리가 긴장한 것을 알아차렸다.

"아니, 괜찮아. 정말이야."

"제라드는 거래의 일부였어. 나는 네가 낸이랑 같이 있고 싶어 한다는 것을 알았거든. 제라드는 그냥 같이 따라온 짐이라고 생각해. 만약 제라드가 너를 불편하게 만들면 내게 말해줘." 브로디는 미나의 턱을 손가락으로 만졌고 몸을 기울여 그녀의 입술에 달콤한 키스를 했다. 미나는 발끝을 들고 위로 손을 뻗어 브로디를 더 가까이 당겼다. 브로디의 입술에서 풍요롭고 따뜻한 맛이 났다. 브로디는 양팔을 미나 주위에 둘렀고, 미나는 안전하고 보호받는 느낌을 받았다. 그 순간 아래층에서 경적 소리가 요란하게 울렸다.

미나는 키스를 멈추고 몸을 떼어냈고 씨익 웃었다. "낸일 거야. 걔는 타이밍을 정말 끔찍하게 못 맞추거든."

브로디는 미나가 계단을 내려가는 것을 도왔고 거리로 향하는 문을 열었다. 미나가 문에서 나오자마자 낸은 운전석에서 팔짝 뛰어나와 미나에게 왔다. "우와, 세상에. 미나, 너 정말 아름다워. 빨간색이 너한테 이렇게 잘 어울릴 줄은 상상도 못했어. 그랬는데 너 정말……. 와우!"

낸은 머리를 위로 높이 쌓아올려 하얀색 스프레이를 뿌렸고, 하얀색 곱슬머리 가발을 얼굴 주위와 목 뒤를 따라 내려뜨렸다. 그리고 우아하게 흘러내리는 하얀 드레스에 빨간, 새빨간 입술을 하고 있었다. 눈의 여왕이 분명했다.

"잠깐 제라드를 봐야지." 낸이 미나에게 말했다. "얘 섹시한 거니 뭐니?"

바로 그때 제라드가 리무진 밖으로 나왔고, 미나는 브로디의 팔을 붙잡았다. 제라드는 특정한 동화 속 캐릭터로 변장한 것은 아니었지만, 입은 의상이 너무 잘 어울려서 제라드가 다른 옷을 입었을 때 어떤 모습이었는지 떠올리기 힘들 정도였다. 그의 마른 몸매는 빅토리아 시대 스타일의 앞섶을 끈으로 조이는 흰 블라우스 셔츠에 짙은 검정바지, 은색 더블릿과 조화되어 완벽한 모습을 완성했다. 어둠 속에서 그의 피부는 빛을 발했고 짙은 색의 머리가 강렬한 대조를 보였다. 아마도 거리 가게들에서 나오는 네온 불빛이 만들어낸 장난이었을 것이다. 그리고 그의 맹렬한 눈은 마치 녹인 은처럼 빛났다.

"멀끔하게 입었네." 미나가 긴장감이 도는 것을 누그러뜨리려 애쓰며 말했다. "너한테 아주 잘 어울려."

"고마워." 그가 중얼거렸다. "너는……. 환상적이야."

미나가 빈정대며 말했다. "와, 제라드. 네가 나한테 한 말 중에서 제일 좋은 말인 것 같다."

"나는 거짓말은 못하니까." 제라드는 낸이 차에 타는 것을 도와주면서 대답했다. 그는 농담처럼 말했지만 미나만은 그 말에 숨은 진실을 알고 있었다.

미나는 도로변 풀밭을 건널 때 하이힐을 더럽히지 않으려고 발끝으로 걸었고, 브로디는 미나를 도와서 천천히 리무진 뒷자리로 안내했다. 그는 차문을 열고 미나가 안으로 들어가게 했다. 미나는 키가 작은 데다가 드레스까지 입었기 때문에 리무진 위로 오르느라 조금 애를 먹었다. 일단 차에 타자 낸은 미나 뒤쪽의 미니바로 갔다. "이것 봐, 탄산이 든 사과주스야." 낸은 사과주스 병을 열고 유리잔 몇 개에 주스를 따랐다.

미나는 유리잔을 받아들었고, 제라드가 노골적으로 노려보는 것을 느끼며 주스를 조금씩 홀짝였다. 낸은 음료를 브로디에게도 건넸고, 그는 잔을 컵 홀더에 놓았다. 차가 출발하자 낸은 라디오 채널을 만지작거리더니 마침내 들을 만한 록 전문 채널을 발견했다.

시끄러운 록 음악은 리무진 안의 이상한 풍경을 더 비현실적으로 만들었다. 낸은 음악에 맞춰 머리를 흔들었고, 제라드

281

는 미나 건너편에서 검은 가죽 시트에 기대앉아 골똘히 생각에 잠겼다. 브로디는 활과 화살을 옆에 내려놓고 가슴에는 단검들이 달린 벨트를 맨 체 긴장한 표정으로 모두를 관찰했다.

"생일 축하해, 미나!" 낸이 이렇게 소리치며 낄낄댔다.

제라드가 미나를 향해 고개를 획 돌렸다. 그의 얼굴이 공포에 질렸다. 미나는 가장 무서운 동화들 중 하나와 맞닥뜨려야 하는 날이 미나의 생일이기도 하다는 사실을 제라드한테 말하지 않았다. 미나는 먼저 눈을 돌렸고 불안해하며 드레스자락을 만지작거렸다.

시끄럽게 울리는 음악소리에 머리가 쾅쾅 울렸다. 미나는 리무진이 쏜살같이 달려 벌써 도착했기를 바랐다. 리무진을 타고 드라이브를 하는 건 멋진 일이었지만, 차 안에는 참기 힘든 긴장감이 감돌았다. 운전사가 학교 주차장에 진입해서 학교건물 입구에 차를 세우고 그들을 내리게 하자, 미나는 안도의 한숨을 쉬었다. 그때 창밖으로 학생들이 모여 있는 것이 보였다. 스무 명 이상의 학생이 밖에서 서성이고 있었고, 어떤 아이들은 스트레치 리무진이 들어오는 것을 보고 당연히 브로디 카마이클이 안에 탔을 거라고 예상하고 휘파람을 불어댔다. 그들 중에는 사반나 화이트와 그녀의 친구들이 있었다.

학교에서 제일 멋진 소년들 둘 뒤로 미나와 낸이 리무진에서 내리자 미소를 짓던 사반나의 얼굴이 험악해졌다. 사반나는 밝은 하늘색 드레스를 입고 금발머리를 높이 틀어 올려 그

위에 티아라를 쓰고 있었다. 신데렐라가 분명했다. 초록색 드레스에 개구리 인형 모양의 핸드백을 든 프리실라는 '공주와 개구리 왕자'의 공주님이 분명했다.

미나는 사반나를 쳐다보지 않으려고 애썼지만, 사반나가 분노에 차서 프리에게 속삭이는 것을 곁눈질로 보았다. 미나는 잠시나마 사반나가 안됐다는 생각이 들었다. 한때는 사반나에게도 브로디가 의미 있는 사람이었기 때문이다. 하지만 사반나 앞을 지날 때 그녀가 "더러운 빨간 모자"라고 말하며 낄낄대는 소리를 듣고는 모든 동정심이 사라져버렸다.

그들 네 명이 댄스파티장 입구에 도착했을 때 정말로 보안요원들이 몸수색을 했고, 브로디의 가짜 단검과 화살을 모두 확인했다. 미나는 그날 밤 나중에 제라드에게 무기를 하나 만들어달라고 해야겠다고 생각했다.

낸과 미나는 체육관에 들어서는 순간 학생회 아이들이 만들어낸 눈앞에 펼쳐진 동화의 나라를 보고 놀라서 헉 소리를 냈다. 빛나는 불빛들과 실물 크기의 무대 장치들로 멋진 무대가 완성되어 있었다. 라푼젤이 갇혀 있던 높은 탑은 거대한 진저브레드하우스와 소원을 비는 우물 옆에 세워져 있었다. 미나와 브로디가 첫키스를 나눴던 벤치도 지금은 동화처럼 로맨틱해 보였다. 거대한 문들과 아치형 입구가 사진을 찍는 장소와 음식테이블, 댄스플로어의 구역을 분할했다.

체육관 주위에 숨겨진 연무기들이 안개 자욱한 길들을 만들어냈고, 형형색색의 조명들이 동화 같은 분위기를 연출했다. 디제잉 머신을 돌리고 있는 디제이마저도 마법에 걸린 무도회 주제에 맞춰 커다란 누더기 옷을 걸치고 도깨비 귀를 달고 있었다.

이야기책, 동화, 신화에 나오는 존재들과 동물들이 서로 뒤섞인 채 댄스플로어에서 춤을 추고 있었다. 미노타우르스(그리스 신화에 나오는 사람의 몸에 소의 머리를 한 괴물)는 유니콘에게 펀치를 따라주었고, 어린 사슴은 거위치는 소녀와 춤을 추었다. 늑대, 양, 용들이 무리지어 댄스 플로어에서 서성이는 모습이 보였다. 동물로 변장하지 않은 사람들은 왕자나 공주, 기사를 선택했다. 프랭크와 스티브는 말 머리가 달린 막대와 학교 깃발을 이용해서 마상 창 시합을 하는 것처럼 보였다.

자칭 'D. J. 도깨비'가 느린 음악을 뽑아내자 방방 뛰던 댄스 플로어에서 사람들이 빠져나가고 커플들이 들어왔다.

"춤출래?" 브로디가 물었다.

"네가 위험해질 것 같은데." 미나가 얼굴이 새빨개져서는 말했다.

"괜찮을 거야. 내 리드만 잘 따라오면." 브로디는 미나의 두 손을 잡고 미나를 댄스플로어로 데려갔다. 브로디의 말이 맞았다. 브로디가 리드하는 대로만 따라하면 미나는 리듬에 따라 춤을 출 수도 있었고, 브로디의 발도 밟지 않았다. 미나는 지금이 아마도 인생에서 가장 우아한 순간일 거라고 생각했다.

"거봐. 아주 잘하고 있잖아." 브로디는 미나를 격려했다. 그리고 미나를 더 가까이 안으면서 이렇게 말했다. "그런데 말이야. 너를 여기에 데려오는 것을 좀 더 신중하게 생각했어야 한 것 같아."

미나는 브로디의 말에 깜짝 놀랐다. '브로디가 이제 내가 창피하다는 생각이 든 걸까? 내가 브로디의 발을 밟았나?' 미나는 자신이 잘 하고 있다고 생각했었다. "무슨 말이야?"

"너를 댄스파티에 데려오는 것을 감당할 수 있을 줄 알았는데 아니었어." 브로디는 두 손으로 미나의 허리를 더 세게 안았고, 몸을 기울여 미나의 귀에 대고 속삭였다. "스티브, 프랭크, 래리 등 모든 남자애가 너한테서 눈을 못 떼잖아." 브로디가 턱으로 남자애들 무리를 가리켰고, 미나는 뒤로 슬쩍 훔쳐보고는 당황해서 얼굴이 붉어졌다. 브로디 말이 맞았다. 모든 사람이 그들 둘을 쳐다보고 있었다.

"아마 너 때문일 거야. 사람들은 늘 너를 쳐다보고 있잖아." 미나가 말했다.

"고마운 말이긴 한데, 우리 학교 남자애들이 나를 그 정도로 매력 있다고 여기지는 않을 것 같은데."

두 사람이 댄스플로어를 원을 그리며 돌때 브로디는 남자애들을 향해 눈을 부라렸다. 몇몇 아이들은 당황해서 고개를 돌렸고, 또 다른 아이들은 휴대폰으로 문자를 하기 시작했다. 반면 어떤 놈들은 여전히 시선을 돌리지 않았다.

제21장 악당들에게 붙잡히다

"미안해. 내가 너를 창피하게 하지 않았기를 바라."

"사과하지 마. 네 잘못이 아니야. 네가 그렇게 아름다운 것을 어쩌겠어."

미나의 볼이 발그레해졌다. 음악이 잦아들었을 때 브로디는 결국 더 참지 못했다. "낸 옆에 잠시만 있을래? 저 애들한테 가서 얘기를 좀 해야겠어." 브로디는 미나를 낸에게 데려다주었다.

낸은 안경을 낀 키가 작은 남자애와 활발하게 이야기하고 있는 중이었다.

브로디가 떠나자 낸은 미나의 귀에 대고 속삭였다. "사람들이 전부 너만 쳐다 봐. 나는 누군가 이렇게 많은 관심을 받는 일을 본 적이 없어." 낸은 미나를 팔꿈치로 찔렀고 여러 가지 동물 마스크를 쓴 남자들 무리를 가리켰다.

"낸, 저 사람들은 우리 학교 학생들이 아닌 것 같아." 미나가 속삭였다.

미나 말이 맞았다. 미나에게서 눈을 못 떼고 있는 전혀 다른 학생들 무리가 있었다. 그 말이 맞는지 보려고 미나는 낸의 팔에 팔짱을 끼고 음식 테이블 쪽으로 걸어갔다. 그 사람들 무리가 거리를 둔 채 조용히 따라왔다.

"저 사람들, 진짜로 너를 따라오고 있어!" 낸이 입모양으로 말했다.

"브로디는 어디에 있지?" 낸은 브로디를 마지막으로 본 곳으로 갔지만 그는 자리에 없었다. "제라드를 찾아야겠어!" 미나는 공포에 질려 소리쳤다. 만약 브로디를 옆에 둘 수 없다면 적어도 제라드가 어디에 있는지는 알아야 했다.

"모르겠어. 나랑 춤을 몇 곡 추고 나서는 사라졌어. 미나 저남자들이 여기로 오고 있어." 낸이 턱으로 남자들 무리를 가리켰다.

그들은 이제 군중과 섞이려는 노력을 관두고 미나와 낸을 향해 위협적으로 다가왔다. 미나의 몸에서 찌릿한 느낌이 또 시작되었다. 미나는 때가 되었다는 것을 알았다. 하지만 상황과 맞서 싸울 용기가 나지 않았고 덜컥 겁이 났다.

"낸, 여기를 나가야겠어." 미나가 낸의 팔을 잡아당겼고, 둘은 뒤돌아 비상구를 향했다.

첫 번째 비상구는 라푼젤의 탑이 가로막고 있었고, 두 번째는 그 낯선 남자들 사이에 있었다. 절대 그쪽으로는 갈 수 없었다.

"무대로 가자. 무대 위 DJ가 있는 뒤쪽에 비상구가 하나 더 있어." 낸이 시끄러운 음악 소리 위로 소리쳤다.

낸과 미나는 색테이프와 풍선으로 만든 기둥 뒤로 몸을 휙 숨겼고, 무대로 가는 계단을 향했다. 무대에 오르자 미나는 댄스플로어를 내려다보았다. 두 무리의 사람들이 무대를 향해 오는 것이 보였다. '이 사람들은 누구지? 뭘 원하는 걸까?' 미나는 생각했다. 남자들이 안개가 자욱한 댄스플로어를 가로질

제21장 악당들에게 붙잡히다

러 올 때 레이저 조명이 그들을 비췄고, 순간 그들의 인간의 형태가 약간 희미해졌다. 아주 짧은 순간 미나가 본 것은 그녀를 뼛속까지 오싹하게 했다. 그들 중 한 명이 무대 위를 올려다봤고, 미나의 겁에 질린 표정을 봤다. 그는 마스크를 버렸고 미나가 겁에 질린 모습을 보고 즐거워서 침을 흘렸다.

"여기야!" 낸이 커튼을 한쪽으로 젖히고 무대 뒤로 가는 길을 발견했다. 낸과 미나는 무대 뒤로 들어가 아래 비상구로 향하는 계단을 향해 달렸지만, 덩치 큰 남자가 그들을 막아섰다.

"으악!" 누군가 낸을 등 뒤에서 붙잡고 주먹으로 입을 막았고, 낸은 꽥 비명을 질렀다.

또 다른 형체가 어둠 속에서 불쑥 나타났다. 미나는 공포에 질려 비명을 질렀지만 쿵쿵거리는 베이스 소리에 묻혀 들리지 않았다.

"오, 빨간 모자야, 빨간 모자야. 길을 잃었구나." 제라드가 그레이 테일이라고 불렀던 그 남자가 획 다가왔다.

미나는 도망치려고 했지만 그레이 테일이 미나를 향해 달려들어서 그녀를 벽으로 밀었고, 미나의 몸이 회전하면서 머리가 벽돌에 부딪혔다. 눈앞에 별이 반짝였다.

그레이 테일은 몸을 숙여 미나의 향기를 맡으며 그녀의 목 위로 얼굴을 갖다댔다. 그는 미나의 쇄골에서 턱에 이르는 혈관을 이로 훑었다. "책은 어디 있어?" 그레이 테일이 미나의 귀에 대고 으르렁댔다.

"전에도 말했듯이 내게는 없어." 미나가 훌쩍이며 말했다. 그레이 테일이 미나에게 바짝 기대고 있었기 때문에 미나는 그가 몸에 숨긴 책을 알아챌까봐 겁이 났다.

"거짓말이야." 귀에 거슬리는 걸걸한 여자 목소리가 어둠 속에서 울렸다.

"내가 책을 가지고 있는 것처럼 보여?" 미나가 어둠 속의 존재에게 소리쳤다. 미나는 눈앞이 빙빙 돌았고, 천천히 또각또각 걷는 소리가 머리에 울렸다.

"집에 두고 왔을지 몰라요." 그레이 테일이 어두운 형체를 향해 조심스럽게 말했다. 여전히 먹잇감에 몸을 바짝 댄 상태였다.

"네놈이 저 애의 집을 한 번 뒤졌지만 못 찾았잖아. 저 여자 애가 지금 거기에 책을 놔뒀을 거라고 생각하니? 머리를 좀 써라, 이 쓸모없는 개야."

미나의 시야가 선명해지기 시작했고, 무대 위의 나무 바닥을 알아보았다. 또각 거리는 소리가 점점 가까워졌고, 빨간 하이힐을 신은 두 발이 시야에 들어왔다. 미나는 하이힐을 알아보았다. 뭐라고 말하려는 순간 손 하나가 미나의 머리를 거칠게 붙잡았다. 그 사람은 실핀들 사이로 손가락을 두피까지 깊숙이 집어넣어 머리채를 잡고는 미나의 고개를 돌려 자신을 보게 했다.

클레어였다.

제 **22** 장

제라드의 추격

아니 클레어였던 사람이었다. 그녀는 몇 주 만에 상당히 늙어버렸다. 더 이상 삼십 대로 보이지 않았고, 이제는 팔십 대로 보였다. 머리는 희게 셌고, 피부는 주름투성이에 반점으로 뒤덮여 있었다. 살이 너무 많이 빠져서 예전에 보았던 아름다운 여자의 흔적은 찾아보기 힘들었다.

"이게 다 너 때문이야." 클레어가 미나의 머리를 움켜쥐고서 벽에 세게 때렸고 미나에게 침을 뱉었다. 몸은 늙었을지 몰라도 그녀의 힘은 약해지지 않았다. "네가 빵공장에 나타나기 전까지 나는 완벽했고 영원한 젊음을 유지했어. 진짜 그림의 후손이 내 집 안으로 걸어 들어올 줄 누가 알았겠어? 나는 내가 악명 높은 동화의 일부인 것을 정말 영광으로 생각하거든. 내가 그 전에 견학온 학생들의 에너지를 먹었더라면 너를 분명 알아보았을 텐데. 정말이야. 그랬더라면 너는 아직까지 살아 있지 못하겠지."

미나는 클레어의 손길에 움츠러들었다. 클레어는 결국 늙어 죽을 거라고 제라드가 말했었지만, 미나는 몇 년은 걸릴 줄 알았다. 단 며칠이라고는 생각도 못했었다. 미나는 동화가 가진 마법의 힘이 얼마나 강력하고 심오한지 다시 한 번 놀랐다.

"미안해요. 나는 동화가 가진 마법의 힘에 대해 전혀 몰랐어요. 며칠이 지나서야 알았어요. 정말이에요."

클레어는 미나를 찬찬히 살폈다. "네 말을 믿는단다, 아가야. 하지만 알다시피 우리에겐 해결해야 할 문제가 있지. 나는 늙는 게 싫거든. 나는 영원한 젊음을 원해. 나는 네가 빵공장에 나타나기 전으로 돌아가고 싶어."

"내가 할 수 있는 일이 아니에요. 나는 일어난 일을 되돌리는 방법을 몰라요." 미나는 공포에 질려 몸을 떨었다. 주위를 둘러싸고 있던 남자들이 폭력을 쓰고 싶어 안달 난 모습으로 손가락을 풀면서 다가왔다.

"말도 안 되는 소리. 너는 할 수 있어. 나는 네가 선택된 사람이라고 들었어. 그리고 네겐 그리모어가 있지. 너는 이야기를 바꿀 힘을 갖고 있어."

"아니에요!" 미나가 소리를 질렀다.

"아니 네겐 힘이 있어!" 클레어가 사악한 미소를 지었다.

"너한테는 약간의 적절한 동기부여가 필요할 뿐이야. 그 애들을 데려와, 론트리."

미나는 뭐가 나올지 전혀 알 수 없었다. 낯선 빨간 머리 소년이 고분고분한 사반나와 프리를 끌고 나오는 것을 보고 미나는 깜짝 놀랐다. 사반나와 프리는 약간 멍하고 혼란스러운 표정이었지만, 다친 데는 없었다. 클레어의 발밑에 앉은 소녀들은 마치 마법에 걸린 것처럼 가만히 앉아 있었다.

"그들을 보내줘!" 미나는 그레이 테일에 맞서 몸부림쳤지만, 그는 씩 웃으면서 미나의 팔을 부러질 것처럼 꽉 쥐었다.

"나는 내 남편을 사랑했어." 클레어가 애틋한 목소리로 말했다. "사랑하는 사람을 먼저 보내는 것이 어떤 일인지 알아? 네가 알기나 하냐고?" 클레어는 마지막 말을 악을 쓰며 외쳤다.

"네, 알아요." 미나가 울부짖었다. "나도 안다고요. 정말 유감이에요."

"아니, 넌 몰라!" 클레어의 얼굴이 잠시 굳었다. 하지만 곧 미친 듯이 웃기 시작했다. "나는 남편과 자식이 나처럼 영원히 살지 못해서 배신당한 기분이 들었었지. 하지만 나는 깨달았어. 내가 훨씬 더 위대한 일을 할 운명이라서 그랬다는 것을. 너 같은 부류를 막는 일 같은 것 말이야."

벨소리가 울렸고, 클레어의 열광적인 설교가 중단되었다. 클레어는 핸드백에서 휴대폰을 꺼냈고, 미나가 한 번도 들어보지 못한 언어로 전화를 받았다. 클레어처럼 끔찍한 노파에게서도 숨소리가 섞인 음악 선율 같은 매혹적인 목소리가 나왔다. 미나는 수화기 너머에서 거칠고 딱 부러지는 목소리를 겨우 들었다. 클레어는 탁 하고 전화를 끊었고, 자기 앞에 있는 소녀들과 미나를 쳐다봤다.

"좋은 생각이 있어. 누가 살고 누가 죽어야 할지를 네가 결정해. 나는 소녀 두 명과 그리모어만 있으면 돼. 내가 완전히 무정하다고는 할 수 없겠지. 네게 그 얄팍한 목숨을 구할 기회를 주는 거야."

미나는 아무 반응 없는 사반나와 프리를 바라봤다. 그리고 클레어가 말한 것을 곰곰이 생각했다. 예쁘게 차려입은 소녀 두 명이 주위에 어떤 일이 일어나는지도 알지 못한 채 앞을 멍하게 보고 있었다. 프리는 침을 약간 흘린 것 같기도 했다. 미나가 자신이 싫어하는 저 여자애들의 이름을 댄다면 그리모어를 넘기고 목숨을 부지할 수는 있을 것이다. 하지만 미나는 그렇게 비정하고 비열한 사람이 될 수는 없었다. 이것은 그녀의 싸움이었고, 동화를 중간에서 끝낼 수는 없었다. 끝까지 가야 했다.

미나는 빨리 생각을 해야 했다. 클레어는 여전히 헨젤과 그레텔 동화 안에 갇혀 있다고 생각하는 듯했다. 스토리가 다음 동화로 넘어갔고, 그녀에게는 관심을 잃었다는 사실을 알지 못했다. 만약 클레어가 미나가 지금 동화 빨간 모자를 다시 쓰는 중이라는 것을 모른다면 미나가 유리할 수도 있었다. 하지만 미나는 도움이 필요했다. 왼편을 보니 화가 난 낸이 노려보고 있었다. 미나는 제라드가 늦지 않게 와주기를 간절히 바랄 뿐이었다.

"미안해, 낸. 하지만 나는 우리 둘을 선택해야겠어. 사반나와 프리는 보내줘요. 낸과 내가 당신과 함께 갈게요. 하지만 여기선 안돼요. 나머지 학생들이 다치지 않는 것을 확실히 하고 싶어요." 낸이 훌쩍거렸고 미나는 눈빛으로 모든 게 다 잘될 거라는 메시지를 전하려 애썼다.

클레어의 갈라진 입술 사이로 꺽꺽거리는 웃음이 터져 나왔다. "바보 같은 것. 네가 친구들을 구할 줄 알았지. 너희 그림들은 너무 뻔하다니까." 클레어는 앞으로 걸어 나와 사반나와 프리를 통과했다. 사반나와 프리가 희미한 연기로 변해 사라졌다. 소녀들은 환영이었던 것이다. 클레어가 부린 페이 속임수였다.

클레어는 미나의 턱을 거칠게 잡고 무대 커튼을 옆으로 젖혔고, 진짜 사반나와 프리가 댄스플로어에서 아무 걱정 없이 양팔을 머리 위로 흔들며 분명히 살아 있는 모습을 미나가 보게 했다.

"거래는 거래니까, 너는 우리와 함께 가야지. 저항하지 않는 편이 좋을 거야. 경고 하는데, 허튼수작 부리면 여기 학생들이 아니라 너희 엄마와 동생이 다치게 될 거야." 클레어는 론트리와 그레이 테일을 향해 말했다. "이 둘을 데려가. 우리는 지금 떠나야 해! 뭔가가 느껴져. 뭔가가 오고 있다고. 기분이 좋지 않아."

그레이 테일과 론트리는 늑대처럼 턱을 맞부딪치며 대답을 했다. 미나는 늑대들이 여전히 인간의 모습을 하고 있는 것이 더 소름 끼쳤다. 미나는 잠시 저항했지만, 곧 론트리가 미나를 들어 올렸고, 미나를 어깨 위에 메고 날랐다. 론트리에게서 니코틴과 땀 냄새가 났다. 미나는 비명을 지르려고 했지만, 론트리의 어깨가 미나의 배를 세게 눌러서 숨도 쉬기 어려웠다.

낸은 더 심하게 반항했고, 자신을 공격한 놈한테 경멸적인 말을 끊임없이 내뱉었다. 하지만 곧 그레이 테일은 낸을 때려서 의식을 잃게 했다. 미나는 주먹이 턱을 때리는 소리에 움찔했다. 갑자기 젖은 개 냄새가 훅 났다. 사람처럼 옷을 입은 남자에게서 그런 냄새가 나자 혼란스러웠다. '생각을 하자, 미나야. 생각을 해. 이 동화가 어떻게 끝나지?'

발자국 소리, 다음에는 차 문이 열리는 소리가 났고 미나는 배달용 밴의 철제바닥에 떨어졌다. 미나는 일어서려고 버둥대면서 옆으로 기어들어오는 남자를 발로 찼다. 미나는 비명을 지르려고 했지만, 남자는 오래된 넝마조각으로 미나의 입을 막았고, 다음에는 양 손목을 밧줄로 묶었다. 미나는 밴의 구석 자리로 가서 벽에 몸을 밀어 일어나 앉았다.

"네가 허튼수작을 부릴 경우를 대비해서야." 론트리가 미나의 귀에 대고 낮은 목소리로 말했다. 밴에 더 많은 사람이 올라탔고, 밴이 아래로 꺼졌다. 그들은 미나의 옆에 의식을 잃은 낸을 눕혔다. 차에 시동이 걸렸고 차가 출발했다. 밴의 뒤쪽 창문으로 체육관 벽돌 건물이 점점 멀어지는 것이 보였다.

밴이 덜컹거리며 나아갈 때 아득히 먼 곳에서 오토바이 소리가 들렸지만, 미나는 신경 쓰지 않았다. 하지만 그 소리는 점점 가까워졌고 더 커졌다. 배달용 밴 뒤에 낯익은 검은색 오토바이가 따라왔고, 미나는 제라드의 헝클어진 검은 머리를 알아보고는 안도하여 울 뻔했다. 오토바이는 밴 옆으로 사라졌고, 미나는 속으로 자신의 영웅을 응원했다. '제라드가 우리를 구해줄 거야.' 미나는 제라드가 오토바이를 타고 밴과 경주를 하는 소리를 들으려고 귀를 기울였지만, 밴이 한쪽으로 급하게 방향을 트는 바람에 벽에 세게 부딪혔다. 그들은 제라드를 따돌리거나 아니면 차로 치려고 하고 있었다. 미나는 몸부림을 쳐서 다시 무릎으로 일어나 앉았고, 자동차 앞 유리창으로 밴 앞에서 달리고 있는 제라드를 보았다. 운전사는 제라드의 오토바이가 차 옆에 오도록 다시 속도를 높였다.

그 순간 미나는 제라드의 이름을 외쳤고, 분명히 제라드가 검게 선팅된 앞유리로 미나가 있는 쪽을 바라본 것 같았다. 운전사는 다시 방향을 홱 틀었고, 밴의 헤드라이트가 제라드의 다리를 받았다. 제라드가 탄 오토바이가 균형을 잃고 흔들거렸다. 미나는 몹시 놀라서 앞좌석 사이로 몸을 던졌고, 묶인 손으로 기어를 당겨서 중립으로 놓으려 했다.

운전사가 화가 나서 소리를 질렀고, 누군가 미나를 들어 올려 밴 뒤쪽으로 던졌다. 밴은 위태롭게 흔들리며 달렸다. 하지만 곧 자동차는 균형을 잡고 다시 속도를 올렸다.

"방해하면 어떻게 된다고 그랬지?" 그레이 테일이 으르렁거렸다. "그 대가로 내가 저놈을 죽여버릴 거야." 제라드는 다시 밴 뒤에 나타났고, 그레이 테일은 밴 바닥에 있던 비상용 차 배터리를 집어 들고 밴 뒤쪽 양문을 활짝 열었다. 미나는 제라드에게 자신이 무사하다는 것을 알리려고 몸부림치면서 그레이 테일 너머로 제라드를 보려고 했고 바람이 쉭 들어와 미나의 머리카락을 날렸다. 갑자기 밴이 방향을 틀었고, 그 순간 그레이 테일이 제라드를 향해 차 배터리를 던졌지만 아슬아슬하게 빗나갔다. 그레이 테일은 분해서 으르렁거렸다.

다음 순간 제라드는 미친 짓을 했다. 그는 그레이 테일을 손가락으로 가리키며 도발적인 손짓을 했다. 그레이 테일은 밴 뒷문을 날카로운 발톱으로 붙잡고 밴 바깥쪽으로 몸을 내밀었다. 문에 발톱들이 파고들어 2센티미터쯤 되는 구멍들을 남겼다. 그레이 테일은 등을 구부려 제라드의 오토바이로 뛰어들 준비를 했고, 늑대의 울부짖는 소리가 밤하늘을 갈랐다.

갑자기 밴이 급브레이크를 밟았고, 제라드는 재빨리 왼쪽으로 방향을 틀어 오토바이를 뒤로 돌렸다. 그 순간 그레이 테일이 제라드의 등 뒤로 달려들었다. 미나는 공포에 질린 채 90킬로그램의 덩치가 제라드를 덮쳐 제라드가 오토바이에서 떨어지는 모습을 보았다. 두 사람은 도로 위에서 데굴데굴 굴렀다. 밴이 속도를 내며 떠나갔고, 이 혼란 속에서 미나가 마지막으로 본 것은 늑대의 발톱이 제라드를 사정없이 공격하는 모습이었다.

제 **23** 장

마법의 힘

미나는 재갈을 입에 문 채 비명을 질렀다. 눈물이 철철 흘렀다. 제라드는 미나를 구하려고 생명을 걸었고, 이젠 미나를 구하러 올 사람은 없었다.

공포, 절망, 상실감. 이 모든 감정이 미나를 집어삼켰다. 미나는 망연자실했다. 다른 늑대 남자가 미나를 어깨 위로 들쳐멜 때도 미나는 반항하거나 몸부림치지 않았다. 미나는 바부시카 빵공장으로 돌아왔다는 것도 겨우 알았다.

운전석에서 다른 사람도 아닌 클레어의 증손자 B. J.가 나오는 것을 보고 미나는 놀라야 할지 어째야 할지 몰랐다. 클레어는 당당하게 앞으로 걸어갔고, '배달전용 출입구'라고 적힌 문을 열어 그들이 들어가게 했다. 안은 춥고 어두웠고 밀가루 냄새가 났다. 또 디젤유 냄새가 진동했다. 그들은 미나의 입에서 재갈을 벗겼지만 묶은 손을 풀어주지는 않았다.

"금발 여자애부터 시작해야겠어." 클레어가 꺽꺽대는 소리로 말했다. 클레어는 낸에게 다가가 낸의 머리카락을 잡고 낸을 들어 올렸고, 의식을 잃은 낸의 얼굴을 찬찬히 들여다봤다. 클레어는 주름이 자글자글하고 검버섯이 가득한 손을 뻗어 낸 위에 올려놓았다. 희미한 빛으로 이루어진 가는 선들이 낸에게서 빠져나와 클레어의 손으로 흘러들어갔다.

이 일이 시작되자 낸은 공포에 질려 눈을 떴고, 미나 앞에서 늙어가기 시작했다. 낸의 푸른색 눈은 회색으로 변했고, 아이보리색 피부는 투명해졌다. 미나는 낸이 순식간에 열여섯에서 여든 여섯으로 변하자 비명을 질렀다. 그러는 동안 클레어는 나이가 거꾸로 돌아가는 듯했다. 머리가 길어졌고 금발로 변했다. 얼굴이 통통해졌고 더 젊어졌다. 그러다 쉰 살쯤 되었을 때 젊어지는 것을 멈추었다.

갑자기 클레어가 낸을 바닥에 떨어뜨렸다. "이 정도가 이 아이를 죽이지 않고 빼낼 수 있는 전부야." 클레어가 말했다. 그녀의 목소리는 전보다 더 힘이 생겼고 더 커졌다. 클레어는 탐욕스러운 미소를 지으며 미나를 돌아보았다. "네 친구를 죽이고 싶진 않겠지. 지금 그리모어를 내게 넘겨. 내가 너를 끝장내기 전에."

미나는 두려움에 뒤로 몸을 움츠렸다.

"뭘 기대한 거야. 의심하지 않는 십 대 아이들한테서 몇 년씩만 빼먹으면 말라버린 시체를 남길 필요가 없는데 말이야. 아무튼 이 상태를 영구적으로 유지하려면 네 생명 에너지와 그리모어가 필요해. 지금 내게 그리모어를 넘겨. 그렇지 않으면 저 여자애에게 남은 얼마 되지 않는 수명도 내가 가져갈 거야. 그래도 너희 중 한 명은 살아남는 거지."

아마도 클레어는 지금 자신이 미나를 겁줘서 순종하게 만들고 있다고 생각했을 것이다. 하지만 사실 클레어는 미나가 더 결의를 다지게 하고 있었다. 클레어는 아주 약한 상태의 낸에게로 가서 위협적으로 손을 뻗었다.

"잠깐, 기다려!" 미나가 손을 뒤로 묶인 채 일어서려고 애썼다. "네게 그리모어를 줄게. 하지만 혼자 있을 곳이 필요해."

"나를 바보로 아는 거야!" 클레어가 투덜거렸다.

"그렇지 않아. 그게 사실……." 미나는 수줍고 내성적인 소녀처럼 연기를 했다. 미나한테 어려운 일은 아니었다. 미나는 창피함에 얼굴을 붉혔다. "그리모어를 내 코르셋 안에 넣어놨거든. 꺼내려면 옷을 벗어야 해서 그래."

클레어는 코웃음을 쳤고 미나의 어색한 태도를 비웃었다. 클레어는 돼지기름이 담긴 양철통들이 높이 쌓인 선반을 가리켰다. "저기 뒤쪽으로 가. 거기까지가 내가 허락할 수 있는 전부야. 혹시나 해서 말하는데 여기는 도망갈 곳도 숨을 곳도 없단다."

클레어는 론트리에게 손짓을 했고, 론트리는 미나의 손을 묶은 밧줄을 끊었다.

미나는 고개를 끄덕였고, 자신의 불행한 운명에 굴복한 것처럼 천천히 선반 뒤쪽으로 걸어갔다. 일단 그들의 눈에서 벗어나자 미나는 코르셋 안으로 손을 넣어 그리모어를 쉽게 꺼냈다. 미나는 그리모어를 열었고, 첫 번째 동화 말고는 여전히 공책이 비어 있는 것을 보고 놀랐다. 미나는 그리모어에서 정보를 좀 얻을 수 있길 바랐다.

"제발, 나는 네 도움이 필요해!" 미나가 책에게 속삭였다. "너는 나를 도와줘야 하잖아. 지금이 그때야." 책은 죽은 듯 가만히 있었다. 불빛도 나지 않았고, 웅웅거리는 소리도 없었다. "제발! 이렇게 빌게." 아무런 신호도 없었다.

미나는 바닥에 웅크리고 앉아 공책을 가슴에 꼭 품었다. 도서관에서 봤던 다양하게 변형된 이야기들의 이미지들이 머릿속에 넘쳐흘렀다. 늑대들, 어린 소녀들, 사냥꾼들에 대한 다큐멘터리를 보는 것처럼 수많은 그림이 파노라마처럼 눈앞을 지나갔다.

미나는 사냥꾼이 그녀를 구하러 와주길 기다렸지만 동화책의 결말이 항상 그렇게 나지는 않았다. 때로는 빨간 모자 자신이 할머니를 늑대로부터 구하기도 했다. 동화는 계속해서 변해왔다. "우리는 지금 할머니네 집에 와 있는 거야. '바부시카'가 러시아 말로 '할머니'야, 그렇겠지?" 미나는 그러길 바랐다.

'그럼 클레어가 할머니가 되는 건가? 아니야. 그건 말이 안 돼. 여기서 클레어는 분명히 악당이야.' 미나는 뒤쪽 선반 너머로 공포로 떨고 있는 늙은 여자 옆에 클레어가 서 있는 것을 보았다. '그래 할머니는 낸이야!' 낸은 이제 미나의 할머니가 될 수 있을 정도로 늙었다. 스토리는 미나를 빨간 모자로 만들었고, 미나는 할머니의 집에 있었다. 그리고 할머니를 구하려면 늑대들과 싸워 이겨야 했다. 미나는 이 동화의 악당에 집중해야 했다. 그것은 클레어가 아니라 늑대들이었다.

미나는 제라드나 브로디가 자신을 구하러 오기를 기다렸고 그게 스토리가 원하는 결말이라고 생각했다. 하지만 미나에게 결정권이 있다면 그럴 필요는 없었다. "내가 사냥꾼이야." 미나가 조용히 속삭였다. "나는 이제 사냥꾼이 되었어. 더 이상 나는 쫓기는 사람이 아니야." 미나의 목소리가 점점 커졌다. "나는 지지 않을 거야!" 미나는 공책을 손에 꼭 쥐었고 반대쪽 벽을 향해, 가장 가까이 있는 페이 늑대를 향해 달렸다. 늑대는 이를 드러내며 으르렁댔지만, 갑자기 그리모어에서 멈췄던 심장이 다시 뛰는 것처럼 두둥, 두둥, 두둥, 세 번 퉁기는 소리가 났다.

미나는 동화가 가진 마법의 힘을 믿었다. 스토리가 더 강력해지려면 미나가 필요하다는 사실도 알았다. 미나는 그리모어를 어떻게 사용해야 하는지 잘 몰랐지만 믿음을 가지면 그것이 자신을 도와줄 거라는 것을 알았다. 미나는 자신을 믿어야만 했다.

미나는 눈을 감고 자신이 사냥꾼이라고 상상했고, 책을 휘두르려는 순간 미나에게 필요했던 무기가 미나의 두 손에 들려 있었다. 미나는 경이로워하며 눈을 떴다. 손에 들었던 공책이 빛나는 천상의 도끼로 변해 있었다. 미나는 그 순간 이성을 잃은 것처럼 낄낄댔고, 아마도 자신이 일본 애니메이션 영화에 나오는 미친 캐릭터처럼 보일 거라고 생각했다. 늑대는 도끼에서 발하는 빛이 피부에 닿자 울부짖었다. 빛은 늑대를 감싸고 있던 인간의 환영을 태워버렸고, 그 아래 숨어 있던 늑대의 모습을 드러나게 했다.

미나는 다시 도끼를 어깨 위로 들어 늑대를 향해 한 번 더 휘둘렀다. 늑대는 도끼를 휘두를 때마다 울부짖었고, 도끼에서 나오는 눈부신 빛을 피하기 위해 애썼다.

늑대는 미나를 향해 발톱을 휘둘렀지만 미나는 펄쩍 뛰어 피했다. 도끼를 한 번 더 휘두르자 페이 늑대의 또 다른 껍질이 벗겨졌고, 늑대는 흔적도 없이 사라졌다. 미나는 뒤로 돌아 또 다른 늑대를 향해 걸어갔지만, 그는 겁에 질려서 동료와 똑같은 운명을 맞는 것을 피하려고 달아나버렸다.

이제 미나는 몸을 돌려 클레어를 향해 도끼를 들고 위협하며 다가갔다. "낸을 돌려 내!"

클레어가 눈을 가늘게 뜨고 미나를 훑었다. "나는 그건 할 수 없어. 그런데 그건 대체 어디서 난 거야?"

"낸을 다시 되돌려 놔. 그러지 않으면 이것을 휘두를 거야. 이건 보통 도끼가 아니라고."

"그리모어구나." 클레어가 눈을 반짝이며 속삭였다. 그녀는 어깨를 으쓱했다. "네 친구를 되돌릴 수 있는 유일한 방법은 네가 그 책을 내게 주는 거야. 그러면 저 아이의 수명을 늘릴 방법을 찾을 수 있을지도 모르지. 저 아이는 나 같은 페이 종족이 아니니까 내 힘으로는 살릴 수 없어."

"안 돼. 너를 믿을 수는―." 미나는 미처 말을 끝내지 못했다. 누군가 미나에게 달려들었고, 미나는 바닥에 앞으로 고꾸라졌다. 그리모어는 미나의 손에서 날아가 바닥으로 죽 미끄러졌고, 클레어의 발밑에 멈춰 도끼의 모습에서 천천히 힘없는 책으로 변해버렸다.

"세상에, 고마워라." 클레어는 허리를 굽혀 책을 집어 들었다. "나는 상황이 내가 원하는 대로 될 때가 너무 좋더라. 그렇지 않니, 론트리?"

미나의 몸이 바닥에서 들어 올려졌다. 론트리가 클레어 앞의 차가운 시멘트 바닥으로 미나를 끌고 가면서 끙끙대며 동의했다.

클레어는 공책을 열었고, 완성되지 않은 스케치를 보고 얼굴을 찡그렸다. "자, 어서." 클레어가 공책을 흔들었다. "내 이야기를 보여줘. 나는 어렸을 때 페이 세계에 있는 복사본을 본 적이 있어. 이 책이 그것과 똑같은 사본을 기록한다는 것을 알고 있어. 나는 내 이야기를 보고 결말이 제대로 되었는지 확인하고 싶어." 클레어는 키득거리며 몇 장을 더 넘겼지만 아무것도 보이지 않자 화가 나서 페이지를 한 장 찢어버렸다. "어서 보여줘! 보여주지 않으면 더 많이 찢을 거야!" 클레어는 결국 불만스러워하며 그리모어를 자신의 핸드백에 집어넣었다. "상관없어. 이 책이 말하게 만드는 방법은 많이 있으니까. 이 동화가 그레텔에게 해피엔딩만은 아니라는 것만 네가 알면 돼."

미나는 당당하게 똑똑히 말했다. "당신은 틀렸어!"

클레어가 미나를 노려보았다. "네가 뭘 안다고 그래?"

"나는 네 이야기가 어떻게 됐는지 알아. 그 동화는 이미 끝났어. 너는 곧 죽게 될 거야. 그날이 오늘이 됐든 내일이 됐든 어쨌든 네 이야기는 이미 끝났어. 네가 무슨 짓을 하던 결과를 바꿀 수는 없어."

"멍청한 계집애! 모든 것은 변할 수 있어. 이 동화가 오랜 세월 동안 얼마나 많이 변했는지를 봐."

"하지만 우리는 더 이상 네 동화 속에 있지 않은 걸. 너는 내가 해결해야 하는 동화 속에 있어. 그리고 내 동화 속에서는 내가 승리해." 미나는 도발적으로 고개를 쳐들었다. 피가 똑똑 드레스로 떨어졌다. 론트리가 공격을 했을 때 생긴 상처에서 나는 피였다.

"무슨 말을 하는 거야?"

밖에서 문을 두드리는 소리, 우당탕하는 소리들이 들렸고,

누군가 미나의 이름을 불렀다. 브로디 같았다. 제라드가 학교 주차장에서 오토바이를 타고 떠나는 것을 보고 따라온 게 분명했다. 미나는 빨리 동화를 끝내야만 했다. 바로 지금 끝내야 했다.

"왜 네 동화가 이 책에 없는 줄 알아? 그건 내가 몇 주 전에 네가 나오는 동화를 끝냈기 때문이야. 하지만 스토리는 다른 동화를 준비하는 데 네가 필요했지. 내겐 살아계신 할머니가 없거든. 그래서 스토리는 이 동화에서 필요한 할머니를 만들어 내려고 너를 더 오래 남아 있게 한 거야. 스토리는 다른 동화에 필요한 요소를 충족시키려고 너를 이용했어. 내가 목숨을 걸 만큼 사랑하는 누군가를 만들기 위해서. 그 이유뿐이었어. 게다가 나는 조금 전에 이 동화를 끝냈지."

미나는 자리에서 일어나 낸을 향해 걸어갔다. 낸은 차가운 바닥에 누워 있었다. 미나는 낸을 안고 가까이 끌어당겼다. "나는 방금 늑대를 죽였고, 내 사랑하는 할머니를 구했어. 이 동화는 이제 끝났어. 내가 이겼어. 확인해 봐."

미나는 그리모어를 가리켰고 책은 빛을 발하기 시작했다. 천천히 공책의 비어 있던 자리에 주변 장면을 묘사하는 선명한 연필 스케치가 채워졌다. 미나는 저 멀리 다른 세상에서 한숨을 쉬는 소리를 들은 것 같았다. 클레어는 공책을 떨어뜨렸고, 미나는 그림 아래에 '끝'이라는 글자가 적힌 것을 보았다. 그와 동시에 시끄러운 돌풍이 불어닥쳤고, 창틀이 덜컹거렸다. 미나는 그리모어 안으로 빨려들어갈 것 같았다.

땅이 흔들리고 선반들이 땡그랑댔고, 미나는 낸을 꼭 붙잡았다. 방이 빙글빙글 도는 듯했고, 낸의 몸에서는 밝은 빛이 터져 나왔다. 미나는 공포에 질려 비명을 지르며 제일 친한 친구를 잃을까봐 걱정했다. 미나 역시 그리모어로 빨려들고 있었고, 언제까지 버틸 수 있을지 알 수 없었다.

갑자기 누군가 커다란 두 손으로 미나를 붙잡더니 미나를 감싸 안고 바닥으로 밀어붙였다. 바로 브로디였다. 브로디는 미나가 사라진 것을 알고 제라드가 학교를 떠나는 것을 보고 따라온 게 분명했다. 제라드처럼 밴을 따라 여기까지 온 모양이었다.

"내가 너를 잡았어! 절대 너를 놓지 않을 거야. 맹세해!"

책이 공중으로 떠올라 겁에 질린 론트리와 비명을 지르는 클레어를 빨아들였고, 미나는 바람에 눈을 겨우 뜨면서 그 모습을 보았다. 클레어가 미나를 향해 손을 뻗었고 미나는 겁에 질려 이를 덜덜 떨었다. 클레어가 미나의 도움을 원했던 것인지 아니면 미나의 생명의 마지막 몇 년을 뺏고 싶었던 것인지는 알 수 없었다. 어쨌든 클레어는 그리모어 안으로 빨려들어 갔다.

책은 펼쳐진 채 바닥에 퍽 하는 소리를 내며 떨어졌다. 바람이 불고 시끄럽게 달그락거리고 땅이 흔들리던 것이 멈추었고, 미나는 낸에게서 몸을 떼어내려 했다. 하지만 브로디가 미나를 감싸고 있었다.

브로디는 미나에게서 몸을 떼어냈고, 그녀가 다친 곳은 없는지 살폈다. 얼굴에 상처 하나와 멍이 몇 군데 든 것 외에는 괜찮아 보였다. "무사하구나! 정말 다행이다!" 브로디는 미나를 당겨 품에 안고 키스를 했다. 짧지만 달콤한 키스였다. "다시는 너를 내 눈앞에서 사라지게 하지는 않을 거야." 브로디가 미나의 머리에 키스를 하며 속삭였다.

미나는 브로디에게서 몸을 빼내고 낸을 확인했다. 낸의 피부가 여전히 빛을 발했고, 낸은 서서히 정상으로 돌아오고 있었다. 미나의 피부가 따끔거리기 시작했다. 스토리가 인간 세계에서 작용할 때마다 느꼈던 마법의 힘이 모이는 그 느낌이었다. 미나는 걱정스럽게 주위를 둘러보았지만 힘의 근원을 찾을 수 없었다. 그러다 그것이 그리모어에서 나오고 있다는 것을 알았다. 미나는 책을 향해 걸어갔고, 마법의 힘이 모이는 것을 느꼈다. 그 순간 책이 강력한 에너지를 발산하며 최종적으로 탁 닫혔고 미나와 브로디는 나가 떨어졌다.

미나는 브로디가 어디에 있는지 찾았다. 브로디는 이제 낸 옆의 바닥에 엎드려 쓰러져 있었다. 기절한 것 같았다.

"브로디!" 미나가 소리치며 브로디에게 달려갔다. 미나는 큰 혹이나 멍은 없는지 브로디의 갈색 피부와 머리 주변을 쓰다듬었다. 괜찮아 보였다.

"아이고! 걔는 그만 만지작거리고 나를 좀 도와줘." 낸이 몸을 일으키려고 애쓰면서 졸린 듯이 중얼거렸다. "우리 여기서 뭐하고 있는 거지?"

"기억 안나?" 미나가 물었다. "바부시카 빵공장의 클레어가 학교 댄스파티에 나타나서 우리를 여기로 납치했잖아."

"바부시카의 누구? 무슨 얘길 하는 건지 통 모르겠네. 잠깐만. 그럼 우리 댄스파티를 놓친 거야?! 그리고 쟤는 여기서 뭐하고 있는 거야?"

미나는 너무 놀라 말문이 막혔다. 낸은 어떤 것도 기억하지 못했다. '이건 무슨 장난이지? 너무 빨리 치유돼서 부작용이 생긴 건가?' "기억 안나? 브로디가 내 데이트 상대였잖아."

"음, 그래 퍽이나 그랬겠다. 우리 둘 다 혼자 가기로 했던 것을 내가 똑똑히 기억하는데. 브로디는 사반나의 짝이었잖아. 네 짝이 아니라." 낸은 자리에서 일어나 절뚝거리며 안을 돌아다녔다.

"하지만 내가 3주 전에 이 빵공장에서 브로디의 생명을 구했잖아. 다음 날 기자들이 몰려왔었고. 그리고 브로디와 내가 사귀기 시작했잖아. 브로디가 내게 휴대폰도 사준 걸. 이것봐." 미나는 바닥을 둘러보며 휴대폰을 찾았지만 어디서 잃어버렸는지 기억나지 않았다.

"네가? 휴대폰이 있다고? 하! 해가 서쪽에서 뜨겠네. 너 정말 어디 아픈 거 아니야? 네게 어떻게 말해야 좋을지 모르겠지만 우리가 이곳에 견학을 왔을 리는 없어. 여길 봐. 여긴 오랫동안 닫혀 있었어."

낸의 말이 맞았다. 주위를 둘러보니 흰색으로 칠해진 벽에 스텐리스 장비들이 있던 잘 돌아가던 공장은 이제 눅눅하고 더럽고 고장나버린 창고로 변해 있었다. 부서진 나무 상자들과 스프레이 페인트 통들이 바닥에 흩어져 내부를 어지럽혔고 미나는 분명 쥐도 본 것 같았다.

마치 빵공장이 처음부터 존재하지 않았던 듯했다 스토리가 이 모든 것을 만들어낸 것이었다. 일단 동화가 완성되고 나자 스토리는 인간 세계에 어떤 흔적도 남기지 않은 채 모든 것을 지워버린 것이다. 미나는 가슴이 너무 아파서 숨 쉬기가 힘들었다. 미나는 가슴에 손을 대며 뒤를 돌아 브로디를 바라보았다. '모든 게 거짓이라니. 나에 대한 브로디의 감정도 스토리가 만들어낸 것이었나? 그건 아닐지도 몰라. 하지만 브로디가 기억할까?' 미나는 몹시 궁금했다.

낸은 여전히 재잘대고 있었다. "만약 그렇게 멋진 일이 일어났다면 내가 제일 처음 알아야 하지 않겠니? 그럼 트위터 팔로워가 백만 명은 될 거야!" 낸은 빨간 공책이 있는 곳으로 가서 공책을 발로 슬쩍 밀더니 집어 들었다.

"그거 건드리지 마!" 미나가 소리쳤다. 미나는 달려와서 제일 친한 친구의 손에서 공책을 잡아챘다.

낸은 미나의 심한 말투에 멋쩍어져서 물러났다. "미안. 그런데 우리 곤란한 일에 얽히기 전에 여기를 나가야 하지 않을까?

브로디도 데려다 놓아야 할 테고. 나는 사반나 화이트한테 우리가 개의 데이트 상대를 데리고 멀리 온 것을 설명하고 싶지는 않은걸."

낸의 말이 맞았다. 그때 브로디가 깨어나기 시작했다. 브로디가 일어나 앉아 엉거주춤하면서 주위를 둘러보았고, 미나는 두 발자국 뒤로 물러섰다. 그는 멍한 표정이었다. 특히 같이 있는 여자애 두 명을 보자 더 어리둥절해했다. 브로디의 눈길이 마침내 미나에게 이르자 미나는 숨을 멈췄다. 미나는 브로디의 눈에 불꽃이 일어나길, 어렴풋이나마 미나를 알아보길 기다렸다. 하지만 아무런 신호도 없었다. 브로디는 미나를 마치 처음 보는 사람처럼 바라봤다. 그런 다음 브로디의 예쁜 푸른색 눈은 낸에게서 멈추었다.

"음, 우리 아는 사이지, 그렇지?" 브로디는 자리에서 일어나 바지에 묻은 흙을 털었다.

"맞아." 낸이 발랄하게 대답했다.

"낸 테일러?" 브로디가 물었다.

"또 정답입니다. 딩 동 댕. 저 소년에게 상을 주세요." 낸은 그들이 왜 여기에 오게 됐는지 실마리를 찾으려고 주위를 계속 둘러보면서 코웃음을 치며 대답했다.

"우리 여기서 뭐하고 있는 거지?" 브로디가 물었다. 그는 완전히 길을 잃은 표정이었다.

"내 생각에 누가 우리한테 장난을 친 것 같아. 이 일이 네 아이디어는 아니었길 바래, 브로디. 이제 괜찮다면 나는 댄스파티장으로 돌아가고 싶은데." 낸은 미나에게로 걸어가서 미나의 팔에 팔짱을 끼었다. "여기서 나가자, 내 댄스 파트너. 여긴 너무 소름끼쳐."

미나는 고개를 끄떡이고 낸을 따라갔다. 미나는 제일 친한 친구가 옆에 있다는 사실에 감사했다. 미나는 눈물을 참으려고 온갖 노력을 했지만 소용없었다. 눈물이 흘러내렸고, 미나는 지금 어디를 걷는지도 몰랐다. 낸은 미나를 데리고 뒷문으로 나가 리무진이 있는 곳으로 갔다. 브로디가 미스터리하게 등장했을 때 타고 왔던 것이었다. 낸은 누구의 차인지 고민도 않고 씩씩하게 걸어가서 차문을 열고 안으로 들어갔다. 브로디는 천천히 그들 뒤를 따라왔고 리무진 문을 닫고 차 안에 탔다. 그러고는 운전석 창을 두드려 출발하라고 신호를 했다.

미나는 어둠 속에서 눈물이 보이지 않길 바라며 가능한 브로디와 떨어져 앉았다. 미나는 턱에 뭔가 묻은 것을 닦았고, 손에 피가 묻어났다. 미나는 한숨을 쉬며 더럽고 얼룩진 드레스에 손을 닦았다. 어차피 망가진 옷이었다. 그리고 한탄을 했다. '이런 건 동화에 없었잖아.'

미나는 누군가 쳐다보는 것을 느끼고 고개를 들었고 브로디의 눈과 마주쳤다. 브로디는 당황한 듯 재빨리 시선을 돌렸다.

미나는 창밖을 바라보면서 마음을 진정시키려고 애썼다. 하지만 제라드마저 영원히 사라졌다는 것을 깨닫자 다시 눈물이 떨어지기 시작했다.

브로디가 헛기침을 하고 말했다. "어, 미안. 자 받아." 그는 좌석에서 살짝 일어나 주머니에서 손수건을 꺼내 미나에게 건 넸다.

미나는 웃음을 터뜨릴 뻔했다. '요즘에 누가 손수건을 들고 다니지?' 미나는 고개를 저었다. 미나는 브로디를 보면 더 눈 물이 날까봐 두려웠다.

"너는 미나지, 그치?"

미나는 고개를 끄덕였다.

"음, 미나. 네 턱에 상처가 났어. 치료해야 할 것 같아." 브 로디는 앞으로 몸을 숙여 미나의 상처에 손수건을 조심스레 갖다 댔다. "미안해. 나도 오늘 무슨 일이 일어난 건지 모르겠 어. 분명히 누가 장난을 친 걸 거야. 우리가 여기 어떻게 오게 됐는지 내가 꼭 알아낼 게. 네가 다치게 돼서 미안해." 브로디 는 미나를 거의 처음 보는 사람처럼 대했다.

'우리가 나눴던 키스들, 서로에게 가졌던 감정들 전부가 정 말 사라진 것일까? 그럴 수는 없어, 안 그래?' 미나는 속으로 외치고 있었다. 미나는 너무 겁이 나 물어볼 수도 없었다. 거 절당하고 바보가 될까봐 너무 두려웠다. 하지만 어차피 자신 은 바보로 있는 일에 익숙하다고 생각하며 브로디에게 진실을 말하려는 순간 낸이 미니바 옆에서 소리쳤다.

"이것 봐. 탄산이 든 사과주스야! 누가 열어놨네."

제 **24** 장

동화의 결말과 제라드의 귀환

"웩, 저 수구동아리 놈들!" 낸은 월요일 점심시간에 분해서 씩씩댔다. "저놈들 싫어."

보아하니 누군가 그들에게 장난을 쳤을 거라는 낸의 생각이 스토리의 마음에 들었고, 그들이 공장에 가게 된 것을 설명하는 데 그 이유를 사용한 모양이었다. 수구 동아리 남자애들이 사반나를 화나게 하려고 감히 브로디와 무작위로 고른 여자애 두 명을 납치한 것이었다. 사반나는 댄스파티 도중에 남자친구를 도둑맞자 몹시 화가 났다. 이 사건은 그냥 지저분한 장난으로 여겨졌고, 많은 아이가 재미있어 했다. 단, 미나만은 아니었다. 미나는 너무 수치스러웠다.

낸은 화난 상태가 오래가지는 않았다. 그날 사반나를 만났던 순간에 대해 올린 트윗이 낸의 팔로워를 두 배로 만들어 주었기 때문이다. "우리가 리무진에서 나왔을 때 사반나의 얼굴을 보았던 순간을 정말 잊지 못할 거야. 사반나를 싫어하는 사람들한테 내가 점수를 좀 땄겠지."

낸은 미소를 지으며 사반나를 향해 짓궂게 손을 흔들었다. 사반나는 세 테이블 건너편에서 브로디한테 얼굴을 비벼대고 있었다. 사반나는 낸을 향해 씩씩거렸지만 낸은 그냥 웃어버렸다.

미나는 고개를 숙이고 그들 쪽을 쳐다보지 않았다. 브로디는 계속 미나를 묘한 눈빛으로 쳐다봤지만, 그것이 위안이 되지는 않았다. 오히려 미나를 긴장하게 만들었다. 브로디는 불편해 보였다. 마치 뭔가를 잊어버렸지만 정확히 무엇이었는지 생각이 안 나는 듯했다. 아마도 절대 생각해내지 못할 거라고 미나는 생각했다.

그날 밤 미나가 집에 돌아왔을 때 가족들은 잠자리에 들어 있었다. 미나는 드레스를 벗어 옷장에 집어 던졌다. 빨간색이 아닌 다양한 색상의 옷들이 옷장을 채우고 있는 것만은 반가웠다. 미나는 서랍장으로 가서 '이루지 못한 것들과 대재앙들' 공책을 꺼냈고, 브로디에 대해 적은 글을 찾았다. 그것은 여전히 거기에 있었고, 모든 일이 꿈이 아니었다는 것을 말해줬다. 스토리는 미나에게 그것만은 남겨준 것이다.

브로디가 모든 일을 잊어버릴 거라고 했던 엄마의 말이 이제 이해가 됐다. 미나의 엄마는 이런 일이 일어날 줄 알고 있었던 것이다. 하지만 브로디와 미나의 관계가 결국 끝날 거라고 말하는 대신 미나가 행복한 며칠을 보낼 수 있게 해준 것이다. 미나는 엄마가 다 말해줬으면 좋았을 거라고 생각했다. 그럼 그녀의 마음이 찢어지는 고통도 덜했을 것이다.

미나는 방을 빠져나와 비상계단을 올라 옥상 피난처로 갔고, 제라드가 마법처럼 짠하고 나타나 미나를 짜증나게 하길 기도하면서 밤새 기다렸다. 제라드는 미나가 동화를 세 개나 완성한 것을 자랑스러워할 것이다. 하지만 제라드는 모습을 드러내지 않았다. 미나는 그리모어를 열고 안을 살펴보았다. 글은 하나도 없었고 완성된 동화 세 개를 묘사하는 그림들만이 있었다. 하지만 그것들은 거의 알아보기 힘들 정도로 희미해져 있었다. 마치 미나가 클레어와 늑대들과 싸우느라 책의 힘을 다 써버린 것 같았다. 그리모어를 웅웅거리게 했던 마법의 힘도 모두 사라졌다. 미나는 겁에 질려서 책을 항상 들고 다녔고, 심지어 잘 때도 베게 밑에 두고 잤다. 지금도 후드점퍼 안, 미나의 몸 가까이 숨겨두고 있었다.

미나는 건너편에 앉은 낸을 쳐다보았다. 낸은 콤팩트를 꺼내 인상을 쓰며 이마를 쳐다보고 있었다. 적어도 5분을 말없이 그러고 있었다. 무사태평 늘 발랄한 낸에게는 전혀 어울리지 않는 행동이었다.

"무슨 일이야?" 미나가 물었다.

낸은 거울을 보며 얼굴을 찌푸렸다. "오, 아무것도 아니야. 그냥 평소보다 주름이 더 많은 것 같다는 느낌을 떨칠 수가 없네. 나 좀 봐. 이거 검버섯처럼 보이지 않니?" 낸은 눈을 크게 뜨고서 미나를 향해 웃기게 고개를 내밀었다.

"아니." 미나가 웃음을 터뜨렸다.

"주름은?" 낸이 얼굴을 찡그려 셀 수 없이 많은 주름을 만들며 물었다.

"음, 듣고 보니 경로우대할인 신청을 해도 될 것 같아. 분명히 통과할 거야." 미나가 말했다.

"그럴 줄 알았어!" 낸은 헉 숨을 쉬며 그녀가 좋아하는 컵케이크를 밀어내고 가방에서 안티에이징 로션을 꺼냈다. 그리고 급하게 피부에 발랐다.

미나는 웃음을 터뜨렸다. 바로 그때 몸에 숨겨두었던 그리모어에서 강렬한 열기가 느껴졌고, 미나는 헉 소리를 냈다. 미나는 손으로 배를 만졌고 그것이 생명력으로 고동치는 것을 느꼈다. 목덜미 털이 쭈뼛 섰고, 몸이 찌릿찌릿하기 시작했다. 미나는 누군가 공격해 올까봐 미친 듯이 주변을 둘러보았다. 심지어 자리에서 일어나 벽을 뒤로 한 채 낸을 보호할 준비를 했다.

낸의 휴대폰에서 띠리링 소리가 났다. 낸은 가방에서 휴대폰을 꺼내 확인했고, 감탄을 하며 천천히 휘파람을 불었다. "오, 이것 좀 봐! 전학생이 온 모양이야. 잘생겼네. 사진 좀 볼래?"

냇은 미나가 볼 수 있게 휴대폰을 들어 보였지만 미나는 보지 않았다. 미나는 등 뒤에서 마법의 힘이 커지는 것을 느꼈다.

미나는 두려워하며 몸을 돌렸고, 눈앞의 광경에 몸이 얼어붙었다. 심장이 쿵쾅대는 소리가 들리는 것 같았다. 그가 바로 여기에 있었다. 미나와 겨우 한 발자국 떨어진 거리에 서 있었다.

제라드였다.

제2권에서 비장의 무기를 잃어버린 미나는 어떻게 될까?

제24장 동화의 결말과 제라드의 귀환

마법을 쓰는 자들 - 1권

마법을 쓰는 그림가의 저주

찬다 한 지음 · **조한나** 옮김

발 행 일 초판 1쇄 2015년 3월 31일
발 행 처 평단문화사
발 행 인 최석두

등록번호 제1-765호 / 등록일 1988년 7월 6일
주   소 서울시 마포구 서교동 480-9 에이스빌딩 3층
전화번호 (02)325-8144(代) FAX (02)325-8143
이 메 일 pyongdan@hanmail.net
I S B N 978-89-7343-413-8 (04840)
          978-89-7343-412-1 SET

ⓒ 평단문화사, 2015

* 잘못된 책은 바꾸어 드립니다.

이 도서의 국립중앙도서관 출판시도서목록(CIP)은 서지정보유통지원시스템
홈페이지(http://seoji.nl.go.kr)와 국가자료공동목록시스템(http://www.nl.go.kr/kolisnet)에서
이용하실 수 있습니다.
(CIP제어번호: CIP2015005612)

저희는 매출액의 2%를 불우이웃돕기에 사용하고 있습니다.